ANDREAS SCHLÜTER

YOUNG
NEW GENERATION
AGENTS

Der erste Fall – In den Fängen der Mafia

BAND 1

EDEL
KIDS BOOKS

Young Agents – New Generation
In den Fängen der Mafia
Band 1
ISBN 978-3-96129-178-6

Edel Kids Books
Ein Verlag der Edel Germany GmbH

Neumühlen 17, 22763 Hamburg
www.edel.com

1. Auflage 2020

Text: Andreas Schlüter
Coverillustration: Max Meinzold
Umschlaggestaltung: Antje Warnecke, www.nordendesign.de
unter Verwendung von Illustration und Gestaltung von
© Max Meinzold
Layout und Satz: Uhl + Massopust, Aalen
Herstellung: Frank Jansen
Druck und Bindung: GGP Media GmbH, Pößneck

Printed in Germany

INHALT

PROLOG

Es ist Mitternacht, und ich bin nervös. Ich sitze gemeinsam mit zwei weiteren Kindern in einem alten, blauschwarzen Lieferwagen, der jetzt in einer einsamen, engen und dunklen Allee vor einer unbeleuchteten Villa hält. Obwohl sonst niemand in dieser Straße parkt, ist der Wagen in dem fahlen, gelben Lichtschein der Straßenlaternen kaum auszumachen. Die Anwohner haben ihre SUVs und Luxuslimousinen in ihren eigenen Tiefgaragen stehen. Unser Fahrer steigt aus und schiebt leise die hintere Seitentür auf.

Wir drei steigen aus. Niemand spricht ein Wort. Jeder weiß, was er zu tun hat. Unser Fahrer setzt sich wieder ans Lenkrad, um auf uns zu warten. Wir sehen uns vorsichtig und aufmerksam um. Niemand ist auf der Straße zu sehen.

Zu unserer komplett schwarzen Kleidung und unseren schwarzen, dünnen Handschuhen stülpen wir uns noch schwarze Sturmhauben über die Köpfe, die bis auf die Augen das ganze Gesicht verdecken. Eines der beiden anderen Kinder gibt mit einem Kopfnicken das Kommando. Wir brechen auf; überwinden eine zweieinhalb Meter hohe, massive Gartenumzäunung und schleichen uns unbemerkt an den Kameras vorbei, die an einigen Gartenlaternen angebracht sind.

Ich stoppe. Verdeckt hinter einer Konifere, rufe ich auf meinem Smartphone eine spezielle App auf und schalte damit von außen die Alarmanlage der Villa aus.

Anschließend nicke ich den beiden anderen zu. Wir schleichen weiter bis zum Haus.

Um die Villa herum.

Bis zur Terrassentür auf der Rückseite.

Dort ziehe ich ein besonderes Tool aus meiner Hosentasche und öffne nach nur wenigen Sekunden die Tür.

Wir steigen in die Villa ein.

Drinnen knipsen wir unsere Taschenlampen an und schleichen über die Treppe hinauf in die obere Etage.

Auch hier ist alles ruhig und dunkel.

Schnell, leise und systematisch durchsuchen wir Zimmer für Zimmer nach Wertsachen. Was wir finden, verstauen wir in unseren Rucksäcken.

Ein perfekter Einbruch. Eigentlich.

Genau den aber soll ich verhindern, ohne dass ich dafür verantwortlich gemacht werden kann. Es ist mein erster Einbruch und meine Bewährungsprobe, um mir das Vertrauen einer organisierten Einbrecherbande zu erschleichen.

Mein Name ist Tim. Ich bin elf Jahre alt und einer von drei neuen YOUNG AGENTS.

Woher ich komme und wie ich zu einem YOUNG AGENT wurde, berichte ich später. Jetzt hab ich zu tun. Mein erster Auftrag als neuer YOUNG AGENT lautet: Ich soll Mitglied in der Einbrecherbande werden, die Hintermänner aufspüren und identifizieren, um sie der Polizei auszuliefern.

Ich bin also nun bereits so weit gekommen, mit der Bande einen Einbruch durchziehen zu dürfen. Aber jetzt bin ich in der Zwickmühle: Einerseits muss ich die Bewährungsprobe als Einbrecher bestehen. Andererseits darf ich als YOUNG AGENT nicht so ohne Weiteres zulassen, dass dieser Raub gelingt. Ich will und darf ja eigentlich auch nicht wirklich Menschen bestehlen, sondern im Gegenteil: Ich soll die Einbrecher überführen. Deswegen suche ich nach einer Möglichkeit, den Alarm, den ich vorhin ausgeschaltet habe, wieder so zu aktivieren, dass erstens niemand bemerkt, dass ich es war, und zweitens unsere kleine Einbrechertruppe zwar noch rechtzeitig abhauen, aber in der hektischen Flucht nichts an Diebesgut mitnehmen kann. Das wird nicht einfach. Mir stehen ein wenig die Schweißperlen auf der Stirn. Meine Hände zittern leicht.

Ich sehe mich um. Wir sind wieder unten im Erdgeschoss; einer in der Küche, der andere in dem riesigen Wohnzimmer, von dem auch die Terrasse abgeht, über die wir eingestiegen sind.

Die Gelegenheit ist günstig. Ich verziehe mich unbemerkt in einen kleineren Raum, der wohl als Musikzimmer dient. Außer einem Klavier, einem Sofa und einigen Gitarren an der Wand gibt es hier nichts.

Die Luft ist rein.

Ich ziehe mein Smartphone hervor, um heimlich die Alarmanlage wieder zu aktivieren. Doch genau in diesem Moment betritt einer meiner vermummten Komplizen das Zimmer! Das helle Deckenlicht geht an. Eine Sirene ertönt laut und kurz.

Das Signal kommt aber nicht von der Alarmanlage.

Oh verdammt! Ich hab's versaut.

Der vermummte Komplize nimmt seine Maske ab. Es ist – Naomi!

»Abbruch. Das war's«, sagt sie.

»Scheiße!«, fluche ich.

Mein zweiter Komplize betritt den Raum, jetzt auch ohne Maske. Es ist Liam.

»Jetzt hätten sie dich am Kragen, mein Freund.«

Ich presse meine Lippen zusammen, um meine Tränen zu unterdrücken. So eine Scheiße! Alles war ein Training der YOUNG AGENTS. Meine Generalprobe.

Allerdings ist mein Auftrag real: Tatsächlich soll ich mich Undercover in eine Einbrecherbande einschleusen. Nur: Die Aufgabe steht mir noch bevor. Diese Übung hier gehört zu einem Vorbereitungstraining.

»Komm mit«, sagt Naomi. »Wir werten es aus.«

Ich bin völlig fertig.

»So schlecht warst du gar nicht«, versucht Liam, mich zu trösten.

»Schlecht genug, dass er aufgeflogen und sein Leben in Gefahr wäre«, widerspricht Naomi.

EIN NEUER AUFTRAG

Wir steigen in den wartenden Lieferwagen, der nun zunächst Naomi zurück in die Agentenwohnung fährt, die sie gemeinsam mit Charles bewohnt.

»Also bis morgen dann!«, verabschiedet sie sich, als sie aussteigt.

»Bis morgen«, antwortet Liam, während ich ihr nur zaghaft und stumm zum Abschied winke. Naomi hat mich sowieso schon auf dem Kieker. Ich glaube, sie hält nicht viel von mir. Deshalb warte ich, bis wir ohne sie weiterfahren, ehe ich Liam frage: »Ist sie sehr sauer auf mich?«

Liam schüttelt den Kopf.

»Überhaupt nicht«, versichert er. »Naomi nimmt deine Ausbildung nur sehr ernst, so wie ihre eigene damals auch. Sie will nicht, dass dir oder einem anderen YOUNG AGENT etwas zustößt. Ihr Motto lautet: Je besser wir sind, desto sicherer.«

»Da hat sie ja auch recht«, stimme ich zu. »Naomi war damals bestimmt gut in der Ausbildung, oder? Hatte sie auch mal einen Abbruch?«

»Nein. Sie war die Beste«, bestätigt Liam. »Aber auch Charles und ich. Jeder von uns hatte ein Gebiet, auf dem er der Beste war.«

Na toll! »Nur ich nicht!«

»Quatsch!«, widerspricht Liam. »Du auch. Sonst wärst du gar nicht hier, mit deinen elf Jahren, und schon kurz vor Abschluss der Ausbildung.«

»Echt?«, frage ich.

»Ganz sicher!«, verspricht Liam.

Der Lieferwagen hält. Wir beide verabschieden uns mit einem kurzen Winken vom Fahrer und gehen auf das Hochhaus zu, in dem Liam wohnt – und wo auch ich seit zwei Wochen untergebracht bin.

»Denk dran«, schärft Liam mir noch mal ein, »im richtigen Leben heiße ich Billy. Also auch für meine Eltern. Meinen Agentennamen Liam kennen die, glaube ich, gar nicht.«

Ab dem Moment, in dem Liam unten die Haustür aufschließt, wird er also wieder zu Billy. Wir gehen am Fahrstuhl vorbei, denn wir YOUNG AGENTS haben gelernt, niemals mit Fahrstühlen zu fahren, wenn es sich vermeiden lässt. Das Risiko ist zu groß, ein Agent könne einmal im falschen Augenblick stecken bleiben.

Oben im achten Stock schließt Billy die Wohnungstür auf. Innen ist alles dunkel und still. Seine Eltern schlafen bereits.

»Meinst du, es ist noch Gulasch da?«, frage ich leise. »Ich habe Hunger.«

»Es ist *immer* noch Gulasch da«, antwortet Billy und blickt mit einem Schmunzeln auf den Lippen zur Schlafzimmertür, hinter der seine Eltern liegen. »Seit ich als Agent unterwegs bin und oft unerwartet zu den unmöglichsten Uhrzeiten nach Hause komme, hat sich meine Mutter angewöhnt, immer einen Topf Gulasch auf dem Herd stehen zu haben.«

»Echt? Immer?«, frage ich nach.

Billy nickt und bestätigt: »Immer.«

Wir verziehen uns in die Küche, schließen die Tür hinter uns, damit wir seine Eltern nicht wecken, und wärmen uns das Gulasch auf.

Morgen um zehn haben wir unser gemeinsames Treffen in der Zentrale zur Auswertung und weiteren Planung meines ersten Einsatzes. Das heißt, Billy und Abena müssen sich in ihrer normalen Schule entschuldigen. Ich besuche derzeit keine reguläre Schule. Aufgewachsen bin ich in einem Heim in der Nähe von München. Meinen Vater kenne ich nicht, meine Mutter war wegen Alkoholmissbrauchs zu oft im Entzug, ist einige Male straffällig geworden und saß sogar kurzzeitig im Gefängnis, sodass ihr das Sorgerecht entzogen wurde. Ich kam ins Heim und fand das furchtbar dort. Deshalb bin ich mehrfach abgehauen, hab sogar eine Zeit lang auf der Straße in München gelebt, bis mich der Geheimdienst aufgegriffen und zu einem YOUNG AGENT gemacht hat. Das war vor etwa einem Jahr. Jetzt stehe ich kurz vor meinem ersten Einsatz.

Billy, also Liam, ist dabei so etwas wie mein Mentor.

Für meinen ersten Einsatz werde ich zunächst für zwei Wochen vom Unterricht durch einen Privatlehrer befreit.

Ich sammle mir die Sitzkissen von den vier Küchenstühlen zusammen, staple sie alle übereinander auf meinen Stuhl und setze mich darauf an den Tisch.

Denn ich bin – kleinwüchsig.

Gut, ich muss fairerweise einräumen, für den offiziellen medizinischen Befund einer »Kleinwüchsigkeit« bin ich mit meinen elf Jahren und einer Größe von 131,5 Zentimetern genau einen Zentimeter zu groß. Was mein Alltagsleben als zu kleiner Mensch allerdings nicht einfacher macht. Aber was soll's? Ist halt so.

Billy füllt uns das Gulasch auf die Teller. »Guten Appetit.«

»Danke«, sage ich. Und denke wieder an die Sitzung morgen.

Die zweite neue Agentin ist Abena. Sie kam erst vor knapp einem Dreivierteljahr in Billys Schulklasse, sozusagen direkt aus Ghana eingeflogen. Nie zuvor hat Billy jemanden kennengelernt, die so schnell Deutsch gelernt hat, hat er mir erzählt. Sie ist die Einzige, die den YOUNG AGENTS je auf die Schliche gekommen ist und selbstständig herausbekommen hat, dass es diese Kinderagenten überhaupt gibt. Was aber auch mit daran liegt, dass ihre Eltern in jungen Jahren selbst einmal Agenten gewesen sind. Heute arbeiten beide im diplomatischen Dienst für Ghana. Von ihnen hat Abena so viel gelernt, dass sie fast keine Ausbildung mehr auf der Akademie benötigt. Seit dem Ende des letzten Falls gehört auch Abena zu den YOUNG AGENTS.

Der dritte in unserem Bunde der Neuen ist Balu. Dreizehn Jahre alt, und ja: mit einem Namen wie der große, dicke, etwas tapsige Bär aus dem »Dschungelbuch«. Obwohl Balu aus Indien stammt und man ihn sich deshalb vielleicht eher dünn und zierlich vorstellen würde, passt seine Statur sehr gut zu seinem Namen. Denn Balu ist das genaue Gegenteil von mir: ungewöhnlich groß und vor allem, wie er selbst sagt, »stämmig«. Ich würde eher sagen, Balu ist schon ein ziemlich dicker Kloß. Aber trotz seiner kräftigen Körperfülle ist Balu ausgesprochen beweglich und wendig.

»In Japan wäre ich bestimmt Sumoringer«, hat er selbst dazu mal gesagt.

Balu ist in Mumbai aufgewachsen, ein Moloch von einer Stadt, die in Deutschland wohl immer noch eher unter ihrem ehemaligen Namen »Bombay« bekannt sein dürfte. Eine Stadt mit fast 29 Millionen Einwohnern. Sechzehn mal so groß wie Hamburg! Ehrlich, eine solche Stadtgröße kann ich mir gar nicht so richtig vorstellen.

Wie sein Vater ist Balu ein ab-so-luter Computer-Experte. Der Geheimdienst hat ihn von einem Internat für Hochbegabte abgeworben. Balu ist also so etwas wie ein typischer Nerd. Und obwohl er auch in Kampfsportarten ausgebildet ist (darunter tatsächlich das Sumoringen!), sind ihm sämtliche körperliche Aktivitäten ein Gräuel. Er ist deshalb hauptsächlich für die Aufgaben in unser Team gekommen, für die viel Wissen, eine hohe Intelligenz und Technikwissen gefordert wird.

Nächster Tag. Nun treffen wir uns also in der geheimen Zentrale des Geheimdienstes. Wir, die drei neuen YOUNG AGENTS, zusammen mit den drei alten: Billy alias Liam, Naomi und Charles, um unseren ersten gemeinsamen Auftrag genauer zu besprechen. Obwohl das Team der YOUNG AGENTS nun auf die doppelte Größe angewachsen ist, ist das getarnte, unterirdische Büro des Profs unterhalb der Tankstelle nicht größer geworden. Deshalb sitzen außer Naomi und Charles alle anderen auf dem Fußboden. Der Prof wird natürlich gleich wieder in seinem Chefsessel an seinem überdimensioniert großen Schreibtisch thronen.

Wie üblich, hält der Prof sich auch dieses Mal nicht mit Begrüßungsfloskeln auf. Er betritt wortlos durch eine Seitentür den Raum, setzt sich und beginnt ohne jede Einleitung: »Liam, Naomi und Charles haben erfolgreich gearbeitet und sowohl den Boss als auch Thorsten Maffei hinter Gitter gebracht.«

Ich schaue zu den dreien rüber und merke, wie sehr sie sich über dieses Lob freuen.

Doch bevor sie es auch nur annähernd auskosten können, fährt der Prof gleich fort: »Aber damit ist die Kriminalität natürlich nicht ausgemerzt. In Deutschland ist in letzter Zeit die Zahl der Einbrüche und Diebstähle dramatisch gestiegen, auch hier in Hamburg. Und sogar europaweit, vor allem in den reicheren europäischen

Staaten wie Frankreich, Großbritannien, den nordischen Ländern, hauptsächlich in Schweden, aber die Einbruchwelle geht hinunter bis Spanien. Ein untrügliches Zeichen dafür, dass wir es mit organisierten Banden zu tun haben, die ihre Diebes-Kolonnen europaweit auf Tournee schicken. Sie kommen, rekrutieren neue Einbrecher, schlagen drei bis vier Wochen lang zu, dann ziehen sie ins nächste Land und kehren irgendwann zurück.«

»Organisierte Banden in Deutschland?«, fragt Billy dazwischen. »Ohne den Boss und ohne Maffei?«

Der Prof nickt. »Wir wissen noch nicht, ob vielleicht Bandenmitglieder der beiden mit dahinterstecken, quasi deren Nachfolger oder Stellvertreter, oder ob wir es mit einer gänzlich neuen Struktur der organisierten Kriminalität zu tun haben.«

Und ich spüre gerade, dass es jetzt wirklich ernst wird. Wir werden es mit echten, gefährlichen Verbrecherbanden zu tun bekommen. Auch Abena und Balu sehen den Prof mit großen Augen an. Ich glaube, die sind genauso angespannt und aufgeregt wie ich.

Billy, Naomi und Charles hingegen wirken eher ein wenig resigniert. Nachdem sie unter so großem Einsatz und mit so viel Mühe beide Bandenchefs zur Strecke gebracht haben, geht nun alles von vorn los?

»Wir – das heißt, die Polizei und der Geheimdienst – wissen: Es werden dazu auch immer mehr Kinder angeworben«, fährt der Prof fort.

Billy nickt ihm zu.

Ich nehme an, jetzt kommt der Prof zum Punkt, weshalb wir YOUNG AGENTS eingesetzt werden sollen.

»Erstens kommen Kinder leichter durch kleine Keller-, Flur-, Dach- und Badezimmerfenster«, erklärt der Prof weiter. »Zweitens sind sie nicht strafmündig, wenn man sie erwischt. Wir sind sicher, dass die Kinder zu diesen Taten gezwungen werden. Es geht also nicht nur um die Einbrüche, sondern auch um die skrupellose Ausnutzung von Jugendlichen, vielleicht sogar mittels Entführungen. Oft handelt es sich um Mafia-Organisationen aus Osteuropa wie Russland oder Rumänien. Es ist aber plötzlich eine ganz neue Bande aufgetaucht. Aller Wahrscheinlichkeit nach aus Deutschland. Und sie will der osteuropäischen Mafia einige Gebiete streitig machen.«

»Ein neuer Clan?«, fragt Naomi.

Der Prof nickt. »Es sieht so aus. Dieser neue Clan rekrutiert ebenfalls Jugendliche und Kinder, zum Beispiel Heimkinder …«

Alle sehen in diesem Moment zu mir. Ja, okay! Wissen doch alle, dass ich in einem Heim aufgewachsen bin.

»Oder Straßenkinder.«

Wieder treffen mich alle Blicke.

»Oder auch unbegleitete, jugendliche Flüchtlinge aus Afrika«, setzt der Prof fort.

Alle Blicke wechseln plötzlich von mir zu Abena, die das sofort bemerkt und sich wehrt.

»Hallo?!«, raunzt sie uns an. »Nur, weil ich aus Ghana komme, bin ich noch lange kein Flüchtling. Und schon gar keine Einbrecherin. Im Gegenteil: Ich bin eine Diplomatentochter!«

Naomi kichert laut los. »Wir sollten uns also nicht mit ihr anlegen. Abena genießt diplomatische Immunität. Wie alle Diplomaten und ihre Angehörigen.«

»So sieht es aus.« Abena grinst frech.

Naomi, Charles und Billy schmunzeln. Auch Balu kichert leise.

»Immunität?«, frage ich. Ich weiß wirklich nicht, was das hier bedeuten soll. »Gegen Krankheiten, oder was?«

Alle prusten los. Na toll!

»Wir reden hier nicht von Impfungen«, stellt Naomi lachend klar. »Sondern davon, dass Diplomaten strafrechtlich nicht vor Gericht gestellt werden können. Jedenfalls nicht so ohne Weiteres.«

»Können wir vielleicht mal wieder zum Thema zurückkommen?«, mahnt der Prof. »Es geht also vor allem darum herauszufinden, wer die Drahtzieher dieser neuen Bande sind.«

Das finde ich aber auch.

Die ganze Runde kehrt nun zum Glück wieder zum Ernst der Sache zurück.

»Schwerpunktmäßig scheint die neue Bande sich im Moment neue Diebe unter den jungen Flüchtlingen auszusuchen«, berichtet der Prof.

Abenas Gesichtszüge verfinstern sich.

»Diese Verbrecher!«, zischt sie. »Sich ausgerechnet an die Schwächsten heranzumachen!«

Ich weiß, was sie meint: Die jugendlichen Flüchtlinge, ohnehin schon vom Kriegsgeschehen in ihren Heimatländern traumatisiert, haben oft eine lebensgefährliche Odyssee hinter sich. Viele von ihnen sind in überfüllten Schlauchbooten übers offene Meer geflohen und nicht selten gerade noch so vor dem Ertrinken gerettet worden. Dann kommen sie nach langer Unterbringung in menschenunwürdigen Lagern endlich irgendwie nach Deutschland, kennen hier aber niemanden, verstehen die Sprache nicht, besitzen kein Geld, haben keine Arbeit, kein Zuhause und nicht die geringste Ahnung, was sie hier erwartet oder an wen sie sich wenden können. Und dann kommen diese organisierten Banden, versprechen ihnen das Blaue vom Himmel und verleiten sie zu kriminellen Taten.

»Um Kontakt zu dem neuen Einbrecherclan zu bekommen und auf sich aufmerksam zu machen, schlage ich vor, Abena und Liam bieten sich zunächst in einer Flüchtlingsunterkunft als Helfer an«, teilt ihnen der Prof mit. »Vor Ort müsst ihr versuchen, Kontakte zu knüpfen zu jenen, die dort in der Nähe herumlungern und neue Jugendliche rekrutieren wollen. Wenn ihr das geschafft habt, schlagt ihr Tim als den idealen Einbrechertyp vor: jung und strafunmündig; gesucht, weil er aus dem Heim abgehauen und damit erpressbar ist; und als Straßenkind auf der Flucht bereits an zahlreiche Diebstähle gewöhnt.«

Ich, der »ideale Einbrechertyp«? Das empfinde ich nicht gerade als Kompliment. Aber immerhin verschafft es mir meinen ersten echten Einsatz.

Und ich muss zugeben: Ich bin mit meiner geringen Körpergröße perfekt für Hauseinbrüche geeignet. Ohne Schwierigkeiten passe ich durch Keller- oder Badezimmerfenster und vermutlich auch durch so manches vergitterte Fenster. Und selbst meine Legende muss ich für den Einbrecherclan nicht erfinden und auswendig lernen, sondern einfach nur mein normales, wahres Leben erzählen. Schließlich bin ich wirklich im Heim aufgewachsen, von dort abgehauen, habe als Straßenkind gelebt und bin wirklich mehrfach von der Polizei aufgegriffen worden. Ich muss in meiner Lebensgeschichte eigentlich nur weglassen, dass ich irgendwann zu den YOUNG AGENTS gekommen bin.

Billy nickt mir aufmunternd zu. Soll heißen: *Das schaffst du. Ich glaube an dich.*

Seine Zuversicht tut mir gut. Auch wenn er wohl gar nicht anders kann, als zuversichtlich zu sein. Schließlich ist er mein Mentor und als solcher weitgehend für mich verantwortlich. Jeder von uns drei Neuen wurde einem der drei erfahrenen YOUNG AGENTS zugeteilt, der uns als Mentor zur Seite steht: Billy ist für mich zuständig, Naomi für Abena und Charles für Balu. Anders ausgedrückt: Die Jungs für die Jungs, das Mädchen für das Mädchen.

Mir gefällt diese Aufteilung. Und ich glaube, Billy auch. Jedenfalls verstehen wir uns super. Zum Glück! Denn schließlich wohne ich in den nächsten paar Wochen bei ihm. Da wäre es ziemlich schwierig geworden, wenn wir uns nicht ausstehen könnten. Das wäre bestimmt auch für Billys Eltern ein Problem. So aber funktioniert das Zusammenwohnen toll.

Abena wohnt ganz normal zu Hause. Ihre Eltern wissen ja Bescheid. Und Balu wohnt in Charles' Zimmer in der kleinen Agentenwohnung, die sich Naomi bisher nur mit Charles geteilt hat. Da ist es zu dritt zwar extrem eng, doch in spätestens zwei Wochen soll Charles ohnehin zurückkehren nach London und dort andere Aufgaben übernehmen, sodass Balu dann das Zimmer für sich allein haben wird.

»Also«, schließt der Prof seine Erläuterungen ab, »gibt es noch Fragen?«

Wir alle sechs schütteln die Köpfe.

»Dann: Viel Erfolg!«, sagt der Prof, erhebt sich und verlässt sein Büro.

Die Besprechung ist beendet.

»Und?«, fragt Billy mich.

Meine Wangen glühen vor Aufregung. Mein erster Auftrag!

Das Blöde an unserem Plan ist, dass ich vorerst gar nichts zu tun habe. Denn erst einmal müssen Billy und Abena zur Flüchtlingsunterkunft, um die ersten Kontakte aufzubauen. Dazu wollen sie sich zunutze machen, dass sie in dieselbe Schulklasse gehen. Trotzdem bin ich aufgeregt. Ich schaue meinen Mentor mit großen Augen an, strahle dann übers ganze Gesicht und versichere ihm: »Ich bin bereit!«

ERSTER KONTAKT

Ich bin Abena. Tim hat mich ja schon vorgestellt. Ich bin eine der drei neuen YOUNG AGENTS. Und auch, wenn ich im letzten Fall der drei älteren YOUNG AGENTS schon ein bisschen mitgemischt habe, ist dies mein erster offizieller Fall, genauso wie für Tim und Balu.

Jetzt, einen Tag nach unserer Besprechung gestern, stehe ich am Nachmittag gemeinsam mit Billy vor der Tür der Flüchtlingsunterkunft, um unsere Hilfe »im Rahmen eines Schulprojekts« anzubieten.

Ein junger Mann mit dünnem Zauselbärtchen empfängt uns. Seine halblangen, braunen Haare hat er mit einem einfachen Gummiband zu einem mickrigen Zöpfchen zusammengebunden. Über seiner ausgewaschenen Jeans trägt er ein viel zu großes, schlabberiges T-Shirt in einer Farbe irgendwo zwischen Olivgrün und Graubraun.

»Hey!«, ruft er uns zu, obwohl wir direkt vor ihm stehen. »Das ist ja toll! Hilfe können wir immer brauchen. Ich bin der Basti. Und wer seid ihr?«

Er reicht uns beiden nacheinander seine Hand zur Begrüßung.

In nenne ihm meinen Namen.

Billy überlegt kurz. Er ist im Einsatz. Eigentlich müsste er seinen Agentennamen nennen: Liam. Andererseits spielt sich unser Einsatz quasi direkt vor unserer Haustür ab, in der Nähe unserer Schule, in der ihn alle nur unter seinem richtigen Namen kennen. Also entschließt er sich, genau wie ich, auch hier seinen echten Namen zu nennen. »Ich bin Billy.«

Ich hatte übrigens gar keine andere Wahl, denn einen Agentennamen habe ich noch gar nicht.

»Oh«, sagt Basti. »Billy! Das ist ja ein lustiger Name. Wie ...«

»Ich weiß«, unterbricht Billy ihn leicht angesäuert. »Wie das Ikea-Regal. Das höre ich nicht zum ersten Mal.«

»Gibt es etwas zu tun?«, frage ich, bevor wir hier ins sinnlose Plaudern geraten. »Wir könnten ab sofort!«

»Hä?«, fragt Basti leicht verwirrt. Dann fällt es ihm ein. »Ach so. Logisch! Kommt mit!«

Der Wohnkomplex für die jugendlichen Flüchtlinge sieht aus wie ein gewöhnliches Mehrfamilien-Wohnhaus und ist eigentlich auch nichts anderes. Ein Wohngebäude mit insgesamt zehn Wohnungen für je maximal vier bis sechs Jugendliche.

»Zurzeit wohnen hier 38 Kinder und Jugendliche aus zwölf Ländern«, erläutert Basti, während er uns zu einem sogenannten Gemeinschaftsraum führt, der am Ende des Flures liegt, von dem auch das kleine Büro abgeht. In dem Raum stehen eine Tischtennisplatte, ein Kicker und mehrere große Tische, an denen gegessen, aber auch gebastelt, gelesen oder sonst etwas gemeinschaftlich unternommen wird.

Zwei Jungs spielen gerade Tischtennis. Ein dritter sitzt an einem der Tische und malt etwas. Der Kicker steht leer, was mich ziemlich überrascht. Auf unserem Schulhof steht auch einer, der ist immer besetzt.

»Und was sollen wir hier tun?«, frage ich, weil dieser Basti von sich aus nichts sagt.

Doch nun zeigt er auf die beiden Jungs an der Tischtennisplatte.

»Macht euch bekannt«, schlägt er vor.

Ich verstehe nicht so recht. »Und dann?«

»Nichts weiter«, antwortet Basti. »Die beiden sind die Besten in unserem Deutschkurs. Es wird ihnen sehr weiterhelfen, wenn sie die Sprache nicht nur über den Kurs lernen, sondern gleichaltrige Gesprächspartner haben, mit denen sie sich auf Deutsch unterhalten können.«

»Wir sollen also nur reden?«, fragt Billy nach.

Basti nickt. »Ganz genau. Das ist das Beste, wie ihr helfen könnt.«

Billy und ich schauen uns verwundert an. Mit allen möglichen Arbeiten haben wir gerechnet, aber damit gewiss nicht. Aber okay, wenn Basti es so vorschlägt...

Ich gehe freundlich auf einen der beiden Spieler zu. Vielleicht lassen sie uns ja mitspielen. »Hallo! Ich bin Abena. Können wir Doppel spielen?«

Die beiden Jungs unterbrechen ihr Spiel. Fragend sieht der Angesprochene mich an.

Ich halte seinem Blick stand, warte einen Augenblick, doch von ihm kommt nichts.

Normalerweise kann ich Menschen schon bei der ersten Begegnung innerhalb von wenigen Minuten recht gut einschätzen und liege selten falsch mit meinem ersten Eindruck. Doch jetzt fällt es mir schwer, seine Nicht-Reaktion zu deuten.

Ich versuche es mit einem Lächeln und wiederhole, dieses Mal allerdings deutlich langsamer, denn vielleicht hat er mich nur nicht verstanden: »Ich – bin – A-be-na.«

Ich tippe mir mit dem Finger gegen die eigene Brust. Das kommt mir zwar selbst ein bisschen blöd vor, aber wenn es der Verständigung dient... »Wollen – wir – ein – Doppel – spielen?«

Ich versuche, mit Gesten zu verdeutlichen, was ich mit *Doppel* meine.

Der Junge blickt zu seinem Kumpel auf der anderen Seite des Tisches und ruft hinüber: »Doppel?«

Mit einem seitlichen Kopfnicken zeigt er auf Billy und mich.

Der andere nickt ihm zu. »Okay. Wir gegen die.«

Ich werfe Billy einen vielsagenden Blick zu. *Von wegen Deutsch lernen! Können die doch längst.*

Ich sehe mich nach einem Tischtennisschläger um, doch der andere Junge hat schon zwei aus einer Kiste in der Ecke hervorgekramt und reicht sie mir. Ich reiche einen weiter an Billy und stelle mich das dritte Mal vor, um die Namen der Jungen zu erfahren: »Ich bin Abena. Das ist Billy. Und ihr?«

»Ben«, antwortet der erste Junge, zeigt auf den anderen und sagt: »Asante.«

»Schön«, sage ich und lächle.

Nun fragt Ben: »Ihr wollt helfen? Im Haus? Wobei?«

»Bei allem«, antwortet Billy.

Ich strecke fordernd meine Hand aus und sage: »Wir sind jünger. Wir haben Aufschlag. Gib den Ball!«

Diesen Asante schätze ich auf 15 oder 16, Ben vielleicht ein Jahr jünger.

Ich bekomme den Ball und mache den Aufschlag. Zum Glück kann ich einigermaßen gut Tischtennis spielen. Was ich von Billy nicht behaupten kann, nachdem ich seine ersten drei Schlagversuche gesehen habe. Dreimal hat er Löcher in die Luft geschlagen. Billy ist ja auch mein Mitschüler. Wir gehen in dieselbe Klasse. Aber noch nie ist mir aufgefallen, dass er im Tischtennis eine totale Niete ist. Ich wusste gar nicht, dass wir noch nie zusammen gespielt haben. Er tut mir fast ein bisschen leid. Aber ich versuche, es wieder wettzumachen.

Mein Aufschlag gelingt, wird aber von Asante gut pariert. Allerdings nicht besonders scharf und auch nicht sehr präzise.

Billy trifft! Yeah! Und spielt den Ball zurück. Aber selbst das wäre um ein Haar danebengegangen. Der Ball springt gegens Netz, bevor er rüber in die gegnerische Hälfte rollt und unmöglich erreicht werden kann.

»Eins zu null!«, rufe ich.

Billy schaut ganz stolz. Obwohl man sich für solche Bälle eigentlich entschuldigt.

Ich hole aus zum zweiten Aufschlag. Ein Ass, weil dieses Mal Ben danebenhaut.

Die können das auch nicht!

In dem Augenblick vibriert Billys Smartphone. Es ist sein »Diensthandy«, wenn man so will: Ein Smartphone des Geheimdienstes, das Billy stets gut versteckt in einer geheimen Tasche unter dem Gürtel im Hosenbund bei sich trägt. Ich weiß, dass er im Alltag, zum Beispiel in der Schule, ein altes, einfaches, gewöhnliches Handy benutzt, das er gut sichtbar in seiner Hosentasche trägt.

Billy muss sein Diensthandy nicht mehr aus seiner Geheimtasche ziehen. Mittlerweile ist seine neue, digitale Smartwatch mit dem Handy verbunden. Er kann die Nachrichten direkt auf dem Display ablesen, ohne dass jemand mitbekäme, von welchem Handy sie auf seine Smartwatch gesendet werden.

Billy zeigt mir kurz die Nachricht, die er gerade bekommen hat. Sie ist von Naomi. Und sie gefällt uns überhaupt nicht.

Gonzo lungert hier herum!

Ich seufze: Auch das noch! Gonzo!

»Hier«, das bedeutet, Gonzo steht draußen vor der Tür dieser Wohnunterkunft. Verflixt! Dann ist er uns gefolgt. Und wir haben das nicht mal bemerkt.

Ich muss zugeben, wir haben auch nicht darauf geachtet. Gonzo ist so ähnlich wie Zahnschmerzen. Immer wenn man denkt, man wäre ihn los, taucht er aus dem Nichts wieder auf und bleibt so lange, bis man das Übel an der Wurzel gepackt und ausgemerzt hat.

Schon am ersten Tag, als ich neu in Billys und Gonzos Klasse kam, hat Gonzo sich in mich verguckt. Das klingt im ersten Moment vielleicht schmeichelhaft für mich. Aber Gonzo ist überhaupt nicht mein Typ und entpuppte sich zudem sehr schnell als totale Nervensäge. Ich hab mich dann von Beginn an lieber an Billy gehalten, was sofort Gonzos Eifersucht hervorgerufen hat, die bis heute anhält. Mittlerweile ist er sogar dazu übergegangen, wahlweise Billy oder mir oder auch uns beiden gleichzeitig nachzuspionieren! Was schon lästig war, als noch nur Billy ein YOUNG AGENT war. Aber nun, da auch ich zu den jungen Agenten gehöre, ist es zu einem richtigen Problem geworden.

»Wo ist er?«, frage ich Billy.

»Vor der Tür«, antwortet Billy mir.

Während ich den nächsten Aufschlag mache, den Ben und Asante wieder nicht parieren können.

»Drei zu null!«, rufe ich. Denn wir wollen hier doch nicht vergessen, wer gerade das Spiel gewinnt!

Vielleicht auch, um davon abzulenken, fragt Ben uns: »Wer? Vor die Tür?«

Ich winke ab. »Ach, niemand!«

»Polizei?«, fragt Ben.

Billy und ich schauen uns an. Wie kommt Ben denn auf die Polizei?

Noch bevor ich nachhaken kann, fragt Asante: »Ami? Er hat auch gefragt euch?«

Erneute Verwunderung bei Billy und mir.

Billy sagt erst mal nichts dazu.

Ich schmettere den vierten Aufschlag direkt ins Netz, weil ich jetzt unkonzentriert bin. Sollten wir schon gleich bei der ersten Begegnung auf der richtigen Spur sein?

»Eins zu drei«, ruft Ben mir zu.

Ich frage nicht direkt nach Ami, sondern stell meine Frage offener: »Ach, er heißt Ami?«

Mein fünfter Aufschlag ist wieder ein Ass.

»Ja«, antwortet Asante, während Ben den Ball vom Boden aufhebt und sich für seinen ersten Aufschlag bereit macht. Asante wiederholt seine Frage: »Er hat auch gefragt euch?«

Man sagt mir nach, dass ich eine sehr gute Intuition habe und über eine ausgezeichnete Menschenkenntnis verfüge. Weshalb ich ja auch von Anfang an Gonzo abgelehnt und mich Billy zugewendet habe, wie Billy einmal scherzhaft bemerkt hat.

Jetzt jedenfalls meldet sich wieder mein Gefühl, dass wir bei Asante und Ben genau an die Richtigen geraten sind, über die wir an die Leute herankommen könnten, die wir suchen. Gut möglich, dass dieser Ami genau derjenige ist, der sich hier in der Flüchtlingsunterkunft seine neuen Diebe aussucht. Ich bleibe also mal dran.

»Na ja«, antworte ich vorsichtig. »Da ist uns wirklich einer begegnet. Aber dann hat er wohl gemerkt, dass wir hier nicht wohnen, sondern nur Helfer sind. Ich hätte gern gewusst, was er gewollt hat. Wisst ihr es zufällig?«

Ben und Asante schauen sich an und scheinen sich stumm zu fragen, ob sie Billy und mir vertrauen sollen. Ich spüre regelrecht ihre Zweifel. Deshalb winke ich schnell ab.

»Lasst nur. Müsst ihr nicht erzählen, wenn es zu privat ist.«

Wieder schauen die beiden sich an.

Nachdem er sich augenscheinlich das stumme Einverständnis von Asante eingeholt hat, sagt Ben: »Wir dürfen nicht Arbeit.«

»Verstehe«, sage ich.

»Kein Arbeit, kein Geld«, fügt Asante hinzu.

Ich nicke. »Das ist bitter.«

»Bitter?«, fragt Asante.

»Äh... schlecht«, übersetze ich.

»Kein Arbeit, schlecht«, bestätigt Ben.

Nun reiht auch Billy sich in das Gespräch ein. »Und Ami hat Arbeit für euch?«

Ben und Asante nicken.

»Sprecht ihr eigentlich Englisch?«, fragt Billy.

Beide schütteln die Köpfe.

»Ich Soomaaliya«, erklärt Asante.

Das ist das Somali-Wort für Asantes Heimatland Somalia.

»Ben Afghanistan.« Asante zeigt auf Ben.

Ich verstehe: Die beiden können sich untereinander nur in der für sie fremden Sprache Deutsch unterhalten. Denn die Sprachen Somali und Paschtunisch oder Persisch sind zu verschieden, als dass sich die beiden verstehen könnten. Vielleicht ist das der Grund, weshalb sie so eifrig Deutsch lernen und die Besten im Sprachkursus sind. Sie fühlen sich als Freunde und wollen sich unterhalten können!

»Okay«, biete ich an. »Wenn ihr Hilfe braucht wegen der deutschen Sprache, zum Beispiel, wenn ihr mit Ami redet...« Ich zeige auf Billy und mich. »Wir können helfen.«

»Danke!«, sagt Asante.

»Im Übrigen sprecht ihr echt gut!«, lobt Billy. »Und versteht auch schon alles, oder?«

»Gelernt«, sagt Asante stolz. »Hier in Kuuhhrsuuhhs.«

»Und Buch« ergänzt Ben. Er zieht ein sehr zerfleddertes Büchlein aus der hinteren Hosentasche.

Billy wirft einen Blick darauf.

»Handwörterbuch Deutsch-Persisch« steht darauf, soweit ich es erkennen kann.

»Sehr gut!« Billy reckt den Daumen nach oben.

Oh, Billy! Das war ein Fehler!

Prompt verzieht Ben böse die Miene und schimpft: »Hey!«

»Was ist?«, fragt Billy.

Er weiß es wirklich nicht. Ich springe ihm zur Seite: »In Afghanistan gilt die Geste ›Daumen hoch‹ als üble Beschimpfung. Vielleicht ein wenig so wie hier in Deutschland der gestreckte Mittelfinger.«

»Oh!« Billy läuft rot an.

»In Nigeria übrigens auch. Bei uns in Ghana ist das aber nicht so. Und in Somalia weiß ich es nicht«, erkläre ich weiter.

»Ist okay«, sagt Asante. »Wir wissen, wie gemeint ist in Dschörmany.«

»Ami gibt euch also Arbeit?«, komme ich aufs Thema zurück.

Asante zieht die Schultern hoch. »Ja. Ich hoffe. Gutes Geld, sagt er.«

»Cool!«, sage ich. »Was muss man tun?«

Wieder zieht Asante die Schultern hoch. »Egal!«

Ich kann das gut verstehen. Wenn man überhaupt kein Geld hat und rein gar nichts besitzt außer den Klamotten, die man am Leib trägt, ist einem die Arbeit egal, die einem angeboten wird. Hauptsache, man kann sich etwas Geld verdienen. Asante kann hier zwar wohnen, er bekommt Kleidung aus der Kleiderspendensammlung, er bekommt zu essen. Aber das war es auch schon. Für irgendetwas anderes haben die halb erwachsenen Jungs kaum Geld, bis auf ein geringes Taschengeld. Klar, dass sie nach jedem Strohhalm greifen, den ihnen jemand anbietet.

»Wann geht's los?«, frag ich noch.

Aber auch das weiß Asante nicht. »Treffen heute um sechs.«

»Viel Glück!«, wünsche ich ihm. Denn ich habe alles erfahren, was wir im Moment wissen müssen. Dann widme ich mich wieder dem Tischtennisspiel. »Ihr habt Aufschlag!«

DIE EINSCHLEUSUNG

Drei Stunden, nachdem Billy und ich in der Flüchtlingsunterkunft waren, sitzen wir sechs YOUNG AGENTS auf der großen Wiese im Hamburger Stadtpark zusammen. Sich in der Agentenwohnung zu treffen, erschien uns mit so vielen Personen zu auffällig. Ohnehin ist es schon schwierig genug, die Agentenwohnung geheim zu halten. Wenn zwei Kinder allein in einer Wohnung leben, fällt das irgendwann den Nachbarn auf, die dann vielleicht das Jugendamt oder die Polizei informieren. Und schon gehen die Nachforschungen und Befragungen los.

Deshalb kommt der Prof regelmäßig vorbei. Nur, um der Nachbarschaft zu zeigen, dass es offenbar einen berufstätigen Vater der beiden Kinder gibt. Charles und Naomi tun ihr Übriges, um jeglichen Kontakt mit den Nachbarn zu vermeiden. Seit Balu auch in der Wohnung untergebracht ist, ist alles noch komplizierter geworden. Zurzeit prüft der Geheimdienst, ob man die Wohnung wechseln sollte.

Jedenfalls haben wir entschieden, uns möglichst nicht zu sechst in der Wohnung zu treffen. So sitzen wir jetzt im Kreis auf der Wiese. Von Weitem soll es auf Außenstehende den Eindruck erwecken, ein paar Kids, vielleicht aus derselben

Schulklasse, hätten sich einfach am Nachmittag getroffen, um gemeinsam abzuhängen. In Wahrheit geben Billy und ich einen Lagebricht über unsere ersten Kontakte in der Flüchtlingsunterkunft.

»Today in the evening ist diese Meeting?«, fragt Charles, der im Gegensatz zu Naomi immer noch recht gebrochenes Deutsch spricht. Auch ich habe in deutlich kürzerer Zeit erheblich besser Deutsch gelernt als er. »Das ging schnell!«

Billy nickt ihm zu. »Ja, wir haben Glück gehabt, gleich auf die Richtigen zu treffen.«

»Oder dieser Ami trifft sich mit jedem aus der Unterkunft. Wäre ja auch möglich«, wirft Naomi ein.

Billy wiegt abschätzend den Kopf hin und her. »Das glaube ich nicht. Wie auch immer: Auf jeden Fall war Abena mal wieder eine Meisterin darin, die Jungs auszufragen.«

Ich fühle mich geschmeichelt und schaue verlegen zu Boden.

»Und?«, fragt Balu. Auch sein Deutsch ist recht gut. Aber man hört deutlich seinen indischen Akzent. »Wie geht es weiter?«

»Wir müssen diesen Ami treffen«, erläutert Billy. »Denn noch *wissen* wir ja gar nicht, ob er von der Einbruchsbande kommt und neue Diebe sucht. Wir *vermuten* es nur.«

Balu hebt staunend seine Augenbrauen. »Ihr meint, vielleicht vermittelt er ihnen wirklich eine seriöse Arbeit?«

Billy winkt ab. »Wohl kaum. Das würde über andere Wege laufen. Über einen offiziellen Aushang im Flüchtlingsheim oder so. Also, legal ist es sicher nicht, was Ami zu bieten hat. Die

Frage bleibt aber, ob wir es hier wirklich mit unserem gesuchten Clan zu tun haben.«

»Auf jeden Fall gehen wir heute um 18 Uhr zum Treffen«, sage ich.

Nun ist Charles es, der verwundert nachfragt. »Really? Ihr seid doch gar nicht... wie heißt es?«

»Verabredet?«, springe ich ihm bei. »Nein. Aber das kriegen wir schon hin.«

»Gut«, sagt Tim. »Aber wann haben *wir* denn endlich etwas zu tun?«

Er meint damit sich und Balu.

Naomi lächelt ihm zu. »Keine Sorge, früher, als dir lieb ist.«

Tim schüttelt den Kopf. »Das glaube ich nicht. Denn von mir aus kann es sofort losgehen.«

»Du musst dich noch etwas gedulden«, mahnt Billy ihn.

»Billy?«, fragt Naomi und steht auf. »Ich gebe eine Runde Eis aus. Kommst du mit, mir tragen helfen?«

Billy schaut sie einen kurzen Moment fragend an.

Vermutlich fragt er sich wie ich, wo sie denn hier Eis kaufen will.

Doch dann steht er auf und geht mit Naomi los.

Ich schaue in die Runde und ahne, was die beiden vorhaben. Naomi hat ihre Schwierigkeiten mit Tim. Sie hält ihn noch für zu wenig ausgebildet. Und nachdem Tim seine Generalprobe ziemlich verbockt hat, zweifelt Naomi möglicherweise daran, ob es richtig ist, Tim wirklich schon so voll einzusetzen. Ich weiß zwar nicht so genau, wieso sie Charles nicht mit in ihre Beratungen einbeziehen. Aber ich hab schon länger den Eindruck, dass bei den alten YOUNG AGENTS Naomi und Billy das Sagen haben.

Und da Billy Tims Mentor ist, wird er vermutlich das letzte Wort haben. Außerdem hat der Prof die Einteilung der Aufgaben vorgenommen. Dagegen darf man ohnehin nichts sagen.

Nach kurzer Zeit kommen die beiden zurück und haben tatsächlich Eis mitgebracht. Wir vier greifen freudig zu und machen in unseren Planungen weiter. Wenn ich aber Billy und Naomi ins Gesicht schaue, dann bin ich mir sicher, dass ich mit meinen Vermutungen richtigliege. Die haben sich über Tims Schwächen unterhalten.

Am Abend stehe ich mit Billy pünktlich am Treffpunkt. Besser gesagt: eine halbe Stunde *vor* der verabredeten Zeit. Bevor Billy und ich heute Mittag die Flüchtlingsunterkunft verlassen haben, hatte ich von Asante noch erfahren, dass Ami Ben und Asante vom Eingang der Wohnunterkunft abholen will. Jetzt sind wir also wieder hier.

Aber »abholen«? Wir haben leider keine Ahnung, was Ami damit gemeint haben könnte. Asante konnte es mir auch nicht sagen. Zu Fuß, mit dem Rad, gar mit einem Auto?

Sicherheitshalber sind wir beide mit unseren E-Bikes gekommen. Spezialanfertigung des Geheimdienstes, mit dem wir bis zu sechzig Stundenkilometer schnell sein können. Damit sind wir eigentlich so schnell wie die Autos, zumindest solange die sich an die Geschwindigkeitsbegrenzungen halten.

Billy und ich haben uns verdeckt gegenüber der Unterkunft aufgestellt und observieren von dort den Eingang.

Balu sitzt in der Agentenwohnung am Laptop.

Billy und ich sollen versuchen, Ami einen GPS-Chip zuzustecken oder an seinem Gefährt anzubringen, sodass Balu ihn auf der Computerkarte verfolgen kann. Zwar ist Charles Balus Mentor, doch Naomi ist die bessere Computertechnikerin. Deshalb schaut sie Balu bei seiner Arbeit über die Schulter, ob er seine Sache gut macht. Wir sind zusätzlich über Bluetooth-Headset und Smartphone mit den beiden verbunden.

Für eine Verfolgung mit der bemannten Drohne ist es noch zu früh, weshalb Charles, aber auch Tim noch nicht zum Einsatz kommen. Tim sitzt zu Hause in Billys Wohnung und wird sich wohl fürchterlich langweilen oder nervös auf- und abtigern und seinem Einsatz entgegenfiebern.

Charles hockt wohl in seinem Zimmer in der Agentenwohnung und befindet sich sozusagen im Standby-Modus, falls sein Einsatz doch erforderlich werden sollte.

Kurz vor sechs öffnet sich der Haupteingang der Wohnunterkunft und Asante und Ben kommen heraus. Offenbar haben sie wirklich keine Ahnung, was auf sie zukommt. Denn die beiden geben sich völlig unbeschwert, unterhalten sich laut, lachen, feixen ein bisschen und erwecken überhaupt nicht den Eindruck, mit jemandem verabredet zu sein. Sie scheinen auch kein bisschen nervös oder aufgeregt zu sein, obwohl es für sie doch darum geht, ob sie gleich einen Arbeitsplatz ergattern können oder nicht.

»Meinst du, die spielen nur so lässig?«, frage ich Billy.

»Die Frage hab' ich mir auch gerade gestellt«, antwortet Billy. »Aber ich glaube, nicht. Noch gehören sie ja nicht zu der Einbruchsbande. Woher sollten sie gelernt haben, sich so professionell unauffällig zu verhalten?«

Meine Smartwatch zeigt nun Punkt 18 Uhr an. Mein Blick geht hinüber zu Asante und Ben.

»Die beiden schauen nicht auf die Uhr«, teile ich Billy mit. »Aber die warten doch auf Ami, oder nicht?«

»Ben hat gar keine Uhr, soweit ich das sehe«, antwortet Billy.

»Der hat doch ein Handy, auf dem er die Zeit ablesen kann«, erwidere ich.

»Du hast recht«, stimmt Billy mir zu.

Die beiden zeigen nicht die geringste Reaktion darauf, dass sich ihre Verabredung verspätet. Sie schauen sich nicht um, nicht die Straße entlang, nicht auf die Uhr, recken nicht die Hälse.

Sie tun einfach nichts. Stehen nur da, unterhalten sich und sind guter Laune.

»Vielleicht nehmen sie es nicht so genau mit der Pünktlichkeit«, mutmaßt Billy.

Hä? Was ist das denn für ein Spruch?

»Weil es Ausländer sind, und die sind per se immer unpünktlich, oder wie?«, raunze ich Billy etwas rauer an als ich es eigentlich gewollt hatte.

»Nein«, antwortet Billy ein wenig entrüstet, dass ich ihm so etwas unterstelle. »Weil es *Jugendliche* sind. Denen kommt es doch oft nicht so auf die Minute an. Kennst du doch aus der Schule. Sie vertrauen gutmütig darauf, dass Ami kommt, weil er es ihnen versprochen hat.«

»Okay«, muss ich zugeben. Das ist ein Argument. »Zumindest aber waren sie rechtzeitig vor der Tür.«

In dem Moment kommt ein recht teurer Sportwagen die Straße entlanggefahren.

Billy und ich wechseln einen Blick.

Billy gibt sofort per Smartphone an Balu durch:

> Achtung! Ich denke, es geht los.

Doch der Wagen rollt an uns vorbei. Hinter dem Lenkrad sitzt eine blonde Frau mittleren Alters.

»Geschäftsfrau«, behauptet Billy einfach mal so.

»Woran willst du das so schnell erkannt haben?«, frage ich ihn.

»Ein bisschen was haben wir auf der Akademie eben gelernt«, antwortet Billy lächelnd. »So etwas erkenne ich.«

»Ach«, sage ich. »Und was meint dein kleines Sherlock-Holmes-Superhirn, wie kommt Ami hierher? Per Fahrrad? Zu Fuß? Oder in einem Auto?«

»Ich gebe zu, ich hab mit jemandem gerechnet, der auf dicke Hose macht«, räumt Billy ein.

»Dicke Hose?« Ich hab zwar wirklich sehr schnell Deutsch gelernt, aber den Ausdruck kenne ich nicht.

»Einen Angeber habe ich erwartet«, erläutert Billy. »Andererseits, ein schlichtes Auto würde nicht so auffallen. Bei einem teuren Sportwagen würden Asante und Ben vielleicht gleich misstrauisch werden.«

»Oder wären so beeindruckt, dass sie sofort alles mitmachen«, widerspreche ich.

Billy stimmt mir zu. »Ja, auch möglich.«

»Da ist er!« Ich sehe Ami und tippe Billy aufgeregt in die Seite.

Billy hingegen muss sich erst mal umschauen. Er hat Ami noch nicht entdeckt.

Ich tippe ihn nochmals an und zeige in die andere Richtung.

Jetzt sieht Billy ihn: Ami kommt mit einem Mountainbike vorgefahren.

»Er fährt E-Bike!«, wie Billy auf den zweiten Blick erkennt.

»Genau wie wir«, stelle ich fest und muss grinsen. »Glück gehabt!«

Denn das wird uns unsere Verfolgung erleichtern. Auch wenn Amis Rad sehr gut ist, soweit ich das erkenne, schneller als die Spezial-E-Bikes, die wir vom Geheimdienst bekommen haben, wird es ganz bestimmt nicht sein. Da bin ich mir genauso sicher wie Billy.

Erneut gibt Billy Balu den neuesten Stand durch. Dieses Mal lässt er das Smartphone angeschaltet und springt auf Video, sodass Balu am Computer in der Agentenwohnung das Geschehen hier vor Ort live mitverfolgen kann.

»So«, sagt Billy zu mir. »Dein Part. Los geht's!«

»Alles klar!«, antworte ich. Bevor ich auf mein Rad steige, stelle ich parallel zu dem Videoanruf mit Balu per Smartphone noch eine direkte Verbindung zu Billy her. Dann fahre ich los. Billy bleibt weiter im Hintergrund und beobachtet das Ganze verdeckt von der anderen Straßenseite aus, während Balu und Naomi weiterhin per Computer mitschauen können.

Ich halte direkt bei den drei Jugendlichen und grüße sie freundlich.

Ami schaut mich als das für ihn fremde Mädchen so verwundert an, das kann bestimmt sogar Billy aus der Entfernung erkennen.

Bevor Ami mich irgendetwas fragen kann, reiche ich ihm freundlich lächelnd meine Hand. »Hallo! Ich bin Abena. Ich helfe hier ein bisschen.« Ich weise mit dem Kopf zum Wohnhaus. »Vor allem mit der Sprache. Aber ich will nicht weiter stören. Wollte nur Asante und Ben kurz Hallo sagen. Ich muss gleich wieder weiter. Ich glaube, ich hab meine Jacke vorhin drinnen liegen gelassen.«

Schon mache ich Anstalten, mich wieder von den drei Jungs zu entfernen.

Doch Ben hält mich auf. Ganz so, wie ich es mir erhofft hatte.

»Warte. Du kannst dolmetsch.«

»Dolmetschen?«, frage ich nach.

Ben nickt.

Doch Ami ist nicht sehr begeistert.

»Hey!«, widerspricht er. »Dolmetschen? Was soll das heißen? Wer ist das? Was hat ein Mädchen hier zu suchen?«

Er schaut Asante und Ben an, zeigt dabei aber auf mich.

Typisch! Ich als Mädchen gelte nichts für ihn. Aber nicht mit mir, mein Lieber!

»Hab ich doch gerade gesagt«, antworte ich ihm, obwohl

er mich ausdrücklich nicht angesprochen hat. »Ich bin Abena und helfe hier.«

»Dolmetsch!«, wiederholt Ben.

»Sie spricht Persisch?«, fragt Ami nach.

Die älteren YOUNG AGENTS sprechen mehrere Sprachen, aber Persisch ist bisher nicht darunter. Auch kein Somali. Ich spreche außer meinem neu erlernten Deutsch bislang nur Englisch, meine Muttersprache. Andere Sprachen werden später noch dazukommen.

Doch so leicht lasse ich mich natürlich nicht in Verlegenheit bringen.

»Hallo? Ich bin *hier.* Sprich mit mir direkt, wenn du etwas wissen willst!«, gehe ich Ami forsch an.

Der zuckt für einen kleinen Moment zurück, geht dann aber sofort wieder in die Offensive. »Was willst du? Verschwinde! Mädchen haben hier nix zu suchen, verstehst du? Wir haben hier was zu bereden. Geschäftlich. Verpiss dich.«

»Was ist dein Problem?«, frage ich betont ruhig. »Hast du Angst vor Mädchen?«

»Alte!«, pöbelt Ami los. »Kein Problem. Die hier haben ein Problem.« Er wendet sich wieder Ben und Asante zu. »Wenn ihr einen Job wollt, dann ohne sie. Alles klar?«

Damit wendet sich Ami ab und geht.

Asante schaut ihm entsetzt hinterher, sieht nur kurz und verzweifelt zu mir. Ein Blick, der wohl heißen soll: *Versau uns das nicht. Lass uns in Frieden und hau ab!*

Dann ruft er Ami hinterher: »Warte!«, und läuft zu ihm.

Ben bleibt unschlüssig stehen. Auch er will den Job. Aber

er scheint nicht zu verstehen, weshalb Ami so ein Problem mit mir hat. Fast entschuldigend sieht er mich an.

Das ist gut. Damit habe ich Ben und Asante schon mal getrennt und kann wenigstens Ben von weiteren Dummheiten abhalten. Ich gehe behutsam nah an Ben heran.

»Was für ein Idiot!«, schimpfe ich so leise über Ami, dass er und Asante mich nicht hören können. »Glaubst du wirklich, der will euch helfen?«

Ben ist verunsichert. »Er Arbeit hat für uns.«

»Vergiss ihn!«, rede ich ihm zu.

Wir beide beobachten, wie Asante mit Ami wieder ins Gespräch gekommen ist.

»Lass sie. Komm mit!«, flüstere ich Ben verschwörerisch zu. Ich lege meinen Arm um seine Schultern, drehe ihn fast unmerklich von den beiden Jungs weg und führe ihn langsam Richtung Haupteingang der Wohnunterkunft.

Ben lässt das widerstandslos mit sich machen und folgt mir. Offenbar vertraut er mir schon. Hinter meinem Rücken gebe ich Billy ein Zeichen. Ich weiß, dass er uns die ganze Zeit im Blick hat. Und über unsere Standleitung müsste er das Gespräch auch mitbekommen haben. Billy kennt meine Absicht und wird meine heimlichen Zeichen richtig deuten.

Sofort geht er über die Straße, direkt auf Ami und Asante zu.

Ich bekomme Amis Reaktion mit. Als er Billy auf sich zukommen sieht, bricht er abrupt das Gespräch mit Asante ab und ruft drohend zu Billy, noch ehe der ganz bei ihnen ist: »Was ist? Geh weiter! Hier gibt es nix!«

Ich stecke mir einen Ohrstöpsel ins Ohr, von dem Ben bestimmt glaubt, ich würde darüber Musik hören oder jederzeit zum Telefonieren bereit sein. In Wahrheit aber kann ich jetzt Billys Gespräch mit Ami mithören, ohne dass Ben es mitbekommt.

Ben bleibt stehen und schaut ein wenig hilflos zurück zu seinem Freund Asante und dann wieder zu mir. Ich schüttle den Kopf und sage: »Geh rein, Ben. Geh nach Hause. Das ist nichts für dich. Wir suchen etwas Besseres für dich.« Zwar etwas ungläubig, aber zustimmend, nickt Ben und geht zurück in die Wohnunterkunft. Ich drehe mich wieder den anderen zu.

Asante schaut nervös und augenrollend auf Billy. Soll heißen: *Nicht auch das noch! Was will der denn hier?*

»Tschuldigung!«, sagt Billy und geht auf Ami zu. »Ich will nicht stören.«

»Dann tu's auch nicht. Geh weiter!«, unterbricht Ami ihn barsch.

»Ich hab das eben zufällig mitbekommen«, redet Billy unbeirrt weiter. »Ich hab mir gleich gedacht, das ist nichts für Ben. Ich wollte bloß nichts sagen heute Nachmittag.«

Ami sieht jetzt böse zu Asante. »Heute Nachmittag? Was war da? Gehörst du etwa zu der Kuh da hinten?«

Ich stehe ja noch in einiger Entfernung, aber nah genug, vor der Unterkunft. Ami zeigt auf mich.

Asantes Gesicht läuft rot an.

Billy übernimmt wieder das Wort, ohne auf Amis Einwurf einzugehen.

»Ben und Asante haben erzählt, bei dir kann man einen Job bekommen?«

»Was geht dich das an?«, schnauzt Ami ihn an. Er macht wieder Anstalten, sich umzudrehen und zu gehen. Wie eben schon mal.

Doch wir YOUNG AGENTS wissen, wovon Ben und Asante nichts ahnen: Ami kann gar nicht einfach gehen. Er hat den Auftrag, neue Diebe zu rekrutieren. Dreht er jetzt beleidigt ab, muss er sich gegenüber den Bossen des Einbrecherclans rechtfertigen. Das wird er sich so leicht nicht erlauben können.

Zugegeben, wir vermuten nur, dass es sich so verhält. Genau wissen tun wir es nicht. Noch nicht. Aber es genügt, dass Billy darauf setzen kann.

Und es funktioniert. Unsere Vermutung scheint zu stimmen. Denn Ami geht nicht. Und wendet sich wieder Billy zu.

»Und du suchst einen Job, oder wie?«, fragt Ami nun nach.

Na also, klappt doch! Unmerklich gehe ich wenige Schritte auf die Dreiergruppe zu, ohne dass Ami oder Asante es richtig wahrnehmen. Ich kann die Verhandlung zwischen Ami und Billy jetzt noch besser hören.

»Ich nicht direkt«, räumt Billy ein. »Aber ich hab einen Kumpel bei mir wohnen, der ist aus dem Heim abgehauen. In München. Und braucht dringend Geld. Ich glaube, der wäre genau der Richtige für euch.«

Ami schaut Billy finster an.

»Für uns?«, hakt er nach. »Wieso? Wer sind wir denn? Was weiß du von uns?«

»Nichts«, gibt Billy zu.

Es läuft super, finde ich. Bisher musste Billy noch nicht einmal lügen, um Tim für die Einbruchsbande interessant zu machen. Entsprechend wagt er es jetzt, in die Offensive zu gehen. »Aber mein Kumpel ist zu allem bereit. Er will nur nicht zurück ins Heim. Darf sich also auf keinen Fall von der Polizei erwischen lassen. Das ist doch für jeden super, der Leute sucht. Oder?«

Billys Angebot hat offenbar ins Schwarze getroffen.

Ami sieht ihn zwar immer noch finster an. Doch nach nur wenigen Sekunden sagt er: »Okay. Kommt mit, ihr beiden!«

Ami steigt auf sein Rad.

Billy will an Asante gewandt gerade wieder den Daumen hochstrecken. Doch dann erinnert er sich wohl an die Debatte vom Nachmittag und lächelt ihn deshalb nur freudig an. Asante hingegen atmet nur kurz auf. Offenbar hatte er seinen neuen Job erst durch meinen Auftritt, dann den von Billy, schon schwinden sehen. Nun ist er erleichtert, dass Ami sie beide mitnimmt.

Asante hat kein Rad. Das fällt Ami offenbar erst jetzt auf.

»Setz dich auf den Gepäckträger«, weist Ami ihn an.

Doch Asante versteht nicht. Das Wort »Gepäckträger« dürfte er noch nie gehört haben.

Billy zeigt auf seinen. »Fahr bei mir mit!«

Jetzt begreift Asante. Er setzt sich hinten aufs Rad und Billy gibt das Okay: »Wir sind soweit.«

Bevor Ami losfährt, fällt ihm noch etwas ein: »Wie heißt du überhaupt?«

»Billy.«

Billy setzt sich eine Radbrille auf, in die eine unsichtbare Cam integriert ist, tritt in die Pedale und folgt ihm, mit Asante hinten auf dem Gepäckträger.

Ich nehme mein Smartphone und gebe zur Agentenwohnung durch: »Habt ihr alles mitbekommen? Billy hat den Kontakt mit Ami aufgenommen.«

»Ja! Haben wir! Fantastisch!«, jubelt Naomi vor dem Computer in der Agentenwohnung. »Die beiden haben es geschafft. Liam ist drin in der Bande.«

Über die Cam in Billys Radbrille können Balu und Naomi die Fahrt verfolgen.

»Ich bin gespannt, wo die hinfahren«, sagt Balu. »Jetzt muss es im nächsten Schritt nur noch mit Tim klappen.«

ERSTER EINSATZ

Keine zwei Stunden später sitzen wir YOUNG AGENTS alle im geheimen Büro des Profs. Zum ersten Mal treffen wir uns hier, ohne dass der Prof selbst anwesend ist. Denn noch wurde kein anderer idealer Ort gefunden, wo wir sechs uns ungestört und unbeobachtet unterhalten können. Das soll sich aber bald ändern, hat der Prof gesagt, denn die Tankstelle hat sich nicht besonders gut als Treffpunkt bewährt, an dem sechs Kinder zusammenkommen, ohne dass es auffiele …

Billy nutzt sofort die Gelegenheit, dass wir erstmals in diesem Büro unter uns sind: Er setzt sich auf den dicken weichen Lederbürosessel des Profs und legt die Füße auf den altenglischen, antiken Schreibtisch. Ehrlich gesagt: Genau daran hatte ich auch gerade gedacht, aber ich hätte mich das als neuer YOUNG AGENT niemals getraut.

Billy blinzelt zu mir rüber und grinst breit, als hätte er meine Gedanken gelesen.

»Ich denke, der Prof ist nicht amused für das«, kommentiert Charles.

»Wenn du es ihm nicht verrätst, wird er es nie erfahren«, kontert Billy.

Doch da ist Charles sich nicht so sicher. »Du meinst, der Prof uns nicht kann sehen?«

Billy zieht die Füße vom Tisch und sieht sich erschrocken um. »Du glaubst, der Prof beobachtet uns?«

Charles grinst ihn an. »Es ist sein Job. Wir sind im geheimen Dienst. Sind wir nicht? Es wäre verwunderlich, wenn er nicht täte das.«

Billy verzieht das Gesicht, steht vom Sessel auf und setzt sich auf den Boden.

Darauf hat Charles offenbar nur gewartet. Sofort pflanzt er sich in den Sessel.

»Hey!«, ruft Billy ihm zu. »Ich denke, du …«

»Ich denke, ich habe gecheckt diese Büro und festgestellt: Es gibt nicht Cams. Und es ist geschirmt vor Abhören. It's normal. Denn all meetings here inside sollen bleiben top secret.«

Billy schlägt sich an die Stirn. Logisch! Jetzt hat er's auch kapiert: Überall, wo eine Überwachung installiert ist, besteht auch immer die Gefahr, dass sich ein Unbefugter ins System hackt. Deshalb gibt es nichts dergleichen hier unten im Keller. Das Büro ist abgeschirmt gegen alle Angriffe von außen.

Ich muss laut loskichern.

»Ich warne dich, Tim!«, zischt Billy mir zu. Aber er meint es nicht ernst.

Auch Charles lacht sich ins Fäustchen.

»Eingelegt!«, ruft er vergnügt.

»Rrrrreingelegt!«, korrigiert Naomi. »Mit Rrrr am Anfang.«

»Stimmt«, ergänzt Billy. »Einlegen kann man höchsten salzige Heringe.«

Alle lachen. Besonders wir Neuen: Abena, Balu und ich. Auf uns lastet noch ein großer Druck, weil uns die Erfahrung als Agenten fehlt. Da ist jede heitere Abwechslung willkommen.

Doch schon bereitet Naomi dieser ein Ende. »Kommen wir zur Sache!«, mahnt sie.

»Liam, soweit wir gesehen haben, hat Ami dich nicht zu seinen Chefs geführt.«

Bei Zusammenkünften benutzt Naomi meistens Billys Agentennamen, obwohl Billy sich selbst auch gegenüber Ami als Billy vorgestellt hat.

Billy nickt ihr zu. »Stimmt. Leider. Das wäre wohl auch zu viel Glück gewesen, wenn wir gleich im ersten Anlauf in die Chefetage des Gangstersyndikats vorgedrungen wären. Aber immerhin konnte ich Ami überzeugen, sich Tim anzuschauen. Er soll sich vorstellen und eine Probearbeit leisten. Morgen Mittag.«

»Mittag?«, fragt Abena nach. »Bist du sicher? Nicht Mitter*nacht*?«

»Nein«, antwortet Billy. »Mittags ist es viel unauffälliger. Die meisten Einbrüche werden tagsüber verübt.«

»Wenn alle zugucken und es sehen können?«, wundert sich Abena.

»Wenn alle es sehen und niemand es für einen Einbruch hält!«, ergänzt Billy. »Wer hat denn Handwerker im Verdacht, die tagsüber etwas aus einem Haus tragen?«

»So schlau bin ich auch«, erwidert Abena und zeigt auf Tim. »Aber er ist elf. Und echt klein für sein Alter.«

»Ähem!«, räuspere ich mich. Wieso reden die alle über mich, ohne mich mal zu fragen?

»Nichts für ungut«, entschuldigt sich Abena. »Aber mal ehrlich: Niemand hält dich für einen Handwerker, Tim!«

»Da hast du zwar recht«, gibt Billy zu. »Aber Kinder sind sogar noch unauffälliger als Handwerker. Zumindest tagsüber. Um Mitternacht hingegen würden wir sofort auffallen. Jedenfalls: Der Treffpunkt ist Punkt zwölf Uhr mittags.«

»Na toll«, grummelt Abena. »Das heißt wieder einmal: Schule schwänzen.«

»Es gibt Schlimmeres«, entgegnet Billy lachend.

Da muss ich ihm zustimmen. Aber ich hab ja momentan ohnehin keine Schule. Und ich vermisse sie auch kein bisschen.

»Und wo?«, fragt Balu.

Auch wenn Billy die ganze Zeit über Smartphone mit Balu und Naomi verbunden war, hatte ihn Ami zwischenzeitlich zu einem Ort geführt, an dem die Handyverbindung unterbrochen war.

»Wo wart ihr eigentlich, als wir dich plötzlich verloren hatten?«, fügt Balu deshalb noch hintendran.

»Zwei Fragen, eine Antwort«, antwortet Billy. »Im Fahrradkeller in Amis Haus.«

»WAS?« Abena springt fast auf. So überrascht ist sie. Aber dann bleibt sie doch sitzen. »Sein Wohnhaus? Ich meine, seine *echte* Adresse? Keine Tarnadresse oder so?«

»Nein«, antwortet Naomi. »Wir haben das gecheckt. In dem Haus ist er gemeldet. Bei seinen Eltern, zusammen mit einem Bruder und zwei Schwestern.«

»Wieso …?«, setzt Abena von Neuem an.

Aber Naomi schneidet ihr das Wort ab: »Ami ist kein Agent. Was soll er mit einer Tarnadresse? Er gehört – wenn unsere Vermutung stimmt – zur Einbruchsmafia. Ich denke aber, seine Eltern wissen von nichts.«

»Naomi hat recht«, bestätigt Billy. »Ami hat einfach nur sein Rad im Keller abgestellt. Ich konnte dort auch nichts Verdächtiges entdecken. Er hat noch gesagt, ich solle morgen mit Tim dort vor Ort erscheinen.«

»Vielleicht liegen wir auch falsch und Ami ist gar kein Krimineller?«, wende ich ein.

»Siehst du?«, sagt Naomi und lächelt ihn an. »Und schon funktioniert seine harmlose Wohnadresse.«

Ich presse meine Lippen aufeinander. Offenbar hab ich mich schon wieder blamiert. Mist!

»Ich finde auffällig, dass man in einem normalen Keller plötzlich keine Handyverbindung mehr hat«, wendet Balu ein. »Ich meine, wo gibt es denn heutzutage noch Funklöcher?«

Billy lacht laut auf. »Bei euch in Indien vielleicht nicht.

Hier in Deutschland gibt es noch unzählige Orte ohne Internetverbindung oder mit einer so langsamen, dass man mit ihr nichts anfangen kann.«

»Du verhöhnst mich«, vermutet Balu.

Doch Billy widerspricht ihm: »Leider nicht.«

»Funklöcher?«, hakt Balu nach. »In Deutschland? Im 21. Jahrhundert?« Ungläubig schüttelt er den Kopf. Überlegt einen Augenblick. Und fragt dann doch noch mal nach: »Aber doch nicht in Hamburg?«

Billy zieht die Schultern hoch. »Also, ganz weg war meine Verbindung nicht. Das hab ich auf meiner Smartwatch erkannt. Ich hab das extra überprüft, als ich unten im Keller ankam. Die Verbindung muss nur so schlecht gewesen sein, dass ihr nichts mehr verstanden habt von unserem Gespräch.«

»Okay«, sagt Naomi. »Dann ist Ami nur ein Kleinkrimineller, der Handlanger-Dienste für seine Chefs leistet. Aber immerhin unser einziger Kontakt zur Einbruchsmafia.«

Sie wendet sich nun an Abena: »Und Ben? Was ist mit dem?«

»Wie abgesprochen, hab ich ihn überzeugt, die Finger von der Sache zu lassen.«

»Sehr gut!«, lobt Billy. »Denn ich habe Ami – und auch Asante – gesagt, dass Ben nicht der Richtige für sie ist. Asante will das vielleicht noch nicht so richtig wahrhaben. Immerhin sind die beiden befreundet. Da ist es verständlich, dass Asante erst mal zu ihm hält.«

»Und Ami?«, fragt Charles nach.

»Ich denke, der wird zumindest vorsichtig sein, Ben noch mal anzusprechen«, berichtet Billy weiter. »Aber wenn Tim seine Sache gut macht, werden die Ben nicht vermissen.«

Naomi schaut mir ernst in die Augen. »Es hängt also sehr viel von dir ab, Tim.«

Ich schlucke nur; bin unfähig, etwas zu sagen. Denn ich spüre es und sehe es ihr an: Naomi traut mir meine Aufgabe keinesfalls zu.

»Setz ihn doch nicht so unter Druck«, springt Billy mir sofort bei, wofür ich ihm echt dankbar bin. Trotzdem bohren sich Naomis Zweifel an meinen Fähigkeiten in meine Magengegend wie Giftpfeile.

Schon setzt sie zum nächsten Angriff an.

»Nicht unter Druck?«, wiederholt sie vorwurfsvoll. »Natürlich steht er unter Druck. Er darf es nicht vermasseln – nicht so wie bei der Generalprobe.«

Ich spüre regelrecht, wie mein Kopf rot anläuft vor Verlegenheit und ich sogar Tränen unterdrücken muss. Aber auf gar keinen Fall werde ich jetzt vor Naomi weinen. Nein! Im Gegenteil! Ich werde es ihr beweisen!

»Ich bin bestens vorbereitet und werde das hinkriegen!«, stelle ich klar. Auch wenn meine Stimme dabei etwas zittrig ist.

»Wollen wir's hoffen«, antwortet Naomi kühl.

»Was hast du gegen mich?«, frage ich sie jetzt ganz direkt.

Doch Naomi bleibt distanziert. »Überhaupt nichts. Du hast nur deine Generalprobe vermasselt. Das ist Tatsache. Und diese Tatsache ist gefährlich. Mehr nicht.«

Ich sage nichts mehr. Was auch? Dass ich die Generalprobe vermasselt habe, weiß ich ja selbst. Und dass ich es besser kann, muss ich erst noch beweisen.

Die anderen schauen betreten zur Seite. Niemand mag mir jetzt direkt in die Augen sehen. Außer Naomi, die mich noch immer mit bitterernster Miene fixiert.

»Okay, okay, Leute!« Billy klatscht einmal in die Hände und hofft wohl, damit die betrübliche Runde ein wenig auflockern zu können. »Wir haben den Kontakt hergestellt. Jetzt konzentrieren wir uns darauf. Ich wäre dafür, Tim morgen nicht zu verkabeln.«

»Was?« Naomi springt auf. »Wir können ihn doch nicht völlig auf sich allein gestellt lassen. Er ist noch ganz neu!«

»Genau deswegen«, widerspricht Billy. »Er ist auch der Neue in der Einbruchsbande. Das bedeutet, sie werden ihn streng unter die Lupe nehmen. Und vielleicht sogar filzen.«

Ich finde, Billy hat recht. Ohne Verkabelung wäre ich zwar noch mehr auf mich allein gestellt. Aber andererseits bestünde wirklich die Gefahr, enttarnt zu werden.

»Filzen?«, fragt Charles nach.

»Durchsuchen«, erklärt Billy. »Und wenn sie dann entdecken, dass er verkabelt ist, ist sofort alles vorbei.«

»Wieso sollten die ein elf Jahre altes Straßenkind filzen?«, fragt Naomi nach.

Genau das ist ja der Grund, weshalb die YOUNG AGENTS überhaupt existieren: Niemand kommt auf die Idee, dass Kinder als Spione und Undercoveragenten unterwegs sein könnten.

»Keine Ahnung«, antwortet ihr Billy. »Aber allein, dass die Möglichkeit besteht, ist zu gefährlich.«

»Und wieso überwachen wir Tim nicht per Smartphone, wie wir es bei uns gemacht haben?«, fragt Abena.

»Die werden beim Einbruch keine Handys dabeihaben dürfen, vermute ich«, erklärt Billy. »Weil die Ortung auch nachträglich möglich ist, wenn sie erwischt oder verdächtigt werden sollten. Wir haben es ja mit Profis zu tun. Die denken an so etwas.«

»Billy hat recht«, räumt Naomi ein. »Tim wird eine Zeit lang auf sich gestellt sein müssen, auch wenn wir im Hintergrund natürlich so dicht an ihm dranbleiben wie möglich.«

»Ich schaff das!«, versichere ich noch mal. Auch wenn ich sehr wohl weiß, dass mein Versprechen Naomi nicht überzeugt.

Am nächsten Abend ist es dann soweit.

»Nervös?«, fragt Billy, als ich mit ihm pünktlich vor Amis Haus stehe.

»Nein!«, antworte ich. Und das ist nicht gelogen. Ich war nervös. Klar! Die halbe Nacht habe ich nicht geschlafen, bin heute am Tage immer wieder gedanklich durchgegangen, was ich zu tun habe. Aber, jetzt, wo es endlich losgeht, hat meine Konzentration auf meine bevorstehende Aufgabe meine Angst und Nervosität verdrängt.

»Wirklich nicht?«, fragt Billy nach.

Er kann das wohl kaum glauben. Gut, es ist immerhin mein erster Einsatz. Und jetzt ist es ernst; keine Übung. Ich werde es gleich zum ersten Mal mit echten Gangstern zu tun bekommen.

Pünktlich erscheint auch Ami. Er tritt aus dem Haus, sieht sich scheinbar beiläufig, in Wahrheit aber sehr gewissenhaft um, wer ihn alles sehen könnte.

Billy und ich erkennen das auf den ersten Blick, weil wir es ebenso machen würden. Allerdings würde selbst ich als Neuling das geschickter anstellen.

Ami geht entschlossen auf Billy und mich zu, bleibt direkt vor uns stehen. Etwas zu angeberisch, finde ich. Ami hat sich breitbeinig vor uns aufgestellt, wie Ronaldo beim Freistoß, sieht noch mal nach links und rechts, als würde er uns gleich ein Staatsgeheimnis anvertrauen wollen, und begrüßt uns erst dann, zuerst mich: »Du bist Tim?«

Ich nicke und reiche ihm die Hand. »Ja. Hallo! Du bist Ami?«

»Schnauze!«, faucht Ami mich sofort an. »Niemand nennt meinen Namen. Verstanden?«

Meine Güte! Das ist wirklich ein protziges Großmaul.

»Klar«, antworte ich brav.

»Du weißt, worum es geht?«, fragt Ami.

Ich schüttle den Kopf. Natürlich weiß ich es. Aber das braucht Ami nicht zu wissen.

»Du hast nen Job für mich«, antworte ich und verspreche sogleich: »Ich mache alles.«

»Du bist ziemlich klein«, sagt Ami, als wäre es ein großes Manko.

»Es gibt Jobs, da ist das von Vorteil«, kontere ich. »Ich denke, du suchst keinen Hafenarbeiter.«

Aus den Augenwinkel erkenne ich bei Billy ein leichtes Schmunzeln. Er ist mit meiner Antwort offenbar sehr zufrieden.

Auch Ami scheint meine Antwort zu gefallen. »Komm mit!«

Ami geht vor. Billy und ich folgen ihm.

Plötzlich bleibt Ami abrupt stehen, dreht sich um und presst seine flache Hand gegen Billys Brust. »Du nicht!«

Natürlich haben wir genau mit dieser Reaktion von Ami gerechnet. Aber so leicht will Billy es ihm dann doch nicht machen.

»Wieso nicht?«, empört er sich deshalb. »Ich hab Tim für dich gefunden«,

»Ich hab schon zwei Leute, das genügt.« Ami muss nicht erklären, was er damit meint. Denn in dem Moment kommt Asante um die Ecke.

»Verstehe«, sagt Billy. »Also, bis dann!«

Er hebt die Hand zum Abschied und geht.

Mir ist klar, dass Billy uns aber nicht aus den Augen lässt, auch wenn man es ihm nicht anmerkt. Da wir uns auch nach ihm nicht mehr umdrehen, wird Billy jetzt sicher die Gelegenheit nutzen, sich schnell seine Ohrhörer ins Ohr zu stecken und Kontakt zu Balu aufzunehmen, ob der uns auf dem Schirm hat.

Wir hatten ja entschieden, uns nicht zu verkabeln. Aber mein Smartphone habe ich natürlich bei mir. Darüber kann Balu mich per GPS orten und über eine Sonderfunktion auch hören, obwohl das Smartphone von außen betrachtet den Eindruck erweckt, es wäre gerade ausgeschaltet. Mal sehen, wie lange ich mein Handy bei mir behalten darf.

Nur leider sprechen wir im Moment gar nichts. Das ist schlecht für Balu, Naomi und auch Billy, der sich bestimmt in die Abhörfunktion mit hat dazuschalten lassen.

Bestenfalls hören sie jetzt, wie die Tür unseres Wagens aufgeschoben wird, als wir gut zweihundert Meter entfernt an der nächsten Straßenecke in einen klapprigen Lieferwagen steigen, der wohl einmal weiß gewesen ist, jetzt aber nur gräulich-verschmutzt dasteht, und dessen Karosserie eine Menge Dellen und Ausbesserungsstellen aufweist. Ein Kastenwagen, wie er in Deutschland zu Tausenden von Handwerkern gefahren wird. Genügend Platz, um Diebesgut zu verstauen, und gleichzeitig eine gute Tarnung. Eigentlich. Aber Abenas Einwand war ja berechtigt. Asante würde in Begleitung eines Erwachsenen vielleicht noch als Praktikant durchgehen, aber niemand würde mich, den kleinwüchsigen, gerade erst elf Jahre alten Jungen, für einen Handwerker halten.

Ich bin gespannt, wie es jetzt weitergeht.

Die erste Überraschung lässt jedenfalls nicht lange auf sich warten. Denn nicht nur der Stadtteil, in den der Fahrer uns bringt, ist mir sehr wohl bekannt. Sondern auch die Straße, in der wir nun halten. Es ist die Straße, in der Billy wohnt! Wir parken fast direkt vor seiner Haustür.

Ami zieht einen Zettel aus der Tasche, hält ihn Asante und mir vor die Nase und befiehlt: »Prägt euch die Zeichen gut ein.«

Ich schaue mir die Zeichen an und weiß sofort Bescheid. Das sind sogenannte »Zinken«. Späher gehen durch einen Stadtteil und erkunden, in welche Häuser es sich lohnen könnte einzubrechen, welche gut bewacht sind, in welchen tagsüber niemand da ist, wo vielleicht alleinstehende, hilflose Personen wohnen oder im Gegenteil, wo Wachhunde und Alarmanlage warten. An jedes Haus malen sie dann mit Kreide die entsprechenden Hinweis-Zeichen, eben die »Zinken«.

Das haben wir auf der Agentenakademie gelernt. Aber ob Asante diese Zeichen kennt? Offenbar nicht.

Während Ami uns beiden je ein Stückchen Kreide überreicht, fragt Asante nach.

Bevor Ami versucht, es ihm zu erklären, fragt er mich: »Du begreifst, worum es geht?«

Ich nicke.

»Gut!«, sagt Ami. »Dann erklär du es ihm. Und jetzt raus mit euch!«

Wir beide verlassen den Lieferwagen, ziehen durch die Straße. Und ich weiß gar nicht, wie ich jetzt auf die

Schnelle herausbekommen soll, welches Haus sich für einen Einbruch eignet und welches nicht. Aber um es Asante zu erklären, gehe ich mit ihm zu einem Hauseingang eines mehrstöckigen Mietshauses, und male das Zeichen für »hier gibt es etwas« unten an die Haustür. Und will anhand dieses Beispiels Asante erläutern, worum es geht und was unsere Aufgabe ist.

Da kommt mit einem Mal ein Jugendlicher auf mich zugeschossen, packt mich am Kragen, schüttelt mich durch und schnauzt mich an: »Was tust du da, Digga!«

»Ich …«, fange ich gerade an, nach einer Erklärung zu suchen.

Doch der Typ will gar keine Antwort.

»Ich weiß, was du tust, Digga. Aber nicht hier, Digga. Nicht mit mir. Mir haben sie neulich Rad gestohlen. Ich wette, das wart ihr, Digga. Jetzt bist du fällig!«

Asante schaut verwirrt auf den Typen, der mich immer noch fest im Griff hat und kräftig durchschüttelt. Nach Agentenart wehren kann ich mich auch nicht, weil ich mich sonst gegenüber Asante verdächtig machen würde. Ich versuche, mich loszureißen. Aber dieser Typ packt immer härter zu.

Plötzlich höre ich Billys Stimme!

»MURAAAT!«, ruft er meinem Widersacher zu. »Was tust du da?«

Offenbar kennen die beiden sich.

Murat blickt nur kurz zu Billy. »Hey, Digga. Stell dir vor, ich hab nen Einbrecher erwischt. Diesen Zwerg hier.«

Ich nutze die kurze Ablenkung und rufe Asante zu: »Lauf weg!«

Das lässt er sich nicht zweimal sagen. Asante sprintet los.

»Was?«, fragt Billy entsetzt zu Murat. »Einbrecher? Wie kommst du darauf?«

Murat hält mich jetzt nur noch mit seiner linken Hand am Kragen fest, während er mit der rechten auf den Hauseingang zeigt, vor dem wir stehen. An der Eingangstür ist unten rechts mein kleines, mit Kreide gemaltes X zu sehen.

Murat packt meine rechte Hand und hält sie Billy zur Begutachtung hin: »Siehst du, Digga? Kreide an der Hand. Das war *er!*«

»Und?«, fragt Billy. »Er hat die Tür beschmiert. Ist das so schlimm?«

»Bist du blind, Digga?«, fragt Murat. »Hast du keine Ahnung, oder was?«

Natürlich weiß Billy, was das X bedeutet. Er hat das Zeichensystem der Diebesbanden auf der Akademie ebenso gelernt wie ich.

Das aber kann er Murat natürlich nicht verraten. Umso überraschter ist er, dass Murat die Zeichen kennt. Und *dass* er sie wirklich kennt, bestätigt er gerade: »Das sind Einbruchszeichen, Digga. Der Zwerg hier kundschaftet unsere Straße aus.«

Die Lage ist gerade etwas verzwickt. Billy wird mit Balus Hilfe unseren Lieferwagen verfolgt haben und wissen, dass da noch mindestens Ami und unser Fahrer drinsitzen und uns im Blick haben.

Murats Eingreifen gefährdet nicht nur mich, sondern unsere ganze Agenten-Operation. Vielleicht ist auch Naomi noch in der Nähe. Aber die sehe ich nicht. Ich vermute, wenn sie da ist, behält sie sicherheitshalber im Auge, was sich im Lieferwagen tut.

»Du hast ihn dabei erwischt?«, fragt Billy.

»Allerdings, Digga. Gerade, als er die Tür markiert hat.«

Murat packt mich jetzt wieder mit beiden Händen am Kragen.

Ich lasse es über mich ergehen, wehre mich nicht und schweige. Denn ich habe keine Idee, wie wir uns jetzt aus dieser Bredouille befreien sollen. Ich hoffe nur, Billy fällt etwas ein. Immerhin scheint er diesen Murat ja auch gut zu kennen.

»Lass ihn los!«, fordert Billy Murat auf.

Na, ob das genügt?

Tatsächlich aber lockert dieser Murat seinen Griff ein klein wenig und sieht Billy an. »Was? Bist du blöd, Digga? Ich breche ihm jetzt die Nase und rufe dann die Polizei. Ich lass' mich doch nicht beklauen!«

Spinnt der? Das dürfen wir auf keinen Fall zulassen. Nicht nur, um meine Nase zu schützen. Vor allem darf er auf gar keinen Fall die Polizei rufen! Ich gelte immer noch als Ausreißer aus einem Heim und werde bundesweit von der Polizei gesucht.

»Schon gut, Murat«, versucht Billy zu beschwichtigen. »Das ist Tim, mein Cousin. Er wohnt gerade bei uns.«

Murat lässt ein wenig von mir ab, aber wirklich nur ein wenig.

Ich ziehe mein Shirt wieder gerade.

»Hä? Was erzählst du mir für einen Scheiß, Digga?«, fragt Murat. »Dein Cousin? Wieso das? Dein Cousin ist ein Dieb, Digga.«

»Na ja«, versucht Billy, Murat milder zu stimmen. »Hast du noch nie etwas … äh … Illegales … gemacht?«

»Illegal?«, wiederholt Murat. »Spinnst du, Digga? Ich mach nichts Illegales, klar?«

Jetzt muss Billy aufpassen, dass Murat nicht auf *ihn* losgeht.

»Ich mache nur Geschäfte, Digga. Ganz normal. Alles erlaubt. Nix Illegales. Bist du blöd?«

»Ja, schon klar«, setzt Billy wieder an.

Doch Murat lässt ihn nicht zu Wort kommen.

»Aber ich beklau doch nicht meine Nachbarn, Digga. Wie er hier!« Nun nimmt er sich wieder mich vor. »Bist du bescheuert, Zwerg? In der eigenen Straße!«

»Aber Polizei ist doch scheiße, Murat!«, redet Billy weiter auf ihn ein. »Tim ist aus einem Heim abgehauen. Polizei wär echt kacke, weißt du?«

»Aus'm Heim?«

Billy nickt.

Das könnte klappen. Mir scheint, Murat zeigt Mitgefühl.

»Is gut, Digga«, sagt Murat. »Dann regeln *wir* das.« Er ballt die Faust und droht zuzuschlagen.

»Warte!« Billy geht wieder dazwischen. »Hör zu: Ich hab eine Idee.«

Während Billy mit Murat verhandelt, wage ich einen Blick über deren Schultern hinweg und sehe, wie in einiger Entfernung Naomi sich von hinten an unseren Lieferwagen heranschleicht. Vermutlich hofft sie, dass die Insassen – also mindestens Ami und der Fahrer – sich im Moment auf die Auseinandersetzung zwischen Billy und Murat konzentrieren. Da ist die Gelegenheit günstig, dem Wagen einen kleinen magnetischen GPS-Sender anzupappen.

Jetzt hat sie sich hinter einem Pkw weggeduckt, der hinter dem Lieferwagen parkt. Sie krabbelt mit dem Kopf voran unter den Wagen, dreht sich auf den Rücken und zieht sich am Auspuffrohr entlang unter dem Wagen hindurch. Denn nun sehe ich, wie sie an der vorderen Stoßstange ankommt. Sie stoppt, schaut sich noch mal um und hantiert an der Stoßstange herum. Ich nehme an, jetzt bringt sie den Sender an.

»Äh …«, schlägt Billy unterdessen vor. Ich bemerke, wie er stotternd improvisiert. Auf ein Zusammentreffen mit Murat war er gewiss nicht vorbereitet. »Ich … äh … bringe Tim zum Hausmeister.«

»Zum Hausmeister?« Murat zieht die Faust zurück und runzelt die Stirn. »Was soll er da denn?«

Ehrlich gesagt, überrascht mich dieser Vorschlag auch.

Was soll ich denn beim Hausmeister?

»Wir müssen nicht gleich die Polizei holen«, erklärt Billy. »Aber eine kleine Strafe sollte trotzdem sein, finde ich.«

Strafe?

Plötzlich grinst Murat böse. Das bedeutet nichts Gutes.

Ich erinnere mich, wie Billy mir mal erzählt hat, wie fies der Hausmeister mitunter ist. Übrigens ein Onkel von diesem Gonzo, der in der Schule immer wieder Billy und Abena das Leben schwer macht.

Wie kommt denn Billy darauf, mich ausgerechnet diesem Hausmeister auszuliefern?

Ich kann nur hoffen, dass Billy weiß, was er da tut.

»Unserem Hausmeister fallen doch sicher ein paar Arbeiten ein, die Tim erledigen könnte. Treppenhaus putzen oder so. Tim kommt nicht ungestraft davon, kann aber weiter bei uns wohnen und muss nicht zurück ins Heim. Was hältst du davon?«

Murat lässt nun ganz von mir ab und kratzt sich nachdenklich am Kopf.

Schließlich stimmt er zögerlich zu. »In Ordnung, Digga. Aber wehe, ich erwische ihn noch mal. Dann bist *du* mit dran. Du weißt, ich lass' mich nicht verarschen.«

»Ne, is klar, Murat«, verspricht Billy.

Murat streckt Billy und besonders mir drohend den Zeigefinger entgegen.

»Ich warne euch. Noch ein so'n Ding, dann BÄM!«

Er knallt seine rechte Faust in seine linke Handfläche.

»Okay, Murat«, versichert Billy ihm noch mal. »Ich bringe ihn jetzt zum Hausmeister.«

»Nix da!«, widerspricht Murat. »Das mache ich.«

Mist! Das war bestimmt nicht Billys Plan. Vermutlich wollte er mich gar nicht zum Hausmeister bringen, sondern hat das gegenüber Murat nur behauptet. Aber vielleicht haben wir Glück und der Hausmeister ist gerade nicht da.

Murat packt mich wieder am Kragen, schleift und schubst mich über die Straße bis zum Hauseingang des Hausmeisters.

Was wird Ami von mir denken, der die ganze Szene doch beobachtet? Hoffentlich hat Murat uns nicht unsere ganzen bisherigen Bemühungen kaputtgemacht.

Billy folgt uns natürlich. Doch als wir vor dem Eingang des Hausmeisterbüros stehen, stellt Murat klar: »Du bleibst hier, Billy.«

Billy bleibt stehen.

Murat geht ins Haus und zieht mich mit sich.

Leider ist der Hausmeister in seinem Büro.

Murat erklärt ihm, dass ich möglicherweise ein Fahrraddieb bin, auf jeden Fall aber eine Lektion erteilt bekommen müsste.

Zum Glück hat der Hausmeister gerade keine Zeit. Oder er ist immer so mürrisch. Jedenfalls ist er sehr kurz angebunden. Mit finsterer Miene mustert er mich.

»Der kleine Hosenscheißer soll ein Dieb sein?«, fragt er skeptisch.

Nun wird es für mich wieder zum Vorteil, noch so jung und vor allem so extrem klein zu sein. Der Hausmeister nimmt mich als Person gar nicht ernst. Das ist zwar eigentlich eine Sauerei, jetzt im Moment aber mein Glück. Sonst würde er wohl sofort die Polizei rufen.

»Setz ihn dahin. Ich kümmere mich gleich um ihn«, weist er Murat an.

Murat drückt mich auf einen harten Besucherstuhl.

Und bleibt noch stehen. Vielleicht erwartet er eine Belohnung?

Da wartet er vergeblich.

»Danke, Murat. Kannst gehen«, fertigt der Hausmeister ihn ab.

Murat will noch etwas sagen, aber der Hausmeister lässt ihn nicht. »Und tschüss, Murat!«

Murat geht – und ein Alarmsignal ertönt auf dem Handy des Hausmeisters. Hektisch greift er danach und flucht: »Scheiße, das ist bei mir! Seid ihr das?«, fragt er mich.

Ich weiß zwar im ersten Moment gar nicht, wovon er spricht, doch ich schüttle heftig den Kopf. »Nein!«

»Du bleibst hier!«, warnt er mich. Und rennt aus dem Büro.

Was war das denn?

Ich warte noch ein wenig ab. Ist der Hausmeister jetzt weg? Kann ich jetzt gehen? Langsam stehe ich vom Stuhl auf, öffne die Bürotür, sehe hinaus in den Flur. Ist er noch irgendwo hier?

In dem Moment kommt schon Billy durch die Haustür herein.

»Tim! Komm mit! Raus hier!«

Ich frage nicht weiter nach. Wir beide rennen aus dem Hausmeisterbüro nach draußen.

»Erst mal zu uns!«, sagt Billy.

Sein Eingang liegt nur ein Haus weiter, aber in die entgegengesetzte Richtung von dem des Hausmeisters. Während wir dorthinlaufen, kommt Naomi uns entgegen und klärt uns auf: »Der Lieferwagen ist weg. Das habt ihr mitbekommen, oder?«

DIE ERSTE EINBRUCHSTOUR

Verdutzt bleibt Billy mitten auf dem Weg stehen.

»Verdammt!«, sagt er zu mir. »Haben die dich einfach zurückgelassen?«

»Nein«, antworte ich. »Das war so abgesprochen. In einer Stunde stehen sie wieder da. Dann soll ich meinen Job erledigt haben und wieder einsteigen. Die haben wohl nur noch eine Zeitlang hier gestanden, weil dieser Murat dazwischenkam.«

Billy atmet erleichtert auf. »Aha. Gut. Na, hoffentlich kommen sie wirklich zurück. Haben sie dich gesehen, Naomi?«

Naomi verzieht das Gesicht. »Was denkst du von mir? Der Wagen war schon weg, bevor ich auf dich zukam.«

»Und wo ist der Hausmeister jetzt?«, frage ich. »Da haben wir aber Glück gehabt, dass der gerade da wegmusste.«

Naomi schaut mich mitleidig an. Oh Mann, was hab ich jetzt schon wieder Falsches gesagt?

»Du glaubst nicht wirklich, dass das ein Zufall war, oder?«, fragt sie schnippisch.

Noch bevor ich mich weiter blamieren kann, greift Billy ein. »Balu hat übers Netz Alarm in der Wohnung des Hausmeisters ausgelöst, damit ich dich rausholen kann«, erklärt er kurz und knapp.

Naomi wirft mir einen abfälligen Blick zu, als als ob sie sagen wollte: *Du bist hier bei den* YOUNG AGENTS *und nicht im Kindergarten.*

Billy schaut derweil hoch hinauf zu den Fenstern der oberen Stockwerke. In dem Haus, in dem sich das Hausmeisterbüro befindet, wohnt auch Murat.

»Wir müssen jetzt doppelt aufpassen«, mahnt er. »Murat hat jetzt verschärft ein Auge auf Tim. Das dürfen wir nicht auf die leichte Schulter nehmen. Murat fühlt sich bei so etwas enorm wichtig. Da ist der schlimmer als der Hausmeister selbst.«

Wieder schaut er sich um. »Apropos Hausmeister. Der kommt bestimmt gleich wieder zurück aus seiner Wohnung, wenn er gemerkt hat, dass es ein Fehlalarm war. Was weiß der bisher über dich? Was hat Murat ihm erzählt?«

»Zum Glück nicht viel«, berichte ich, »der Hausmeister hat mich gar nicht für voll genommen.«

Naomi wirft mir erneut einen schnippischen Blick zu, der mir wohl zeigen soll, dass sie über mich genauso denkt wie der Hausmeister.

»Das ist erst mal gut«, sagt Billy. Und zieht mich mit sich.

Naomi folgt uns.

»Gehen wir erst einmal zu uns in den Hauseingang und warten, bis der Hausmeister wiederkommt. Wenn er in seinem Büro verschwunden ist, legst du los.«

»Womit?«, fragt Tim.

Billy runzelt die Stirn. »*Womit?* Mit deinem Job natürlich. Die Hauseingänge markieren. Bei unserem kannst du anfangen. Am besten mit dem Zeichen für: ›Hier gibt es nichts‹.«

»Ja«, antworte ich. »Und gegenüber markiere ich ›Günstig für Diebstahl‹. Wenn dort eingebrochen wird, können wir es von unserer Küche aus in Ruhe beobachten.«

»Wir?«, wiederholt Billy fragend. »Bestenfalls ich. Du wirst ja mit ihnen einbrechen.«

»Ach, okay. Klar«, muss ich zugeben.

»Aber bei uns gegenüber ist trotzdem ungünstig«, hakt Billy noch mal ein. »Denn auch meine Eltern gucken gern mal aus dem Küchenfenster. Mitunter zu den unmöglichsten Zeiten. Und wenn mein Vater dann Einbrecher entdeckt ... Das führt zum reinsten Chaos.«

»Und wenn du ihm sagst, dass wir diesen Einbruch für unsere Ermittlungen brauchen?«, frage ich. Denn eigentlich finde ich die Idee immer noch ganz gut, dass wir aus Billys Küche heraus die Einbrecher beobachten könnten.

»Um Himmels willen!«, wehrt Billy schnell ab. »Dann haben wir erst recht Chaos. Ich glaube, mein Vater wartet nur auf eine Gelegenheit, Agent zu spielen und in einem

Fall mitzumischen. Wenn der erfährt, dass gegenüber ein Einbruch stattfindet, bei dem wir ermitteln, dann lauert der nicht nur die ganze Nacht am Küchenfenster, irgendwann würde er auch einschreiten. Und glaub mir, mein Vater würde dafür den ungünstigsten Zeitpunkt erwischen. Für Katastrophen und schlechtes Timing hat der leider ein Händchen.«

Ich muss schmunzeln. »Okay, ich habe verstanden. Also mache ich auch gegenüber das Zeichen für ›Hier gibt es nichts‹. Aber welche Eingänge soll ich denn markieren, damit wir dort einbrechen?«

Billy kaut auf seiner Unterlippe »Gute Frage. Ehrlich gesagt, finde ich es äußerst merkwürdig, dass die dich überhaupt in unser Wohngebiet geschleppt haben. Ich hätte vermutet, die nehmen sich ein Villenviertel nach dem anderen vor. Dort, wo wir auch unsere Übungen gemacht haben.«

Ich zucke mit den Schultern. »Ich war auch sehr überrascht, als der Wagen hierherfuhr.«

»Wissen die, dass du hier wohnst?«, fragt Billy.

Ich überlege, komme dann aber zu dem Schluss: »Nein, eigentlich nicht.«

»Eigentlich?«, hakt Billy nach.

Ich bin mir sicher. »Nein, woher sollten sie es wissen?« Wie kommt Billy überhaupt auf diese Frage? »Du meinst, es ist irgendwie eine Falle?«

Billy winkt ab. »Nein, eher eine Prüfung. Deiner Loyalität gegenüber der Bande. Weil du bereit bist, dafür zu sorgen, dass deine eigenen Nachbarn ausgeraubt werden.«

»Das hieße, ich sollte hier extra viele Türen markieren: ›Günstig für Diebstahl‹?«

»Das ist eine schwierige Frage«, findet Billy.

Einerseits soll ich mir so schnell wie möglich so großes Vertrauen wie nötig in der Einbrecherbande aufbauen. Andererseits soll ich natürlich so wenig wie möglich an tatsächlichen Einbrüchen teilnehmen. Und wenn sich das nicht vermeiden lässt, dann den Erfolg der Einbrüche zumindest vereiteln. So wie wir es in der Villa geübt haben. Aber selbst da war es schiefgegangen. Insofern ist es wirklich schwierig zu entscheiden, was ich tun soll.

»Probiere es, indem du drei Häuser als geeignet markierst«, schlägt Billy vor.

»Okay«, stimme ich ihm zu. »Aber welche?«

Auch das ist eine harte Nuss. Die Bande schickt schließlich ihre Späher voraus, um eben nicht einfach auf Verdacht irgendwo einzubrechen. Sondern sie wählt ihre Tatorte nach sorgfältiger Prüfung aus. Dazu hab ich aber gar keine Zeit mehr. Die von Ami angesetzte Stunde war ja eigentlich ohnehin schon viel zu knapp.

»Und wenn die doch wissen, dass ich hier bei dir wohne?«, frage ich. »Vielleicht haben die mich deshalb hierhergeschickt und mir nur eine Stunde Zeit gegeben, weil sie denken, ich kenne die Nachbarn und weiß sofort, wo sich ein Einbruch lohnt und wo nicht?«

»Kann sein«, sagt Billy und kaut wieder nachdenklich auf seiner Unterlippe. »Wir sollten die Bande trotzdem möglichst weit von unserer Wohnung fernhalten.«

»Also gut.« Ich ziehe einen Schlussstrich unter die Debatte. »Ich markiere jetzt die nächsten beiden einbruchgünstigen Häuser, und gut ist.«

Ein Blick auf meine Uhr verrät mir, dass ich noch etwas mehr als eine halbe Stunde Zeit habe. Und die nehme ich mir jetzt auch, um durch den Stadtteil zu ziehen und mir die Häuser genau anzusehen und einzuordnen. Und zwar nach Kriterien, von denen die Gangsterbande nicht im Geringsten etwas ahnt. Nämlich danach, wie leicht ich jeweils einen Alarm auslösen oder einen Einbruch verhindern könnte, ohne mich erwischen zu lassen.

Pünktlich nach einer Stunde fährt der Lieferwagen wieder vor. Billy und Naomi haben sich hinter der Hausecke verkrochen, während ich an der Bordsteinkante sitze und auf den Wagen warte.

Dieses Mal stoppt der Lieferwagen nur ganz kurz. Die Seitentür wird von innen geöffnet, Ami schaut heraus, gibt mir kurz ein Zeichen.

Ich springe in den Wagen hinein, die Tür schließt sich wieder, und der Van fährt los. Asante sitzt schon drinnen. Offenbar ist er vorhin während der Auseinandersetzung mit Murat direkt zum Lieferwagen gelaufen.

Da ich mein Handy immer noch nicht wiederbekomme, ahne ich, dass unser Einsatz noch nicht beendet ist.

»Sollen wir schon loslegen?«, frage ich direkt.

»Ja«, antwortet Ami. »Aber nicht hier.«

»Wieso nicht?«, frage ich ehrlich verwundert. Wozu habe ich denn ...?«

»Na, genau deshalb«, wartet Ami meine Frage gar nicht erst ganz ab. »Die Späher steigen nie dort ein, wo sie ausgekundschaftet haben. Wäre doch viel zu auffällig, wenn dich jemand beobachtet hat. Nein, wir tauschen das Personal immer.«

Klingt logisch, finde ich.

Und so fahren wir weiter Richtung Norden, am Friedhof vorbei. Wenn ich mich recht entsinne, dann liegen dahinter einige Stadtteile mit großen Villen.

Balu, Naomi und Billy müssten mich eigentlich über den GPS-Chip verfolgen können, den Naomi an diesem Lieferwagen angebracht hat.

Genau in so einem Stadtteil, wie ich vermutet habe, halten wir.

Ami gibt uns einige letzte Anweisungen, zum Beispiel, dass wir das Diebesgut sofort abzuliefern haben, ehe wir wieder in den Wagen einsteigen.

Das überrascht mich. Ich hätte gedacht, dass wir alles, was wir stehlen, mit in den Lieferwagen nehmen würden. Deshalb haben wir doch so einen großen Wagen. Dann in ein geheimes Lager fahren, um dort unsere Beute zu begutachten und abzuliefern. Genau darin läge ja meine Chance, die Hintermänner kennenzulernen.

Doch jetzt zeigt Ami uns auf einem iPad die Karte einer kleinen Gartensiedlung mit einer markierten Stelle, wo wir unsere Rucksäcke mit der Beute ablegen sollen: einfach nur in eine Grube unter einem Baum.

»Prägt euch die Stelle ein!«, mahnt Ami. »Ihr bekommt diese Karte nicht mit. Eure Handys behalte ich, damit man euch nicht orten kann. Ihr legt die Rucksäcke dort ab, geht weiter bis zum Ende des Wegs und steigt dort wieder in den Van ein.«

Ich präge mir die markierte Stelle ein, auch um sie hinterher den anderen YOUNG AGENTS benennen zu können. Obgleich ich befürchte, dass es bei jedem Einbruch eine andere Ablieferungsstelle geben wird.

Und ich ärgere mich. Denn die Beute wird bestimmt von genau jenen Hintermännern abgeholt, die ich kennenlernen sollte. Man müsste sich genau an einer solchen markierten Stelle auf die Lauer legen. Aber wie soll das gehen, wenn die jedes Mal neu festgelegt wird und man sie vorher also nicht kennt?

Ich überlege, ob es klug und möglich wäre, meinen Rucksack, den ich abliefern soll, mit einem GPS-Sender zu bestücken. Heute habe ich sowieso keinen bei mir. Aber bei einem der nächsten Einbrüche wäre das vielleicht sinnvoll. Immerhin ist es Naomi gelungen, an diesem Van einen GPS-Sender anzubringen, aber vermutlich wird der nicht an der markierten Stelle halten.

»Hey, Tim!«, unterbricht Ami mich in meinen Gedanken. »Hörst du zu?«

»Ja! Natürlich!«, versichere ich ihm.

Das ist keine Lüge. Ich hab wirklich alles mitbekommen. Dafür bin ich schließlich hier. Auch wenn ich wirklich für einen kurzen Moment in Gedanken abgeschweift bin.

Ich muss sich besser konzentrieren. Auch bei der Generalprobe hatte Naomi mich erwischt, weil ich für einen kurzen Moment nicht aufmerksam genug war.

Ich muss aufpassen. So ein Fehler wie in der Probe darf mir auf keinen Fall ein zweites Mal passieren!

»Ist alles klar?«, fragt Ami nach.

Asante und ich nicken.

»Tim«, weist Ami mich weiter an, »du folgst Asante und tust, was er dir sagt. Verstanden?«

»Äh, ja …«, verspreche ich. Obwohl es mich sehr wundert. »Aber …«

»Was?«

»Asante spricht kein Deutsch. Also, noch nicht fließend, meine ich. Was, wenn ich ihn nicht richtig verstehe?«

»Das wird kein Problem sein«, versichert Ami. »Aber Asante ist älter. Tu einfach nur genau das, was Asante auch tut. Verstanden?«

»Ja«, versichere ich und fluche innerlich. Jetzt ist es wieder der altbekannte Nachteil, dass ich so jung und klein bin. Niemand nimmt mich ernst. Niemand traut mir etwas zu. Da soll allen Ernstes Asante mir Anweisungen geben und Entscheidungen treffen, obwohl er maximal nur die Hälfte dessen versteht, was Ami uns erzählt. Und: Ist Asante nicht heute auch zum ersten Mal dabei? Wieso sollte der also wissen, was genau wir zu tun haben?

Aber ich behalte meine Fragen für mich. Ich brauche sie auch nicht zu stellen. Meine Antwort bekomme ich, als der Van hält und die Seitentür von außen geöffnet wird.

Herein schaut das von einer Kapuze halb verdeckte Gesicht eines unrasierten Jugendlichen, den ich auf vielleicht 17 oder 18 Jahre schätze.

»Das ist Kevin«, stellt Ami vor. »Er leitet diesen Coup. Was er sagt, ist für euch Befehl. Mehr braucht ihr nicht zu wissen. Und los!«

Asante hat aber offenbar nicht richtig verstanden, weil Ami zu schnell gesprochen hat.

Ami tippt ihm auf die Brust, zeigt auf Kevin und sagt: »Er Chef. Du raus!«

Asante versteht und steigt aus.

Ich folge ihm.

Und Kevin fragt: »Was ist das denn für ein Zwerg?«

Ne, war klar. Es nervt, wenn das jedes Mal die erste Frage ist, wenn mich jemand sieht.

Doch Ami antwortet ihm: »Genau das ist sein Vorteil.«

Eben! Hohlbirne!

Kevin beäugt mich dennoch misstrauisch. Trotz seines halb verdeckten Gesichts sehe ich ihm regelrecht an, was er denkt: *Was soll denn dieses Kleinkind hier*?

Na gut, immerhin wird er mich niemals für einen Agenten oder Spitzel halten! Das hat ja auch wieder etwas für sich.

Ich lächle die Hohlbirne Kevin nun besonders selbstbewusst an.

Kevin hat offenbar die Anweisung, möglichst wenig zu sprechen. Oder er hält es für cool. Jedenfalls gibt es keine Begrüßung, keine Erläuterung, keine Einweisung – nichts.

»Mitkommen!«, ist das Einzige, was er herausbringt. Dann geht er voran, während im Hintergrund der Van weiterfährt.

Kevin, Asante und ich gehen rund zweihundert Schritte zu Fuß. Ich habe stumm mitgezählt. Genau waren es 188 Schritte.

Dann hält Kevin an.

Jetzt stehen wir an der auf der Karte markierten Stelle, an der wir unsere Beute abliefern sollen. Ich verstehe: Wir sollen unsere Rucksäcke gar nicht ablegen oder verstecken. Sondern dieser Kevin wird hier auf uns warten und die Beute entgegennehmen.

Man müsste überlegen, ob es eine Möglichkeit gibt, Kevin anschließend zu verfolgen, um herauszufinden, wohin der die Beute bringt. Aber so spontan fällt mir nichts dazu ein. Außer noch mal: Beim nächsten Einbruch werde ich am besten ein oder zwei GPS-Chips mitnehmen. Denn tatsächlich hat mich niemand durchsucht.

»Da hinten ist das Haus«, sagt Kevin. »Ihr habt zehn Minuten.«

Er sieht auf die Uhr. Offenbar erwartet er, dass Asante und ich sofort losrennen. Weiß er nicht, dass wir unseren ersten Tag haben?

»Was?«, fragt Asante jetzt nach. »Wie?«

Kevin stöhnt genervt auf.

»Hat Ami euch nichts gesagt?«, fragt er, gefolgt von einem zweiten genervten Stöhnen. »Der geht mir auf den Senkel!«

»Senkel?«, fragt Asante.

»Schnauze!«, herrscht Kevin ihn an. »Auf der Rückseite vom Haus ist das Badfenster gekippt. Da müsst ihr rein. Dann habt ihr noch zehn minus Einstieg Minuten, alles auszuräumen. Durchs Bad wieder raus. Und zurück hierher. Ist doch nicht so schwer. Also Beeilung.«

»Haben die keine Alarmanlage?«, frage ich.

»Und wenn schon«, antwortet Kevin. »Ihr seid ja nach maximal zehn Minuten wieder draußen. So schnell ist niemand von den Bullen da. Ab jetzt! Die Zeit läuft!«

Kevin sieht wieder auf seine Uhr. »Jetzt nur noch neun Minuten.«

Asante sieht ihn ratlos an. Offenbar hat er nicht mal die Hälfte dessen verstanden, was Kevin gesagt hat. Möglicherweise wusste Asante bis eben noch nicht einmal, dass er irgendwo einbrechen soll. Wenn er es jetzt überhaupt begriffen hat.

»Los! Komm!« Ich gebe Asante einen Klaps und renne los, auf das Haus zu, das zwischen zwei Nachbarhäusern liegt. Also müssen wir vorn durch das Gartentor; ein normales, kleines Tor, das man nicht einmal verschließen kann.

Die Bewohner scheinen recht sorglos zu sein. Oder ob die vielleicht sogar im Haus sind?

Ich hab leider vergessen, das zu fragen, weil ich wie selbstverständlich davon ausgegangen bin, dass das Haus leer ist. Jetzt aber bekomme ich ernste Zweifel. Kevin ist auch achtlos mit der Frage nach einer Alarmanlage umgegangen. Vielleicht ist es ihm ebenso egal, ob die Bewohner da sind? Schließlich würde nicht Kevin, sondern ich und Asante erwischt werden.

Deshalb bleibe ich jetzt kurz stehen, um zu lauschen und mit kritischem Blick das Haus abzuscannen. Gibt es irgendwelche Hinweise, dass noch jemand anwesend ist?

Auch Asante ist stehen geblieben, drängt jetzt aber: »Nur acht Minuten!«

Er zeigt die Zahl mit seinen ausgestreckten Fingern an.

»Schon gut«, erwidere ich. Und laufe weiter.

Ich habe nichts Verdächtiges bemerkt. Aber das heißt nichts. Für eine genaue Prüfung bleibt mir keine Zeit.

Wir erreichen die Hinterseite des Hauses, ohne dass irgendwo ein Alarm ausgelöst wurde. Zumindest kein draußen hörbarer.

Ich bleibe stehen, betrachte die Rückseite des Hauses und stoße einen leisen Fluch aus. Direkt unterhalb des Badfensters wuchert eine dichte, buschige Kletterrose, die bis übers Fenster hinaus reicht und es halb bedeckt.

Ich trage nur eine leichte Sommerhose und ein kurzärmeliges T-Shirt. Ebenso wie Asante. Doch der flucht nicht, sondern schaut sich um und findet schnell, was er gesucht hat. Ein paar Meter weiter haben die Bewohner Tomaten gepflanzt, die aber längst abgeerntet sind.

Nur die Rankhilfen stehen noch. Asante zieht zwei der in sich geschwungenen Alustangen aus dem Boden, kehrt zurück, drückt damit die Kletterrose beiseite und fixiert die beiden Stangen ineinander.

»Bitte!«, sagt er. Fast wie ein Chauffeur, der einem die Autotür aufhält.

Und so ist seine Geste auch gemeint. Asante ist zu groß, um durch das gekippte Badfenster schlüpfen zu können. Ich hingegen klein genug, dass ich mich im Zweifel vermutlich sogar durch den schmalen Spalt hätte quetschen können. Aber das brauche ich gar nicht. Ich hieve mich am Fenstersims hoch, gelange mit dem Arm durch den Spalt und hebele das Fenster auf.

Das komplette Fenster steht uns jetzt offen. Nun mache ich die Chauffeursgeste in Richtung Asante und lade ihn lächelnd ein: »Bitte sehr!«

»Gut!«, lobt Asante.

Ich husche trotzdem zuerst hindurch, klettere innen über die Toilettenschüssel auf den Boden und warte auf Asante, der mir durch das Fenster nun leicht folgen kann.

Als Asante bei mir ist, öffne ich die Badtür und will gerade hinaus auf den Flur treten. Aber meine Agentenausbildung hat mich gelehrt, mich niemals unvorsichtig auf fremdem Terrain zu bewegen. Und so schiebe ich zuerst vorsichtig mein Gesicht vor und schaue mich um.

Zum Glück mache ich es so. Asante wollte mich zwar gerade von hinten voranschubsen, weil die Zeit drängt.

Doch in diesem Moment kommt von irgendwoher

plötzlich ein riesiger Hund angeschossen! Ich schrecke auf, springe geistesgegenwärtig einen Schritt zurück, überrenne dabei fast Asante hinter mir und trete ihm versehentlich heftig auf den Fuß. Aber ich schaffe es gerade noch rechtzeitig, die Badtür wieder zuzuschlagen.

Puh! Das war knapp! Erleichtert atme ich tief durch.

»Was?«, fragt Asante.

»Hast du nicht gesehen?«, frage ich zurück. »Ein riesiger Hund!«

Asante hebt fragend die Schultern. »Hund? Nix gehört.«

Damit hat er zweifelsohne recht, fällt mir erst jetzt auf. Weshalb hat der Hund nicht gebellt? Und wieso ist er erst jetzt zur Stelle und war es nicht schon, als wir in das Haus eingestiegen sind?

Für mich gibt es nur eine Erklärung. Der Hund ist entsprechend abgerichtet: nicht bellen, aber ab Bad- oder Eingangstür, vielleicht auch ab Flur muss er zur Stelle sein. Das heißt mit anderen Worten: Wir haben es offenbar mit einem abgerichteten Wachhund zu tun! Deshalb also gibt es hier keine Alarmanlage. Deshalb auch ist das Gelände vermeintlich so sorglos ungesichert. Deren »Alarmanlage« steht in Lebensgröße im Flur und fletscht die Zähne!

»Scheiße!«, fluche ich. »Was machen wir jetzt?«

»Ja. Sssseiße!«, wiederholt Asante und zeigt sieben Finger. So viele Minuten bleiben uns nur noch.

Ist das hier etwa gar kein echter Einbruch, sondern

eine Prüfung? So wie meine Generalprobe bei den YOUNG AGENTS? Wieso hat Ami uns nichts von dem Hund gesagt?

In meiner Agentenausbildung habe ich gelernt, dass viele Briefträger Hundeleckerlis dabeihaben, um sich vor den Hunden in den Einzelhaussiedlungen zu schützen. Auch ein Spielzeug zur Ablenkung wirkt oft Wunder. Wir hätten uns also entsprechend vorbereiten können, um den Hund loszuwerden. Aber Ami hat kein Sterbenswörtchen über den Hund verloren.

Jetzt müssen wir improvisieren.

Ich greife nach einer Shampooflasche. Ist doch eigentlich ein nettes Spielzeug für einen Hund. Könnte zwar sein, dass der Spielzeugtrick bei einem abgerichteten Wachhund nicht wirkt, aber einen Versuch ist es wert.

Vorsichtig öffne ich also wieder die Badtür einen kleinen Spalt; gerade so weit, um dem Hund die Shampooflasche als Spielzeug vor die Schnauze werfen zu können. Doch dann … Was ist das?

»Sieh mal!«, rufe ich Asante zu, der hinter mir steht und mir über die Schulter schaut.

Ich öffne die Tür ein wenig mehr, damit auch Asante freien Blick auf den Flur hat.

Der riesige Wachhund liegt friedlich direkt vor unseren Füßen.

Schläft der? Oder ist er …

»Tot?«, flüstert Asante.

»Ich weiß nicht«, antworte ich ehrlich.

Vorsichtig beuge ich mich zu dem Hund hinunter, strecke den Arm aus und fühle mit meinen Fingern an dessen Hals, ob er noch atmet.

»Er lebt!«, stelle ich fest.

Aber das heißt gleichzeitig, dass er nicht einfach nur schläft. Kein Hund der Welt hat einen so tiefen Schlaf, dass er nicht auf eine Berührung reagieren würde! Schon gar kein abgerichteter Wachhund. Eindeutig: Der Hund ist bewusstlos.

»Er wurde betäubt!«, sage ich.

Asante schreckt zurück. Schlagartig ist ihm, ebenso wie mir, klar, was das bedeutet: Es muss außer uns noch jemand im Haus sein!

UNERWARTETER BESUCH

Ich horche ins Haus hinein, doch ich höre nichts. Asante auch nicht.

Der sieht stattdessen auf die Uhr und findet, wir sollten verschwinden. Es bleiben uns ohnehin nur noch fünf Minuten. Viel zu wenig, um das Haus zu durchsuchen. Erst recht, wenn noch jemand anwesend ist. Das alles drückt Asante mit einer einzigen, entschlossenen Miene und seinen fünf Fingern aus, die er mir entgegenstreckt.

Doch ich will es jetzt genauer wissen. Denn die Besitzer werden es nicht sein, die sich hier im Haus aufhalten. Welcher Hundebesitzer betäubt schon seinen eigenen Wachhund?

»Komm mit!«, flüstere ich Asante zu. Und schleiche voran.

Asante zögert einen kleinen Moment. Er scheint zu überlegen, ob es nicht doch besser wäre, gleich durchs Badfenster wieder zu verschwinden. Doch dann folgt er mir.

Ich schleiche den Flur entlang bis zur Wohnzimmertür, die weit offensteht. Vor mir eröffnet sich ein riesiger Raum mit Sitzecke, Esstisch mit acht Stühlen, Bücherbord, das über die gesamte Wand reicht, Flachbildschirm und so weiter. Aber keiner Menschenseele. Hinter dem Esstisch steht ein schmaler, hoher Glasschrank mit lauter Trinkgläsern, auf der gegenüberliegenden Seite eine größere Anrichte, vermutlich mit dem Essgeschirr. Ansonsten gäbe es hier gar nichts zu durchsuchen, denn außer der Anrichte ist auf den ersten Blick nichts einsehbar. Keine Schublade, kein weiterer Schrank mit Türen, nichts. Ich kann mir nicht vorstellen, dass hier irgendwo Schmuck oder Geld versteckt ist. Die einzigen Wertsachen in diesem Raum dürften bestenfalls die Gemälde an der Wand sein oder die Vasen auf der Anrichte. Nichts, wofür wir uns interessieren. Alles zu groß, zu schwer und zu zerbrechlich.

Vermutlich gibt es im Haus einen Safe, in dem die Wertsachen aufbewahrt werden. Typischerweise befindet sich der entweder im Schlafzimmer oder im Keller.

Plötzlich schallt ein Klirren durchs Haus.

Wir zucken erschreckt zusammen.

»Wir gehen!«, sagt Asante. In normaler Lautstärke.

Schnell lege ich einen Zeigefinger auf meinen Mund und zische ein leises »Pst!« heraus.

Asante zeigt nun stumm in Richtung Badezimmer zurück. Er will abhauen.

Ich schüttele mit dem Kopf. Ich will herauskriegen, wer

hier ist. Da auf das Klirren keinerlei Stimmen folgen, ist es auf jeden Fall niemand, der zum Haus gehört. Eine Reinemachkraft oder jemand anders, der im Haus nach dem Rechten sieht, hätte wohl wenigstens einen Fluch ausgestoßen, aber nicht stillschweigend irgendetwas zerbrochen. Ich bin mir mittlerweile recht sicher, dass wir es mit weiteren Einbrechern zu tun haben. Aber wer?

Ich gehe weiter auf Zehenspitzen zur Treppe, horche hinauf. Dort oben ist alles still. Plötzlich aber tippt mir Asante aufgeregt auf die Schulter und zeigt zum Ende des Flurs auf die gegenüberliegende Seite des Wohnzimmers.

Dort steht plötzlich ein großer, breitschultriger Jugendlicher im Türrahmen – mit einem Baseballschläger in der Hand, den er bedrohlich auf- und abwippen lässt. Er ist von Kopf bis Fuß schwarz gekleidet, hat sich aber nicht die Mühe gemacht, sein Gesicht zu verdecken. Ich kann seinen fast bis auf eine Glatze heruntergeraspelten Kurzhaarschnitt genauso gut erkennen wie eine Narbe unter dem linken Auge. In seinem Mund grinst uns angriffslustig ein goldener Schneidezahn entgegen.

Wir starren ihn an. Wer ist das?

»Sieh mal an!«, ertönt eine Stimme von oben.

Da oben am Ende der Treppe steht noch jemand. Ebenfalls ein junger Mann, leicht gelockte, etwas längere, aber unfrisierte schwarze Haare, eine schiefe Boxernase, die wohl schon mehr als einmal gebrochen war, ein halboffenes, schwarzes Hemd mit aufgekrempelten Ärmeln, sodass man die Tätowierungen darunter deutlich erkennt.

Statt eines Baseballschlägers hält er ein Messer in seiner rechten Hand.

Ich habe das Gefühl, die beiden haben mich und Asante nicht zufällig entdeckt, sondern auf uns gewartet. Woher aber wussten sie, dass wir jetzt einbrechen?

Der Messertyp schreitet langsam, aber bedrohlich die Treppe herunter. Im gleichen Tempo rückt der Typ mit dem Baseballschläger näher.

Mir ist klar: Zur Flucht haben wir keine Chance. Es könnte uns gelingen, mit genügend Vorsprung ins Badezimmer zu laufen, um die Tür hinter uns abzuschließen. Aber im Moment kann ich mich nicht mal daran erinnern, ob in der Tür überhaupt ein Schlüssel steckte. Und selbst wenn, die beiden sind schon so dicht dran, dass wir keinerlei Vorsprung haben. Einen anderen Ausweg als durchs Badfenster gibt es aber nicht. Ich muss davon ausgehen, dass alle anderen Türen nach draußen verschlossen sind, weil ja die Hauseigentümer nicht da sind.

Natürlich habe ich in meiner Agentenausbildung gelernt, mit zwei Angreifern fertig zu werden, auch wenn diese bewaffnet sind. Aber mit Asante ist ein Zeuge da. Was würde Ami denken, wenn ich als kleinwüchsiger Elfjähriger zwei athletisch-muskulöse, bewaffnete Kriminelle außer Gefecht setze? Ich würde sofort als Spitzel auffliegen, mindestens aber würde es Amis Argwohn wecken. Denn für Ami bin ich bisher einfach nur ein Kind, das aus einem Heim abgehauen ist und nur einen Vorteil hat: sehr, sehr klein zu sein.

»Schickt Ami jetzt schon Zwerge?«, fragt der Typ mit dem Messer, kurz bevor er unten ankommt, und fügt noch an: »Wir haben eine Nachricht für ihn, die ihr ihm überbringen könnt.«

Asante nickt eifrig. Offenbar glaubt er ernsthaft, ungeschoren davonzukommen und nur eine Nachricht überbringen zu müssen. Ich hingegen habe mit der Drohung schon gerechnet, die der Typ auch gleich folgen lässt. »Eine Nachricht, die wir ihm auf einen kleinen Denkzettel schreiben.«

»Was ist *Denkzettel*?«, fragt Asante.

Die beiden Typen lachen böse.

»Was ist nur mit Ami los? Jetzt arbeitet er schon mit Zwergenkindern und Vollspacken, die nicht mal unsere Sprache verstehen.«

Jetzt kommt mir eine Idee, wie ich Asante als Zeuge loswerden und ihn so gleichzeitig retten kann.

»Asante! Lauf ins Bad!«, rufe ich ihm zu.

»Was?« Asante hat nicht richtig verstanden.

»Flieh! Hau ab! Durchs Bad!«

Die beiden Typen lachen noch mehr. Und scheinen sich nun auf eine Jagd zu freuen.

Gut so! Tut das! Freut euch! Auch, wenn diese Jagd anders ausgehen wird, als ihr euch das gerade vorstellt.

Asante flitzt los zur Badtür. Kurz, bevor er das Bad erreicht, schwirrt ein Messer haarscharf an seinem Kopf vorbei und bleibt in der Tür stecken.

Schockiert bleibt Asante stehen.

Ich realisiere sofort: Das Messer hat sein Ziel nicht verfehlt. Im Gegenteil: Der Typ hat es *absichtlich* so dicht an Asante vorbeigeworfen – er wollte die Tür treffen. Als Warnung. Dadurch wird mir klar: Die beiden fühlen sich absolut sicher und unbesiegbar. Denn es macht ihnen nicht einmal etwas aus, dass Asante jetzt natürlich sofort das Messer aus der Tür ziehen könnte und damit ebenfalls bewaffnet wäre. Aber das macht Asante nicht. Im Gegenteil: Mit schlotternden Knien steht er da und starrt auf das Messer, als würde es von selbst gleich nochmal auf ihn losgehen.

Der Messerwerfer grinst und schreitet siegessicher Richtung Bad, wohl um sich seine Waffe wiederzuholen. Dabei muss er sehr nah an mir vorbei. Das ist sein Fehler!

Asante ist zwar noch nicht im Bad verschwunden, aber er dreht dem Geschehen gerade den Rücken zu, weil er den Blick nicht von dem Messer lassen kann.

Ich nutze diese günstige Gelegenheit.

Selbst wenn Asante sich jetzt umdrehen würde, würde er vermutlich nicht viel mitbekommen. Dafür geht es jetzt zu schnell. Blitzartig lasse ich meine Fäuste hervorschnellen. Zwei Schläge, und der Messerwerfer liegt stöhnend auf dem Boden. Nicht weil ich so viel Kraft hätte, sondern weil ich eben genau weiß, wo ich treffen muss, und meine Schläge mit einer lange antrainierten blitzartigen Geschwindigkeit platziert habe.

Nach dem ersten Sekundenschock geht nun der mit

dem Baseballschlager sofort auf mich los. Aber viel zu langsam für mich. Ich muss dem gewollten Schlag nicht einmal ausweichen. Noch ehe mein Angreifer überhaupt zu diesem ausgeholt hat, liegt er schon am Boden. Hier *hat* Asante zwar jetzt zugeschaut – aber trotzdem nichts gesehen.

»Was ...?«, setzt er verdutzt zu einer Frage an.

»Los! Raus hier!«, treibe ich ihn an.

Asante lässt sich das jetzt nicht mehr zweimal sagen. Er rennt ins Bad, steigt auf die Kloschüssel und klettert aus dem Fenster.

Ich bleibe noch zurück. Die beiden Angreifer wollen sich gerade benommen aufrappeln. Doch ich verpasse jedem von ihnen noch einen kräftigen, aber wohldosierten Schlag, der beide in eine kurzzeitige Bewusstlosigkeit versetzt.

Anschließend durchsuche ich ihre Taschen.

Aber wie ich befürchtet habe: Beide tragen keine Papiere mit sich. Und ebenso wie wir auch keine Handys. Schade.

Dann folge ich Asante nach draußen.

Gerade rechtzeitig.

Denn als ich auf der Kloschüssel stehe, wacht der Hund auf.

Ich ziehe mich am Fenstersims hoch, was mir mehr Mühe bereitet als zuvor Asante, weil ich nun mal wesentlich kleiner bin. Zum Ausgleich aber bin ich besser trainiert. So gelingt auch mir ohne Schwierigkeit die Flucht aus dem Haus – im Gegensatz zu unseren beiden Angreifern.

Während ich davonrenne, höre ich auf einmal ein tiefes Bellen und Knurren, gefolgt von panischen Rufen und Geschrei der beiden Typen. Der Wachhund hat sie entdeckt und – wie es sich anhört – zweifelsfrei aus ihrer Bewusstlosigkeit geweckt.

Asante wartet kurz vor dem Gartentor auf mich.

»Alles okay?«, fragt er, als ich bei ihm ankomme.

»Für mich schon«, antworte ich. »Für unsere beiden Freunde dort drinnen wohl weniger. Der Hund ist aufgewacht.«

Asante hat verstanden. Und lacht.

Am Treffpunkt wartet Kevin.

»Was ist?«, fragt er knapp und vorwurfsvoll und zeigt fragend auf die offenbar leeren Rucksäcke, die schlaff auf unser beider Rücken hängen. »Nichts?«

»Wie kommst du darauf?«, frage ich zurück. »Wer sagt, dass wir keinen wertvollen Schmuck in den Rucksäcken haben?«

»Habt ihr?«, fragt Kevin nach.

Mir fällt auf, wie erstaunt Kevin über diese Möglichkeit ist.

»Nein«, antworte ich ehrlich.

»Wieso nicht?« Die Frage klingt wieder wie ein eindeutiger Vorwurf. Kevins Gesicht hingegen signalisiert fast so etwas wie – Erleichterung!

Welches Spiel wird hier mit uns getrieben? Für mich

wirkt es, als hätte Kevin gar nicht mit einem erfolgreichen Beutezug gerechnet.

»*Wieso* nicht?«, wiederhole ich deshalb in einem schärferen Ton. »Wir wurden überfallen. Von zwei Typen, die offenbar zu einer anderen Einbrecherbande gehören!«

»Und?«, fragt Kevin.

»Was ›und‹?« Die Gegenfrage von Kevin kapiere ich wirklich nicht.

»Na, hatten die beiden keine Beute dabei, die ihr ihnen hättet abnehmen können?«, fragt Kevin.

Jetzt schaltet sich auch Asante ein. Fassungslos starrt er Kevin an, bevor er mit entsetzter Miene klarstellt: »Sie hatten Waffen! Messer und Keule!«

»Keule?«, fragt Kevin amüsiert nach.

»Baseballschläger«, korrigiere ich und füge an: »Das ist überhaupt nicht lustig. Wer waren die? Hast du von den beiden gewusst?«

»Was laberst du? Weiß ich doch nicht!«, schimpft Kevin. »Los, zurück in den Van. Haut ab!«

Asante und ich laufen zum Van, wo Ami schon auf uns wartet.

»Hey!«, rufe ich ihm zu, als wir noch wenige Meter entfernt ist. »Wir haben dort …«

»Sei ruhig!«, befiehlt Ami. »Steigt ein.«

»Aber …«

»Schnauze!« Amis Ton verschärft sich. »Einsteigen.«

Ich begreife: Kevin hat ihn angerufen. Ami ist bereits über alles informiert.

Asante und ich steigen ein. Der Van fährt sofort los, noch ehe die Seitentür ganz geschlossen ist.

»Wo setzt ihr uns ab?«, frage ich, weil ich davon ausgehe, dass unsere Aktion beendet ist und wir jetzt nach Hause gehen können.

Ami antwortet nur knapp: »Werdet ihr gleich sehen.«

Ich will einen erneuten Versuch starten, etwas über unsere Angreifer herauszufinden und ob Ami davon gewusst hat und ...

Doch Ami erstickt meine Fragen schon im Keim. Ich schaffe es gerade mal, tief einzuatmen und den Mund zu öffnen. »Schnauze halten, hab ich gesagt!«

Doch so ganz unkommentiert kann auch Asante das gefährliche Erlebnis nicht lassen.

»Der Typ hatte Messer«, sagt er wieder und zeigt mit den Fingern ungefähr eine Lineallänge an. »So knapp an Kopf!«

»Reden wir später drüber«, würgt Ami jedes Gespräch dazu ab.

Wir fahren nur zehn Minuten bis in einen benachbarten Stadtteil, ebenfalls eine Einzelhaussiedlung, wo wir in einer kleinen Straße stehen bleiben die der von eben sehr ähnelt. Ami schiebt die Seitentür auf und zeigt auf ein prachtvolles Haus mit augenscheinlich sehr großer Wohnfläche, aber nur einer oberen Etage. Das frisch gedeckte, schwarze Dach ragt weit hinunter über das strahlend weiß gestrichene Erdgeschoss. Die Einfahrt ist mit stilvollen Natursteinen verlegt, gesäumt von einer Koniferen-Allee.

»Ihr habt 15 Minuten«, sagt Ami und weist auf das Haus.

Ich bin überrascht. Wir sollen noch einen Einbruch machen? Nach dem Erlebnis von eben? Kurz überlege ich, ob ich protestieren soll, dann lasse ich es aber. Vielleicht kann ich als Agent noch mehr Informationen sammeln. Schließlich bin ich hier, um Hintergründe der Einbruchsbande zu erfahren und aufzudecken. Dazu muss ich nun mal ein paar Einbrüche mitmachen, sonst werde ich nie an die Hintermänner herankommen.

Ami zieht ein Smartphone hervor, tippt darauf herum und erklärt dabei: »Ich schalte den Alarm aus. Ihr könnt hinten durchs Kellerfenster rein.« Ohne weitere Fragen abzuwarten, gibt er den Einsatzbefehl: »Los! 15 Minuten. Die Zeit läuft.«

Interessant zu sehen, wie professionell geschult Ami und sicherlich die gesamte Bande sind. Eine fremde Alarmanlage so einfach mit dem Smartphone auszuschalten, als wäre es die eigene, dazu gehört schon einiges. Balu hätte das nicht schneller hinbekommen; und vermutlich nicht mal Naomi. Das bedeutet, dass die Bande im Hintergrund über einiges technisches Know-how und Equipment verfügen muss.

Asante und ich steigen aus und laufen auf das Haus zu.

»Hoffentlich erleben wir dieses Mal keine böse Überraschung«, sage ich.

»Ist frei«, antwortet Asante.

Er zeigt auf das offenstehende Tor in der Einfahrt.

Ich stutze. Wieso ist es offen? Ist etwa wieder jemand da?

Doch dann erkenne ich, dass es sich um ein automatisches Tor handelt. Offenbar ist es Ami gelungen, nicht nur den Alarm auszuschalten, sondern auch das Tor zu öffnen. Wenn man sich einmal in das Netzwerk eines Hauses gehackt hat, ist es ein Kinderspiel, alle möglichen Geräte in dem Haus zu bedienen, die in dieses Netzwerk eingebunden sind. Das ist der Nachteil und das Risiko von Häusern, die mit Hightech ausgestattet sind. Vermutlich könnte Ami von da draußen auch die Heizung bedienen, das Licht oder die Musik an- und ausschalten und vielleicht sogar über den Kühlschrank neue Lebensmittel bestellen.

Der gesamte Einfahrtsweg ist mit Videokameras überwacht. Doch ich verlasse mich darauf, dass Ami sie ausgeschaltet hat.

Dieses Mal müssen wir nicht ums Haus herumlaufen, denn das Kellerfenster erspähen wir schon an der Front des Hauses. Gleich rechts unter dem Haupteingang. Das Fenster dient wohl nur dazu, den Keller zu belüften. Es ist verschlossen, aber nicht vergittert. Ich wäre durchaus in der Lage, es aufzuhebeln, das hab ich in der Agentenakademie gelernt. Aber das darf ich hier nicht preisgeben. Von Ami haben wir es jedenfalls noch nicht beigebracht bekommen, also sollten wir es wohl lieber einschlagen. Ich zeige auf das Fenster und sage zu Asante: »Wir brauchen einen Stein.«

Doch Asante schüttelt den Kopf. Er läuft zum Fenster, kniet sich davor, zieht sein Shirt aus, wickelt es sich dick um den Ellenbogen und zertrümmert damit die Glasscheibe. Anschließend zieht er sein Shirt wieder an und tritt die noch festsitzenden Teile aus dem Rahmen heraus.

»Sehr gut!«, lobe ich.

Eine Alarmanlage ist nicht losgegangen. Ami hat ganze Arbeit geleistet.

Ich krabble mit Kopf und Oberkörper voran durchs Fenster und sehe mich um, wie ich am besten in den Keller hineinklettern kann. Direkt unter dem Fenster steht ein Weinregal. Wenn ich mich einfach heruntergelassen hätte, ohne vorher nachzusehen, hätte das bös schiefgehen können. Doch gleich daneben steht ein Kühlschrank, auf dem ich meine Füße absetzen kann. Ich informiere Asante und klettere hinein.

Asante folgt mir und sieht anschließend auf die Uhr.

»Noch zwölf Minuten«, zeigt er an.

Dieses Mal läuft es wie am Schnürchen. Über den Keller gelangen wir in den Flur im Erdgeschoss.

»Ich oben, du unten!«, weise ich Asante an.

Er ist einverstanden. Gut so. Denn ich vermute, dass sich Wertsachen wie zum Beispiel Schmuck entweder in einem Tresor oder in irgendwelchen Schubladen oben im Schlafzimmer verbergen, während unten im Wohnzimmer, in der Küche und im Gästebad wohl nicht viel zu holen ist.

Ich will natürlich so wenig wie möglich in diesem Haus

stehlen. Aber ganz mit leeren Händen darf ich mich kein zweites Mal blicken lassen. So hoffe ich, im Schlafzimmer wenigstens ein bisschen Bargeld zu finden. Das würde die Besitzer vermutlich am wenigsten schmerzen und Ami hoffentlich trotzdem zufriedenstellen.

Also flitze ich die Treppe hinauf, ins Schlafzimmer und ziehe dort die oberste Schublade einer Kommode auf: Damenhöschen!

Meine Güte! Wie kann jemand dermaßen viele Slips besitzen?

Ich muss zugeben, es widerstrebt mir, die Schublade weiter zu durchwühlen. Ich lasse es auch und ziehe lieber die zweite auf: Strümpfe in allen Farben und Variationen. Sportsocken, normale Socken, jede Menge Nylonstrümpfe, Strumpfhosen …

Oh Mann! Verärgert schiebe ich die Schublade wieder zu.

Dritte Schublade. Was ist das? Shirts?

Ich ziehe eines heraus. Nein, das sind – Unterhemden! Vermute ich jedenfalls. Vielleicht sind es auch ärmellose Sommershirts. Manche sehen jedenfalls sehr elegant aus. Wohnt hier etwa nur eine Frau?

Ich schiebe auch die dritte und letzte Schublade wieder zu, sehe mich weiter um, öffne den Kleiderschrank. Darin sind auch Hemden und Anzüge für den Herren. Alles sauber und gebügelt. An manche sind noch die Schildchen von der Reinigung getackert. Hier lohnt es sicher nicht, nach Wertsachen zu suchen. Mist!

Irgendetwas muss ich aber finden! Ich kann ja wohl schlecht mit ein paar teuren Nylonstrümpfen als Beute zu Ami zurückkehren.

Gerade will ich den Kleiderschrank wieder schließen, um mich weiter umzusehen, als mein Blick auf die Schubladen im Schrank fällt. Ich verspreche mir zwar nicht viel davon, aber dennoch greife ich zur ersten.

Bitte jetzt keine Herrenunterhosen! beschwöre ich die Schublade. *Und auch keine Socken!*

Langsam ziehe ich sie auf. Wie beim Auspacken eines Geburtstagsgeschenks, das man sich sehnlich gewünscht hat, schließe ich für einen kurzen Moment die Augen, öffne sie wieder und …

… die Schublade ist voller Schmuck!

Yeah! Ich will schon die Siegerfaust machen.

Doch auf den zweiten Blick erkenne ich, dass es sich nur um billigen Modeschmuck handelt. Ich bin wahrlich kein Schmuckexperte, aber dass hier nichts Wertvolles dabei ist, sehe sogar ich sofort.

Verflixt!

In den nächsten Schubladen finde ich dann tatsächlich die Unterhosen und Socken für den Herren. Es hat keinen Sinn! Ich breche die Suche ab, schließe die Schubladen und den Schrank wieder und nehme mir die Nachtschränkchen vor.

Auch hier ziehe ich eine Schublade auf und – okay, wenigstens etwas: ein E-Reader. Trotzdem: zu wertlos. Daneben aber liegen immerhin zwei Damen-Armbanduhren. Die sehen schon etwas wertvoller aus. Ich stecke aber nur eine der beiden ein.

In dem Nachtschrank auf der anderen Seite des Doppelbetts erwartet mich ähnlich Unaufregendes: eine Reihe von Tablettenschachteln, Ladekabel, ein paar Geldscheine und eine Pulsuhr, die aber nicht besonders teuer aussieht.

Ich nehme nur die Geldscheine. In der Summe immerhin neunzig Euro.

Das muss reichen.

Ich verlasse das Schlafzimmer und laufe die Treppe wieder runter.

Unten empfängt mich Asante bereits und streckt mir beide Daumen entgegen.

Nanu? Das war doch die Geste, die er und Ben eigentlich nicht benutzen. Offenbar hat Asante sich an diese deutsche Geste gewöhnt. Immerhin kennt er sie sicherlich auch von Facebook: »*Gefällt mir*«. Hat wohl auch noch nie einer dran gedacht, dass das in vielen Ländern soviel heißt wie »Leck mich«.

Interessanter ist der Grund, weshalb Asante mir die Daumen emporstreckt. Sein Rucksack ist prall gefüllt: Ein Kerzenleuchter lugt noch oben heraus.

»Du hast …«, setze ich zu einer Frage an.

Asante unterbricht mich: »Alles Gold!«

»Sicher?«, frage ich nach.

Insgeheim ärgere ich mich natürlich, dass ich geglaubt habe, in einem Wohnzimmer wie diesem sei nichts zu holen. Großer Irrtum! Goldene Vasen, Kerzenleuchter,

Bilderrahmen, Essbesteck und ähnliches waren mir überhaupt nicht in den Sinn gekommen. Vielleicht hab ich – beziehungsweise die Bewohner dieses Hauses – Glück und die Gegenstände sind nicht halb so wertvoll, wie Asante glaubt.

Doch Asante strahlt mich an: »Alles Stempel!«

»Stempel?«, frage ich, doch dann begreife ich: Die meisten Dinge aus echtem Gold besitzen eine sogenannte Punze. Einen eingravierten Stempel, auf dem der Goldgehalt angezeigt wird. Je höher die Zahl, desto höher der Goldanteil.

»Zeig mal«, bitte ich ihn und ziehe den Kerzenhalter aus Asantes Rucksack.

»Keine Zeit!«, mahnt Asante.

»Schon gut«, beschwichtigte ich. »Nur ein kurzer Blick.«

Ich suche den Kerzenhalter nach der Punze ab.

Asante deutet auf die Unterseite des Fußes.

Ich schaue nach und entdecke den Stempel: »750«. Das bedeutet einen Goldanteil von 75 Prozent. 18 Karat. Also sehr wertvoll. Aus reinem Gold – 24 Karat – sind nur Goldbarren und Münzen. Denn reines Gold ist für die Schmuckverarbeitung zu weich. Auch das habe ich in meiner Agentenausbildung gelernt. Und erstaunlicherweise auch behalten. Zwar interessiere ich mich überhaupt nicht für Schmuck oder schöne Gegenstände – aber sehr wohl für Goldbarren.

»Wow!«, sage ich jetzt anerkennend. Und denke bei

mir: Pech für die Bewohner. Aber Ami wird zufrieden sein. Ich hoffe nur, dass wir die Bande bald hochgehen lassen und viele der gestohlenen Gegenstände wiederfinden, um sie den Besitzern zurückgeben zu können.

»Okay«, sage ich. »Das reicht. Nix wie weg von hier!«

Asante nickt mir zufrieden zu.

Ich gehe voran. Wir wollen das Haus auch durch das Kellerfenster wieder verlassen.

Doch in diesem Moment sehe ich durchs Fenster, wie draußen ein Polizist durch den Garten streift und sich umschaut!

POLIZEI!

»Verdammt!«, fluche ich. »Wo kommen die denn her?«

Und wieso hat uns wieder niemand gewarnt?

Weil das gar nicht *geht,* fällt mir ein. Ami hat uns die Handys abgenommen, damit wir nicht geortet werden können und auch im Nachhinein kein Bewegungsprofil angelegt werden kann. Trotzdem keine gute Idee, finde ich. Denn so konnten wir eben auch nicht gewarnt werden. Ami und die Bande sehen das offenbar anders.

»Wenn ihr erwischt werden solltet«, hat Ami beiläufig erläutert, »was macht das schon? Kinder können in Deutschland nicht bestraft werden, und für Jugendliche gibt es meistens nur Erziehungsauflagen. Also lässt die Polizei euch wieder laufen, und ihr könnt weitermachen. Kein Problem.«

Kein Problem für ihn und die Bande. Für Asante und andere jugendliche Flüchtlinge könnte das allerdings zu einem großen Problem werden, wenn sie hier Asyl bekommen wollen.

Aber auch da winkte Ami ab. »Es ist nicht so leicht, jemanden auszuweisen, wie ihr denkt.«

Daran habe ich allerdings meine Zweifel. Für *mich* wäre es auf jeden Fall ein Riesenproblem, von der Polizei erwischt zu werden. Denn ich würde postwendend zurück nach München ins Kinderheim geschickt werden. Offiziell lebe ich immer noch illegal auf der Straße, werde gesucht und darf mich nirgends aufgreifen lassen. Der Geheimdienst hat mich zwar aufgenommen, aber eben nur geheim, weil es die YOUNG AGENTS eigentlich gar nicht gibt. Und deshalb würde der Geheimdienst auch jede Vermutung in diese Richtung abstreiten und im Zweifel keinen Finger rühren, um mich zu schützen oder meine Rückführung ins Kinderheim zu verhindern. Das Risiko wäre einfach zu groß, die gesamten YOUNG AGENTS auffliegen zu lassen, wenn der Geheimdienst sich für mich einsetzen würde.

Und dennoch oder gerade deshalb: Der Geheimdienst muss sich endlich darum kümmern, dass ich ganz formal aus dem Heim entlassen werde. Dazu bräuchte ich aber offizielle Pflegeeltern. Der Geheimdienst hat zwar versprochen, welche zu finden und alles in die Wege zu leiten, aber bislang ist in dieser Richtung nichts geschehen. Kurzum: Ich darf mich auf gar keinen Fall von der Polizei erwischen lassen! Und jetzt stöbert da draußen ein uniformierter Polizist durch den Garten. Und der ist sicher nicht allein, sondern hat mindestens einen weiteren Kollegen dabei, wenn nicht mehr.

»Was tun?«, fragt Asante.

»Gute Frage«, antworte ich. Und überlege, ob ich mit

Asante zusammenbleiben soll oder ob meine Chance, zu entkommen, ohne ihn nicht größer wäre. Erheblich größer sogar, denn ich bin ein ausgebildeter Agent.

Aber Asante für mich opfern? Nein, das geht auch nicht. Immerhin wollen wir die Bande *auch* deshalb schnappen, um die jugendlichen Flüchtlinge aus deren Klauen zu retten. Nachdem diese auf der Flucht schon genug durchgemacht haben, wird ihre prekäre Situation hierzulande von Banden wie der von Ami schamlos ausgenutzt, werden sie doch zu Einbrüchen verleitet oder sogar erpresst. Nein, für Asante könnte es noch viel schlimmere Auswirkungen haben als für mich, wenn er erwischt wird. Da bin ich mir sicher. Mir muss eine andere Lösung einfallen. Und zwar schnell.

Schon läutet es an der Haustür. Wieso tun die das? Erwarten die ernsthaft, dass Einbrecher ihnen die Tür öffnen? Aber das bedeutet wohl, dass die Polizei nicht einfach so in das Haus eindringen darf. Gleichzeitig werden die Polizisten sicher draußen lauern, wenn sie den Verdacht haben, dass noch Einbrecher im Haus sind. Und wenn die Besitzer des Hauses nicht gerade weit entfernt auf Reisen sind, werden wohl bald auch die hier auftauchen.

Da kommt auch schon jemand! Ich höre ein Motorengeräusch.

Erneut spähe ich aus dem Fenster und sehe, wie ein Auto vor die Garage fährt. Der Besitzer. Verdammt! Das ging schnell. Irgendwo muss es in diesem Haus versteckte

Bewegungsmelder geben, die einen stummen Alarm auslösen und die Ami übersehen hat, als er die Alarmanlage deaktiviert hat. Hat er das überhaupt getan? Vielleicht gibt es nur einen stummen Alarm, und Ami wusste das? Wie auch immer, Asante und ich müssen uns verdammt beeilen, von hier zu verschwinden.

Bevor wir durch das Kellerfenster eingedrungen sind, hab ich mir das Haus von außen genau angesehen. Das kommt uns jetzt zugute. Links vom Haus steht eine alte, mächtige Kastanie. Aber steht sie nah genug am Haus, dass wir über den Baum abhauen können?

»Was tun?«, fragt Asante nervös nach.

Ich bemerke, dass Asantes Knie zittern. Das ist wenig verwunderlich. Schließlich ist er aus seinem Heimatland geflohen. Und das sicher nicht ohne Grund. Vermutlich hat er üble Erfahrungen mit Männern in Uniform gemacht. Und jetzt sind schon wieder welche hinter ihm her.

»Übers Dach!«, schlage ich vor und zeige nach oben.

Asante hat keine Ahnung, wie das funktionieren soll.

»Was?«, fragt er. »Dach? Wie?«

Aber das weiß ich im Moment selbst noch nicht genau. Trotzdem ist Asante bereit, mir zu vertrauen und zu folgen.

Wir beide flitzen also die Treppe hoch. Als wir in der ersten Etage ankommen, wird unten schon die Haustür aufgeschlossen.

In der Flurdecke ist eine Klappe eingelassen, die zum

Dachboden führt. Vermutlich enthält sie eine Leiter zum Ausklappen. Das wäre aber zu laut und die Polizei sofort hier oben. Den Gesprächen unten ist zu entnehmen, dass wohl erst mal vorsichtig der untere Bereich durchsucht wird.

»Hallo? Ist hier jemand? Polizei! Kommen Sie heraus!«, ruft einer.

Das könnte euch so passen!

Ich tippe Asante an, zeige in den hinteren Bereich der oberen Etage und laufe leise auf Zehenspitzen zu einem dort gelegenen Zimmer.

Asante schleicht hinterher.

Wir öffnen leise die Tür und landen in einem großen, noblen Badezimmer. Marmorfußboden, Dusche und Badewanne getrennt. Gegenüber zwei große Waschbecken nebeneinander, beide in eine breite Marmorplatte eingelassen. Wir haben mehr Glück, als ich gehofft habe. Ich hatte vermutet, dass es hier im letzten Zimmer im ersten Stock ein Fenster gibt, durch das wir fliehen können. Aber es kommt noch besser: An der Stirnseite des Badezimmers befindet sich eine Balkontür! Und vom Balkon aus sehen wir auf lauter Baumkronen, als befände sich ein Wald direkt vor dem Badezimmer. In Wahrheit bilden die hohen Bäume nur die Grundstücksgrenze zum Nachbarn.

Ich öffne die Balkontür ganz leise. Wir beide treten vorsichtig hinaus.

Ich ziehe von außen die Balkontür wieder zu, damit

nicht auf den ersten Blick ersichtlich ist, dass wir hierdurch geflohen sind.

Vom Balkon aus klettern wir aufs schräge Dach und legen uns flach auf die Dachpfannen. Wenn wir jetzt nach links blicken, erspähen wir unten den Polizeiwagen, der vorn an der Straße neben der Einfahrt parkt. Den Wagen des Hausbesitzers dagegen können wir ebenso wenig einsehen wie den gesamten Eingangsbereich.

Zur anderen Seite blicken wir nach hinten in den Garten, auf den Pool, ein Gartenhäuschen und dahinter die hohen Bäume, die das Grundstück begrenzen.

Hinter uns, im Rücken, steht die mächtige Kastanie, die aber tatsächlich zu weit entfernt ist, um rüberklettern und uns dort verstecken zu können.

Ich fühle mich nicht wohl in dieser Position. Zu groß ist die Gefahr, dass die Polizisten jeden Moment routinemäßig auf dem Balkon auftauchen, einmal um die Ecke schauen und uns hier auf dem Dach liegen sehen.

Da kommt mir plötzlich eine Idee. Wir konnten zwar nicht über den Dachboden hinausklettern, weil wir die laute Klappe samt Treppe nicht bedienen wollten. Aber wir können umgekehrt von außen in den Dachboden einsteigen! Im Haus ist die Deckenklappe ja geschlossen und die Leiter eingeklappt. Da kommt niemand auf die Idee, dass sich die Einbrecher auf dem Dachboden befinden könnten.

Das ist es! Wir müssen durch die Dachluke in den Dachboden hineinklettern.

Das klappt auch sehr gut.

Wir klettern über Stufen, die eigentlich wohl für den Schornsteinfeger oder für Handwerker ins Dach eingelassen sind, das Schrägdach hinauf bis zur Dachluke, die sich neben dem einen der zwei Schornsteine befindet.

Wir kommen gut hinein, aber jetzt sitzen wir hier auf dem Dachboden fest. Im Haus durchstöbern die Besitzer und die Polizei die Zimmer. Hinaus können wir auch nicht so ohne Weiteres, ohne entdeckt zu werden.

Eigentlich gibt es nur zwei Möglichkeiten für uns: entweder hier warten bis die Polizei wieder weg ist und uns dann heimlich und leise übers Dach davonschleichen.

Oder: Ami müsste mitbekommen haben, dass die Polizei gekommen ist, und er unternimmt etwas, um uns zu helfen.

Vielleicht kann ich durch die Dachluke erkennen, was sich draußen tut.

»Bleib du hier!«, bitte ich Asante.

Ich steige die kleine Leiter hinauf zur Dachluke, öffne sie ein wenig, schaue mich um. Die Luft ist rein.

Aber ich kann nicht erkennen, was sich draußen im Garten vor dem Haus tut.

Gerade will ich meinen Kopf wieder zurückziehen, da entdecke ich doch noch etwas in einiger Entfernung. Nicht unten im Garten, sondern hoch oben in der Luft.

Dort steht eine Drohne am Himmel!

Das kann nur die von uns, den YOUNG AGENTS, sein.

Die haben uns also im Blick. Vielleicht unternehmen sie etwas, um uns hier herauszuhelfen?

Ich sehe, wie die Drohne plötzlich zu einem Tiefflug ansetzt. Sie fliegt aber nicht zu uns, sondern im Bogen auf die Straße zu. Dorthin, wo vermutlich der Polizeiwagen steht. Dann kann ich die Drohne eine Zeit lang nicht mehr sehen, weil sie hinter den Baumkronen verschwindet. Doch kurz darauf steigt sie hinter den Baumkronen wieder auf. Was war das? Was haben die YOUNG AGENTS dort gemacht?

Weil ich von hier aus die Straße nicht einsehen kann, will ich mich gerade wieder zurückziehen, da höre ich mit einem Mal eine Polizeisirene!

Durch die Büsche und Baumkronen hindurch sehe ich blaues Licht aufblitzen. Sollte das einer von uns gewesen sein, der das Martinshorn in Gang gesetzt hat, um die Polizisten hier aus dem Haus zu locken?

Vermutlich. Deshalb war die Drohne im Tiefflug. Sie ist wohl kurz dort gelandet, um einen von uns dort abzusetzen. Ich tippe mal auf Billy. Und Charles oder Naomi wird die Drohne fliegen.

Billy oder einer der anderen hat uns die Polizisten vom Hals geschafft. Das müssen wir nutzen.

Ich horche.

Es ist wirklich ruhig im Haus geworden. Niemand scheint mehr nach uns zu suchen. Auf die Idee, auf dem Dachboden nachzuschauen, ist keiner gekommen.

»Ich glaube, die Luft ist rein«, teile ich Asante mit.

»Luft?«, fragt Asante. Und schnüffelt, als ob etwas mit der Luft hier im Dachboden nicht stimme.

Ich erkenne das Missverständnis. »Ich meine, wir können verduf… äh… abhauen«, versuche ich, es verständlicher auszudrücken.

So schnell wir können, klettern wir wieder aus der Luke heraus, übers Dach, den Balkon, dann an dem kupfernen Fallrohr der Regenrinne hinunter und ab durch den Garten, weg zu unserem Van. Gerettet!

BÖSE KONKURRENZ

Asante und ich erreichen unbehelligt den rettenden Van, doch als wir einsteigen, wartet die nächste Überraschung auf uns. Neben Ami sitzt plötzlich nicht nur dieser Kevin, der beim ersten Einbruch unser »Vorgesetzter« war, sondern ein weiterer junger Mann, den ich bisher noch nie gesehen habe.

Ami schließt die Seitentür, und der Van fährt los, ohne dass ein Wort gesprochen wird.

Den Unbekannten schätze ich auf ungefähr 17 oder 18 Jahre. Da er nur ein ärmelloses Muskelshirt trägt, kann ich leicht erkennen, dass nicht nur seine Arme vollständig tätowiert sind, sondern wohl auch sein kompletter Oberkörper. Um den Hals trägt er eine grobgliedrige goldene Kette mit einem undefinierbaren Amulett. Anders als der beleibte Balu ist dieser Unbekannte von der Statur her einfach nur ein fetter, stämmiger Klops. Mag sein, dass er dennoch kräftig ist, aber so etwas wie Muskeln kann ich nicht erkennen, sondern einfach nur Fettröllchen. Mit seinem Stoppelhaarschnitt, der goldumrandeten Sonnenbrille und neben der Kette auch zahlreichen goldenen Ringen auf den dicken Fingern verkörpert er das absolute Klischee eines Gangsta-Rappers.

Niemand spricht. Ich sage auch nichts. Ich weiß, dass Ami oder vielleicht auch Kevin oder dieser Unbekannte das Wort ergreifen werden, wenn sie es für richtig halten.

Nachdem wir einige Minuten unterwegs sind, beugt der Dickwanst sich leicht vor, stützt seinen rechten Arm angewinkelt auf seinen Oberschenkel und sagt: »Ich bin Vize.«

Seltsamer Name! Doch Ami erklärt uns sofort, dass »Vize« keineswegs der Name des Unbekannten ist, sondern eher seine Funktion innerhalb des Einbrecherclans beschreibt. »Vize« scheint so etwas wie »Vizepräsident« oder »stellvertretender Chef« der Bande zu bedeuten. Zumindest stellt sich heraus, dass Vize der »Vorgesetzte« von Ami ist und wohl im Gegensatz zu diesem den wahren Chef – den »Don« der Mafia, wenn man so will – persönlich kennt. Vor allem: Er *behauptet* das nicht einfach nur, sondern prahlt regelrecht damit.

Ich nehme es zufrieden zur Kenntnis. Wie es scheint, habe ich es tatsächlich in kürzester Zeit geschafft, eines der höchsten Führungsmitglieder des neuen Clans kennenzulernen, der mir sicherlich auch den Kontakt zum höchsten Chef vermitteln kann.

Wunderbar! Ich bin richtig ein bisschen stolz auf mich und brenne darauf, es Naomi und den anderen zu berichten. Vor allem natürlich Naomi, die am wenigstens an mich geglaubt hat!

Jetzt Vizes Vertrauen zu gewinnen und gleichzeitig Ami abzuschütteln, der mir dabei nur im Wege wäre, könnte also der Schüssel sein, die Identität des Clanchefs zu enthüllen! Als mir das bewusst wird, beginnt mein Herz vor Aufregung schneller zu schlagen. Ich bin bereits nach dem zweiten Einbruch ganz dicht dran, meinen Auftrag zu erfüllen und den Chef der Bande kennenzulernen.

»Euer Einsatz ist wichtig für uns. Das hat der Chef mir noch mal ausdrücklich gesagt«, fährt Vize mit seiner Prahlerei weiter fort. »Deshalb bin ich selbst gekommen, um mir einen Überblick zu verschaffen. Denn ihr wart gerade im Rumänen-Revier.«

Vize lehnt sich selbstgefällig zurück, grinst und ergänzt: »Und besonders beim ersten Einbruch habt ihr den Losern ganz schön den Arsch aufgerissen. Gut gemacht!«

Ich weiß, er meint die beiden Typen, die uns überfallen und die wir letztlich dem Wachhund überlassen haben.

Vize lacht, japst nach Luft und kichert böse. »Ami hat es mir erzählt. Super, ey, die Sache mit dem Köter. Wahrscheinlich sitzen sie immer noch im Haus fest und kommen nicht raus.« Er schlägt sich vergnügt auf die Schenkel.

Ich nutze die kurze Pause in Vizes Monolog, um nachzufragen: »Rumänen-Revier?«

Vize hört auf zu lachen, wechselt einen Blick mit Ami. »Hast ihnen nichts erzählt?«

»Noch nicht«, gesteht Ami.

Vize wendet sich wieder an uns.

»Es geht um einen Einbrecherclan, der hier das ganze Gebiet beherrscht«, erläutert Vize.

»Und das sind alles Rumänen?«, frage ich.

»Weiß ich doch nicht!«, antwortet Vize, der ein wenig überrascht über die Nachfrage zu sein scheint. »Ist mir auch scheißegal, wo die herkommen. Sind auf jeden Fall Rumänen dabei. Und wir – also der Chef und ich – fragen uns, wieso die hier alles absahnen sollen. Geht's noch? Die können gefälligst bei sich zu Hause klauen gehen und nicht vor *unserer* Haustür. Also wollen wir deren Reviere übernehmen. Ihr hattet die Ehre, heute den Anfang zu machen.«

Ich muss einmal tief schlucken. Das alles hatte der Prof uns bei seiner Einweisung schon mitgeteilt. Aber ich hätte nicht gedacht, dass wir gleich zu Beginn ins »fremde Revier« geworfen werden und somit sozusagen den Bandenkrieg eröffnet haben. Die beiden Typen, die uns angegriffen haben, waren also Mitglieder des »Rumänen-Clans« – obwohl die garantiert keine Rumänen waren. Asante und ich waren in dem Haus also in deutlich größerer Gefahr, als wir befürchtet hatten. Wenn die Typen uns erwischt hätten, wären sie bestimmt nicht zimperlich mit uns umgegangen. Als Konkurrenten und Mitglieder einer feindlichen Bande wären wir fertiggemacht worden!

Asantes Deutschkenntnisse entpuppen sich mal wieder als nicht gut genug, um alles zu verstehen, was Vize erzählt.

Fragend sieht er zwischen diesem und mir hin und her.

»Was ist Revier?«, fragt er.

Vize winkt ab. »Brauchst du nicht zu wissen. Alles gut. Mach nur weiter.«

»Gut?«, fragt Asante. Und sieht jetzt mich an. »Wir gut?«

Ami kommt meiner Antwort zuvor.

»Ja«, bestätigt er. Gut gelaunt greift er sich Asantes Rucksack mit der Beute, zieht den goldenen Kerzenleuchter hervor und ruft lachend: »Sogar sehr gut! Wir lieben Gold!«

Auch Vize lacht, wobei sein Amulett an der massiven Goldkette hin- und herschaukelt. Mit seiner goldringbestückten Hand greift er sich den Leuchter und ruft: »Der passt doch gut zu mir!«

Vize grinst breit, und ich erkenne erst jetzt, dass auch aus seinem Mund zwei goldene Eckzähne herausblitzen.

Mit einem Seitenblick zu Asante überlege ich, wann und wie ich ihm erklären soll, dass er in einen Bandenkrieg hineingeraten ist, ohne etwas davon geahnt zu haben.

In dem Moment bremst der Van scharf ab.

»Scheiße!«, ruft Vize verärgert. Durch das abrupte Abbremsen ist sein nicht angegurteter Oberkörper so stark vornüber geschnellt, dass er mit dem Oberkiefer auf den Kerzenleuchter in seiner Hand aufgeschlagen ist.

Soweit ich erkennen kann, hat er wohl noch mal Glück gehabt. Zwar blutet es nicht aus Vizes Mund, trotzdem hält der sich die Hand an die Oberlippe und schimpft fürchterlich.

»Was ist denn das für ein Idiot da am Steuer?«

Ungeachtet dessen gibt der Fahrer wieder Vollgas. Der Van startet mit quietschenden Reifen durch, vollzieht mit durchdrehenden Hinterrädern eine Neunzig-Grad-Kurve und jagt mit voller Geschwindigkeit über einen Bürgersteig, an parkenden Autos vorbei, wieder auf die Straße, biegt in eine enge Gasse, die wohl durch ein Wohngebiet führt, und rast nach wenigen hundert Metern mit einer scharfen, engen Kurve in einen Feldweg hinein.

»Scheiße, die Rumänen!«, ruft Ami und sieht nach hinten durch die Heckscheibe.

Auch ich schaue mich um und sehe, dass zwei Motorräder hinter uns herjagen.

Jetzt begreift auch Vize, was los ist: Der »Rumänen-Clan« lässt sich den Eingriff in sein Revier nicht so einfach gefallen und hat offenbar mindestens zwei üble Burschen losgeschickt, um die Eindringlinge entweder zu verjagen oder sie zu fangen und ihnen Schlimmes anzutun.

Ich befürchte eher Letzteres. Denn Vize greift hinter sich in eine Gürteltasche und hat plötzlich ein Klappmesser in der Hand.

»Lass sie ruhig kommen, die Pisser!«, ruft er kampfbereit.

Bloß nicht! Das fehlt mir noch, in die Messerstecherei eines Bandenkriegs zu geraten.

Der Fahrer des Vans allerdings scheint nicht das erste

Mal auf der Flucht zu sein. Geschickt jagt er den großen Wagen über den holprigen Feldweg, bis er wieder auf eine kleine Straße gelangt, und rast wie ein Irrer durch die engen Gassen eines Wohngebiets, was vermutlich noch viel gefährlicher ist, als es ohnehin schon wirkt.

Ich mag mir gar nicht ausmalen, was passieren könnte, wenn hinter der nächsten Ecke spielende Kinder auf die Straße laufen oder eine Mama mit Kinderwagen dieselbe überqueren würde.

Trotz der Fahrkünste unseres Chauffeurs sind die Motorräder natürlich wendiger und schneller. Ich sehe keine Chance, ihnen ohne Hilfe von außen zu entkommen. Aber woher sollte die kommen?

Unser Van ist jetzt auf eine Bundesstraße abgebogen, die aus der Stadt hinausführt. Vor uns ist die Straße so frei wie wohl selten. Der Van-Fahrer gibt Vollgas. Wir rasen an einem Schild vorbei, das auf die nächste Autobahn hinweist. Ist das unser Ziel?

Die Motorräder, die uns verfolgen, sind Crossmaschinen, das heißt: Sie sind klein, wendig, kommen problemlos über jedes Hindernis, aber auf langen, geraden Asphaltstraßen sind sie nicht sonderlich schnell. Da ist der Van im Vorteil. Insofern ein guter Plan.

Doch was ist das?

Wenn ich es bei der rasanten, wild schaukelnden Fahrt richtig erkenne, dann lenkt der eine der beiden Motorradfahrer seine Maschine nur noch mit einer Hand, weil – er eine Waffe aus seiner Tasche gezogen hat!

Das ... kann doch nicht sein! Will der ernsthaft auf uns schießen? Ist der verrückt? Jetzt streckt er den Arm aus und – zielt auf uns!

»Runter!«, brülle ich. Geistesgewärtig drücke ich Asantes Kopf nach unten, während ich selbst mich auch wegducke. Da höre ich schon den ersten Schuss.

Und noch einen.

Und noch einen.

Der Van beginnt, Schlangenlinien zu fahren.

Wurden wir getroffen? Oder versucht der Fahrer nur, sich immer wieder aus der Schusslinie zu manövrieren?

Dann ein höllischer Krach. Unsere Heckscheibe wurde getroffen und zersplittert unter lautem Knirschen.

»Die Schweine!«, brüllt Vize. »Die zielen auf UNS, AUF unsere REIFEN, AUF ALLES! Denen reiss ich den Arsch auf!«

Ich glaube, ich guck nicht richtig. Jetzt zieht auch Vize eine Pistole hervor, die hinten in seinem Hosenbund gesteckt haben muss.

Sind die alle wahnsinnig geworden? Die können doch nicht wie im Wilden Westen eine Schießerei anfangen – mitten in der Stadt und während einer ohnehin schon höllischen Fahrt!

Vize lässt sein Seitenfenster heruntersurren, lehnt sich hinaus und ballert wie ein Irrer nach hinten.

Asante zittert am ganzen Leib.

Während ich etwas entdecke, das die anderen bei ihrer blindwütigen Schießerei hoffentlich übersehen haben.

Hoch oben, noch hinter den Motorrädern, werden wir verfolgt – von einer Drohne!

Inzwischen bin ich mir ziemlich sicher, dass es Naomi und Billy sind. Sie sind an mir drangeblieben. Im nötigen Abstand, um nicht entdeckt zu werden, aber nah genug, um den Van nicht aus dem Blick zu verlieren und mir in gefährlichen Situationen beizustehen. Ist schließlich mein erster Einsatz. Da überlassen die mich nicht völlig allein meinem Schicksal.

Im nächsten Moment schon schießt die Drohne steil abwärts wie ein Raubvogel auf der Jagd nach Beute. Naomi und Billy haben es eindeutig auf die beiden Motorradfahrer abgesehen.

Vize, der sich aus dem Seitenfenster lehnt, ist so sehr mit unseren Verfolgern beschäftigt, dass er sicher keinen Blick nach oben übrig hat, und die Drohne gar nicht sehen wird. Ich aber kann durch die zersplitterte und teilweise herausgebrochene Heckscheibe genau sehen, wie die Drohne sich ausrichtet und Maß nimmt. Und dann …

… plötzlich schliddert eine der beiden Maschinen zur Seite, rasiert das zweite Motorrad neben sich mit weg, und beide landen krachend in der Böschung.

»YEAH, MAN!«, brüllt Vize hinten im Van, macht die Siegerfaust und behauptet: »Die hab ich weggepustet!«

Es folgt ein Freudengeheul wie aus einem alten Karl-May-Film. Anschließend grölt er noch: »IHR PISSER! WAGT ES NIE WIEDER, MICH ANZUGREIFEN!«

Dann hievt Vize seinen fetten, schweren Oberkörper wieder durchs Seitenfenster in den Van hinein und verzieht, stolz auf sich selbst, das Gesicht.

»Habt ihr das gesehen? So geht es jedem, der sich mit mir anlegt!«

Vize scheint wirklich zu glauben, er hätte unsere Verfolger abgeschossen.

Doch ich weiß es besser: Ich habe gut sehen können, wie aus der Drohne eine Salve von Gummigeschossen auf den einen Motorradfahrer niedergegangen ist und den Unfall verursacht hat. Das war ein Angriff mit einer »Pneumatik«. Das ist die Kurzform für die Waffen der YOUNG AGENTS: Luftdruckpistolen und -gewehre. Ihre Munition besteht aus Gummigeschossen, die – wenn man die richtigen Körperteile trifft – den Gegner sofort außer Gefecht setzen können. Bei den Motorradfahrern genügte es, sie irgendwo am Körper zu treffen, um sie zum Stürzen zu bringen. Das ist auch alles andere als ungefährlich für die Fahrer, aber immer noch besser, als mit scharfer Munition erschossen zu werden.

Auf jeden Fall sind wir alle im Van nun außer Gefahr.

Ich hoffe nur, dass sich die Motorradfahrer bei ihrem Sturz nicht schwer verletzt haben, auch, wenn sie es waren, die das Feuer eröffnet und auf uns geschossen haben.

EIN BANDENKRIEG?

Am nächsten Tag müssen Billy und ich wieder ganz normal in die Schule gehen. Kurz bevor der Unterricht beginnt, treffe ich ihn. Billy informiert mich schnell, aber dennoch so ausführlich, wie es in der knappen Zeit geht, von dem Einsatz am Vorabend. Gestern Abend haben Billy und Naomi nur wirklich ganz kurz per Handynachricht durchgegeben, dass mit Tim und seinem Einsatz alles gut ging.

Damit niemand mithören kann, haben wir uns auf dem Schulhof etwas zurückgezogen. Allerdings nicht weit genug entfernt, als dass Gonzo uns nicht gesehen hätte. Um Diskretion und Privatsphäre hat der sich noch nie gekümmert. Im Gegenteil: Ihm ist ja schon lange ein Dorn im Auge, dass Billy und ich uns so gut verstehen. Und so will er auch jetzt nicht akzeptieren, dass er unerwünscht ist. Schnurstracks stampft er auf uns beide zu.

Billy sieht ihn schon von Weitem kommen und bricht seinen Bericht ab.

»Genaueres erfährst du heute Nachmittag«, sagt er noch schnell. »Wir treffen uns um 15 Uhr wieder im Park.«

»Okay!«, antworte ich. Gern hätte ich noch einiges nachgefragt. Zum Beispiel, wie Tim sich nach seinem ersten Einsatz fühlt. Erst recht, nachdem dieser so spektakulär war. Und auch, weil Billy gerade eben angedeutet hat, dass sie von nun an auch mich brauchen werden. Sprich: Auch mein erster Einsatz scheint unmittelbar bevorzustehen! Wow! Sofort beginnt mein Puls höherzuschlagen, doch ausgerechnet in dem Moment kommt Gonzo angetrabt.

»Hey!«, begrüßt er uns. »Was geht ab?«

»Nichts!«, antworte ich. Ich bin echt genervt, dass Gonzo uns schon wieder stört.

»Und wieso steht ihr dann beide so allein hier rum?«

»Das geht dich nichts an!«, stelle ich klar.

»Aha, also doch nicht nichts«, schlussfolgert Gonzo, zufrieden über seine detektivische Leistung. »Also? Was habt ihr besprochen?«

»Gonzo!«, weise ich ihn warnend zurecht. Diesem Typ muss man wirklich alles mindestens dreimal erklären, bis er etwas kapiert. Ich weiß natürlich, dass Gonzo in Wahrheit Walter heißt und ihm sein Spitzname überhaupt nicht gefällt. Irgendjemand hat ihm den mal wegen seiner Ähnlichkeit zu der gleichnamigen Muppet-Puppe verpasst; seitdem ist es dabei geblieben. Deshalb habe ich seinen verhassten Spitznamen auch extra betont.

Entsprechend verzieht er jetzt das Gesicht.

»Gonzo«, betone ich noch mal, »kannst du dir mal merken: Wenn ich etwas von dir will, dann melde ich mich bei dir. Tue ich das nicht, dann will ich auch nichts. Lass mich zufrieden. Okay?«

»Das hat dir bestimmt nur Billy eingeredet«, behauptet Gonzo. Ohne zu merken, dass auch das eine schwere Beleidigung ist. Als ob ich nicht in der Lage wäre, selbständig zu entscheiden, wer mir gefällt und wer nicht. Aber es hat keinen Sinn, sich auf eine Debatte mit dieser Hohlbirne einzulassen.

»Ciao, Gonzo!«, sage ich deshalb nur. Und drehe ab Richtung Schulgebäude.

Leider mache dabei aber noch den Fehler, Billy zuzurufen: »Bis heute Nachmittag!«

In dem Moment, in dem ich es ausspreche, weiß ich schon, wie falsch und unbedacht es war. Aber es lässt sich nicht rückgängig machen.

Billy bemerkt es ebenfalls und will schnell abhauen und mir folgen. Doch da hat Gonzo ihn schon am Kragen. »Ich hab dir doch gesagt: Lass die Finger von ihr! Wo wollt ihr euch heute Nachmittag treffen?«

Ich bleibe stehen und schaue dem Drama zu.

Billy seufzt. Jetzt rächt sich mein blöder Fehler, unsere Verabredung erwähnt zu haben. Gonzo wird nun nicht mehr lockerlassen. Oh Mensch! Wie konnte ich nur ...!

»Heute um 16 Uhr im Eiscafé im Einkaufszentrum«, schwindelt Billy, um wenigstens jetzt Ruhe zu haben. Er wird so gut wie ich wissen, dass Gonzo sich damit nicht begnügen wird. Voraussichtlich wird Gonzo ihm oder mir nach der Schule auflauern und uns verfolgen. Das ist äußerst schlecht für das Treffen der YOUNG AGENTS. Klar, Billy und ich sind Agenten und damit in der Lage, so einen wie Gonzo abzuschütteln. Aber es ist dennoch lästig und kostet unnötig Zeit.

Tatsächlich lässt Gonzo jetzt von Billy ab, aber nur, weil es zum Unterricht läutet.

Ich gehe voraus. Kurz nach mir betreten Gonzo und Billy den Klassenraum und setzen sich auf ihre Plätze. Das heißt, Billy neben mich, Gonzo genau dahinter. Deshalb können Billy und ich auch hier nicht miteinander reden, ohne dass Gonzo es mitbekommen würde.

»Sorry!«, flüstere ich Billy wegen meines blöden Fehlers zu.

»Schon okay«, antwortet Billy – und fügt dann ungewöhnlich laut an, damit Gonzo es auch wirklich hört: »Wir können dann ja später im Eiscafé weiterreden.«

Ich verstehe und spiele mit: »Ich freue mich drauf.«

Billy und ich zwinkern uns zu.

Für Tim war es am Vortag ein aufregender Nachmittag gewesen. Er hatte zwar sehnsüchtig auf seinen ersten Einsatz gewartet, aber dass der gleich mit zwei Einbrüchen, einem Kampf zwischen konkurrierenden Banden, einer Verfolgungsjagd *und* einer Schießerei beginnen würde, das hätte er sich nicht träumen lassen.

»Das war irre!«, schwärmt er am Nachmittag im Park, wo wir sechs YOUNG AGENTS uns pünktlich eingefunden haben. »Genauso wie ich es mir gewünscht habe.«

Naomi verzieht das Gesicht.

»Es ist eigentlich nicht unser Ziel und unsere Aufgabe, in Schießereien verwickelt zu werden«, stellt sie klar. »Wir sind Agenten und kein Spezialeinsatzkommando. Je unauffälliger wir agieren, desto besser.«

»Ja, klar«, stimmt Tim zu.

Aber seine Augen glänzen noch immer voller Begeisterung.

»Eine Schießerei und eine Verfolgungsjagd sind *nicht* unauffällig«, betont Naomi deshalb noch einmal mit sehr ernster Miene.

Tim verstummt und senkt schuldbewusst den Kopf. Er ist sehr stolz auf seine Leistung. Ich glaube, er findet, er habe sich bei seinem ersten Einsatz sehr gut gemacht und hätte volles Lob verdient. Stattdessen weist Naomi ihn wieder zurecht und kritisiert ihn.

»Was hätte ich denn machen sollen?«, verteidigt er sich kleinlaut. »Ich kann doch nichts dafür, dass wir plötzlich verfolgt wurden.«

»Schon gut«, winkt Naomi ab. »Du hast deine Sache ja gut gemacht. Ich wollte nur sagen: Wir alle haben nicht damit gerechnet, dass es bei deinem ersten Einsatz gleich so gefährlich wird.«

»Nein«, stimmt Billy ihr zu und ergänzt: »Der Prof hatte recht. Ein neuer Clan will sich hier Reviere erobern. Er hat der ersten der bestehenden Banden bereits den Krieg erklärt – durch euch: dich, Tim, und Asante.«

»Und sie waren durchaus bereit, euch zu opfern«, stellt Naomi mit bitterer Miene fest.

Da übernimmt Charles das Wort. »Deshalb wir sollten wissen, was die andere Gang will do«, erklärt er den drei Neuen, denn mit Billy und Naomi hat er sich bereits auf einen Plan verständigt. »Wir brauchen eine agent in die andere Gang auch.« Wobei Charles das Wort »Agent« englisch ausspricht.

Sein Blick geht zu mir. Ich war ja bereits darauf vorbereitet, dass ich endlich auch zu meinem ersten Einsatz kommen würde, wie Billy es in der Schule angedeutet hat.

Aber jetzt, da es konkret wird, läuft mir doch ein wohliger Schauer über den Rücken, in meiner Magengegend grummelt es aufgeregt, und auch meine Handflächen werden leicht schwitzig vor Spannung und Aufregung.

Gerade will freudig ausrufen: »Ich bin bereit!« Stattdessen rufe ich aber: »Ach, du Scheiße!« Denn genau in dem Augenblick gerät mir etwas Fürchterliches ins Blickfeld.

Charles hebt schon verwundert die Augenbrauen. »Why? Es ist nicht schlimm, deine erste Einsatz. Ich denke, du bist ready for this.«

»Ja, klar«, antworte ich. »Ich meinte den da!« Und zeige die Wiese entlang zum Stadtparksee auf meine unsägliche Entdeckung: Über die große Wiese marschiert Gonzo direkt auf uns zu! Was macht der denn hier, verdammt!

»Dreht euch weg!«, ruft Billy spontan, weil er wohl hofft, wenn wir Gonzo nicht anschauen, wird er auch uns übersehen. Aber das kann man vergessen. Deshalb bleibe ich sitzen, wie ich sitze, meinen Blick starr auf Gonzo gerichtet, der immer näher kommt. Direkt auf uns zu.

»Ich glaube, der hat mich und damit uns schon längst gesehen«, sage ich.

Nur Balu kennt Gonzo noch nicht und fragt entsprechend nach: »Wer ist das?«

»Der ...? Der ist ein wandelndes Problem«, antwortet ihm Billy.

»Wir müssen abhauen«, schlage ich vor. »Sonst geht der uns nur mit Fragen auf die Nerven und schnüffelt uns nach.«

Ich will gerade aufstehen, um loszurennen. Doch Naomi hält mich zurück.

»Wir bleiben. *Er* geht!«, entscheidet sie.

Mit diesen Worten springt sie auf und geht schnurstracks auf Gonzo zu.

Die beiden kennen sich bereits. Von Anfang an hatte Gonzo großen Respekt vor Naomi, um nicht zu sagen: Angst.

Als er Naomi erkennt, dreht er auch sofort ab.

Billy und ich lachen.

»Klappt doch immer wieder«, kichert Billy. »Das muss ich mir von Naomi noch mal beibringen lassen, wie man Gonzo loswird.«

Da stimme ich Billy vorbehaltlos zu. Dennoch: Wir beide wissen, dass Gonzo trotzdem für uns ein Problem bleiben wird. Weil er mir in seiner blinden Eifersucht ständig nachstellt, ist die Gefahr groß, dass er uns eines Tages mal zufällig bei einem Einsatz erwischt und ungewollt enttarnt.

Jetzt aber haben wir erst einmal Ruhe vor ihm. Naomis Persönlichkeit und Drohgebärde haben ausgereicht, um Gonzo zu vertreiben. Zufrieden kehrt sie zu uns zurück, setzt sich wieder in die Runde und fragt: »Wo waren wir stehen geblieben?«

»Wie wir Abena in die bestehende Konkurrenz-Einbrecherbande einschleusen«, antwortet Billy.

Jetzt wird er den Plan, den er, Charles und Naomi bereits ausgeheckt haben und in dem ich eine Hauptrolle spiele, erläutern.

»Also«, fährt Billy fort. »Wir denken« – bei dem Wort »wir« zeigt Billy nacheinander auf sich, Naomi und Charles – »dein nächster Einbruch, Tim, wird bestimmt wieder im sogenannten Revier der Rumänen stattfinden. Aber die Konkurrenzbande wird sich nächstes Mal nicht so leicht überrumpeln und abhängen lassen.«

»Leicht?«, ruft Tim dazwischen. »Das wäre um ein Haar schiefgegangen!«

Billy hebt beschwichtigend die Hände. »Wart's ab, beim zweiten Mal wird es sicher noch härter zugehen.«

»Härter, als auf uns zu schießen?«, ruft Tim empört.

»Nun hör doch mal zu!«, raunzt Naomi ihn an.

Und Charles ergänzt lächelnd. »Ich denke, du wirst gewöhnen dich müssen an many dangerous situations, little Tim.«

»Also«, setzt Billy erneut an. »Und nächstes Mal werden wir eure Verfolger nicht verjagen, sondern, im Gegenteil, Kontakt zu ihnen suchen.«

»Kontakt?« Tim sieht fragend in die Runde. »Wie soll das denn gehen?«

Billy zeigt auf mich. »Du wirst es schaffen, oder?«

Ich nicke.

»Wie denn?«, fragt Tim.

»Das weiß ich jetzt noch nicht«, antworte ich ihm ehrlich. Bin aber trotzdem davon überzeugt, dass ich meine Aufgabe erledigen werde, was immer ich auch dafür tun muss.

»Wir werden alle im Einsatz sein«, erläutert Billy weiter. »Du, Tim, bist mit Vizes Bande unterwegs, um mit Asante einzubrechen. Balu und Abena legen sich auf die Lauer, um nach Möglichkeiten der Kontaktaufnahme Ausschau zu halten. Charles beobachtet die ganze Situation von der Drohne aus, Naomi und ich bleiben in der Nähe, aber im Hintergrund, um notfalls einzugreifen, wenn unser Plan schiefgeht.«

»Soweit verstanden«, sage ich. »Wenn ich den Kontakt hergestellt habe, wie geht es dann weiter?«

»Das ist der nächste Punkt«, stimmt Billy mir zu und übergibt das Wort an Naomi: »Indem du den Konkurrenten Vizes Pläne verrätst und somit deren Vertrauen gewinnst.«

»Vizes Pläne?«, frage ich. »Kennen wir die denn?«

»Ja«, antwortet Naomi. »Dass Vizes Bande die Reviere übernehmen will. Wir müssen nun herausbekommen, welche Einbrüche dafür im Einzelnen geplant sind.«

Charles zeigt auf Tim. »Das musst *du* herausbekommen. Und zwar bald.«

»Hey!« Billy klatscht Beifall. »Das waren zwei deutsche Sätze fehlerfrei hintereinander!«

Charles ist ob seiner Leistung selbst erstaunt: »Oh. Viele Dank! Das freuen mir!«

»Und schon wieder vorbei«, bemerkt Naomi grinsend.

Dann übernimmt Tim das Wort: »Das heißt, ich muss heute noch Kontakt zu Ami aufnehmen. Vize selbst kann ich nicht direkt erreichen.«

»Schon klar«, gesteht Billy ihm zu. »Versuch es über Ami. Gleich im Anschluss an unser Treffen. Und noch etwas: Bei deinem nächsten Einbruch solltest du dafür sorgen, dass er schiefgeht.«

Tim nickt. »Ich versuch's.«

»Ähem«, räuspert sich Naomi. »Das Wort ›versuchen‹ ist hoffentlich nur höflich gemeint. Wir setzen darauf, dass du es schaffst und nicht nur versuchst! Verstehen wir uns?«

»Ja«, verspricht Tim.

»Der dritte Schritt ist«, setzt Billy die Erläuterung ihres Planes fort, »dass du nach dem nächsten Einsatz, der für euch schiefgehen wird, Vize stecken wirst, dass es einen Spitzel geben muss. Den Verdacht musst du unbedingt auf Ami lenken.«

»Puh!«, kommentiert Tim. »Das wird aber nicht einfach.«

»Keine Angst«, steht Naomi ihm überraschend bei. »Dabei helfen wir dir.«

Nur Balu hat noch einen Einwand. »Der Plan klingt gut«, beginnt er. »Er hat nur einen Haken: Woher wissen wir, dass die Konkurrenz auch beim nächsten Einbruch wieder auftaucht? Die können doch gar nicht wissen, wann und wo Vizes Bande zuschlägt.«

»Dieses Mal haben sie es aber gewusst«, erinnert Tim ihn.

»Oder es war Zufall«, widerspricht Balu.

Doch Billy stimmt Tim zu. »Ich dachte auch erst, es wäre ein verrückter Zufall. Also, zumindest, dass Tim und Asante auf die beiden Einbrecher gestoßen sind. Aber die anschließende Verfolgung mit den Motorrädern? Das muss geplant gewesen sein.«

»Du meinst, in Vizes Bande sitzt wirklich ein Spitzel?«, fragt Balu nach.

Billy zieht die Schultern hoch. »Möglich wäre es. Wir haben ja auch herausbekommen, dass es diese neue Bande gibt, und konnten Tim dort relativ leicht einschleusen. Das ist dem Konkurrenzclan vielleicht auch gelungen.«

Charles lacht auf. »Ha! Vielleicht Ami ist die Spitze!«

»›SpitzeL‹!«, betont Naomi. »Nicht ›Spitze‹!« Und fügt an: »Aber vielleicht hast du recht. Das wäre natürlich ein Ding.«

»Wie auch immer.« Billy klatscht in die Hände. »Gehen wir an die Arbeit! Tim, du nimmst zu Ami Kontakt auf und bekommst heraus, wann und wo der nächste Einbruch startet.«

»Das ist kein Problem«, antwortet Tim. »Wir brauchen nur weiter in demselben Revier herumzugehen und uns die Markierungen an den Häusern anzuschauen.«

»Das ist es!« Billy schlägt sich die Hand vor die Stirn, er hat einen Geistesblitz. »Es ist umgekehrt: Nicht die Konkurrenzbande spioniert den Vize aus, sondern er sie – gewissermaßen. Die Markierungen, wo sich ein Einbruch lohnt, stammen von den ›Rumänen‹. Vize läuft diese einfach ab und schlägt früher zu als die Konkurrenz. Das ist sein Trick.«

»Und deshalb ist Tim auch auf die beiden Einbrecher gestoßen. Es war zuerst *ihr* Plan, dort einzubrechen, Tim und Asante waren nur ein bisschen früher da«, ergänzt Naomi.

In dem Moment piept Tims Smartphone.

Tim sieht sich die Nachricht an und verkündet: »Und Ami muss ich gar nicht extra aufsuchen. Es geht wieder los. In einer Stunde. Im selben Revier.«

»Wow!«, ruft Billy aus. »Also los, Leute, wir haben keine Zeit zu verlieren.«

Eine Stunde später sind wir alle bereit auf unseren Posten.

Tim hat sich mit Asante vor dem Wohnheim getroffen und wartet mit ihm darauf, vom Van abgeholt zu werden. Charles kreist mit der Drohne in der Nähe des letzten Einbruchs, um das Revier im Auge zu behalten und den anderen mitzuteilen, wenn sich irgendwo etwas Verdächtiges regt, die Polizei kommt oder sich sonst eine verdächtige Person herumtreibt.

Balu und ich haben uns auf einem nahe gelegenen Spielplatz positioniert, wo wir so tun, als wären wir zwei ganz normale Jugendliche, die sich mit anderen verabredet haben und dort warten. Ich schaukle auf einer Kinderschaukel. Balu sitzt auf einer Bank. Neben sich hat er einen Bluetooth-Lautsprecher mit Musik laufen.

Naomi und Billy haben sich mit ihren E-Bikes hinter einem großen Busch verschanzt und warten darauf, dass Charles ihnen gegebenenfalls einen Einsatzbefehl gibt.

Es ist halb fünf nachmittags. Eigentlich eine ungünstige Uhrzeit für Einbrüche, da viele Menschen um diese Zeit von der Arbeit heimkehren. Aber die Späher der Konkurrenzbande haben offensichtlich einige Häuser ausfindig gemacht, wo die Bewohner später nach Hause kommen oder vielleicht auf Geschäftsreise sind, im Urlaub oder ähnliches.

BÖSE ÜBERRASCHUNG

Ich wundere mich, als Ami vor dem Wohnheim vorfährt, um uns abzuholen. Denn dieses Mal ist es kein alter, weißer Lieferwagen, sondern ein schwarzer Van, aus dem er aussteigt, der mit seinen Aufschriften an den Seiten suggeriert, er gehöre zu einer Klempnerfirma. Ami selbst trägt sogar einen Blaumann, wie ihn viele Handwerker anhaben. Mir kommt diese Tarnung ein wenig eigentümlich vor, weil er selbst und Asante noch Jugendliche sind. Wer sollte ihnen abnehmen, dass sie Klempner sind? Geschweige denn mir? Aber vielleicht spielt das gar keine Rolle, sondern entscheidend ist, dass der parkende Lieferwagen in der Siedlung nicht groß auffällt. Und auf den ersten Blick aus größerer Entfernung sieht man ohnehin nur die Arbeitskleidung und achtet nicht darauf, wer drinsteckt.

Viel mehr beschäftigt mich, ob *Charles* den Wagen rechtzeitig erkennt, denn der erwartet ja den weißen Lieferwagen.

»Einsteigen!«, ruft Ami Asante und mir zu, während er die hintere Seitentür aufschiebt.

Ich hatte in unserer Besprechung gestern also richtig getippt. Unser Van hält in derselben Straße, in der wir gestern in das erste Haus eingebrochen und auf die zwei gemeingefährlichen Typen gestoßen sind. Dieses Mal parken wir nur zweihundert Meter weiter.

Ami sitzt vorn auf dem Beifahrersitz, dreht sich nach hinten zu Asante und mir um und zeigt auf ein Haus auf der gegenüberliegenden Straßenseite. »Dort, das gelbe Haus! Ihr habt 15 Minuten.«

Mittlerweile verstehe ich die knappe Zeitbegrenzung, die Ami uns immer mit auf den Weg gibt. Dabei geht es gar nicht darum, wann die Bewohner vermeintlich zurückkehren. Sondern Ami will verhindern, dass uns die Konkurrenten in die Quere kommen.

Ami betätigt die Stoppuhr-Funktion auf seiner Armbanduhr. »Also los!«

Asante und ich springen aus dem Lieferwagen. Bei diesem Haus gelangen wir leicht in den Garten, denn das kleine Gartentor, das in einen alten, klassischen, kaum einen Meter hohen Jägerzaun integriert ist, kann man gar nicht abschließen.

Wir gehen schnellen Schrittes auf das Haus zu. Ich sehe mich dabei um und kann weder Kamera noch Alarmanlage entdecken. Gibt es so etwas noch? Überhaupt sieht das ganze Haus nicht sehr teuer und komfortabel aus. Ganz im Gegenteil: Es ist ein kleines Häuschen, das offenbar schon sehr lange nicht mehr renoviert worden ist. Die Fassadenfarbe blättert an vielen Stellen ab, die Dachpfannen des roten Spitzdaches wirken alt, schmutzig und brüchig. Die Fensterrahmen marode. Ich habe keine Ahnung von Hausbau oder Immobilien, dennoch sieht man auf den ersten Blick: Alles ist sehr ärmlich und heruntergekommen. Entsprechend alt sind Haustür und Türschloss.

Ich könnte es mit meiner Agentenausbildung innerhalb von Sekunden knacken. Aber das will ich vor Asante nicht offenbaren. Deshalb überlasse ich Asante den Vortritt, der sich gar nicht erst mit der Tür beschäftigt, seitlich an dem Haus entlanggeht und nach einem günstigen Einstiegsfenster sucht.

Ich werfe noch mal einen Blick zur Tür und erkenne unten rechts das mit blasser Kreide aufgemalte Zeichen für »Günstig für Diebstahl«.

Da bin ich mal gespannt. Ich kann mir im Moment wirklich nicht vorstellen, was es in einer solchen heruntergekommenen Bruchbude zu stehlen geben sollte.

Aber ich will ja sowieso nichts klauen. Im Gegenteil: Mein Agentenauftrag lautet heute, einen Diebstahl zu vereiteln. Genauso, wie ich es mit Naomi und Billy in der Generalprobe geübt habe. Nur: Damals ist es schiefgegangen.

Leider habe ich noch keine Idee, wie ich den Diebstahl in letzter Sekunde verhindern soll.

Mit einem Mal ruft Asante: »Hier ist gut!«

Er steht vor einem kleinen, rechteckigen, ungesicherten Kellerfenster mit einfacher Glasscheibe. Mit einem kurzen, heftigen Tritt zerbricht er die Scheibe, tritt die restlichen Scherben aus dem Rahmen und zeigt einladend auf das zersplitterte Fenster. »Du bist kleiner.«

Ich verstehe. Ich soll hindurchklettern und ihm dann im Erdgeschoss ein größeres Fenster öffnen.

In einiger Entfernung hoch über uns kreist Charles in der Drohne.

Während Charles Tims Einbruch aus der Drohne heraus überwacht, sind wir anderen nach wie vor auf unseren Posten und warten darauf, ob wir eingreifen müssen: Naomi und Billy mit ihren E-Bikes hinter einem Busch versteckt; Balu und ich immer noch auf dem Spielplatz, als spielende Kinder getarnt, aber mit Knopf im Ohr, um den Funkverkehr der YOUNG AGENTS zu hören.

Jetzt gibt Charles gerade die Position des Lieferwagens und des Hauses durch, in das Tim und Asante einbrechen sollen. Und noch etwas: »Achtung. Eine motorcycle comes down the street. Fährt sehr langsam. Hält nicht. Am Lieferwagen vorbei!«

»Eines der Motorräder von gestern?«, fragt Naomi.

»No«, antwortet Charles. »I think, die motorcycles von gestern sind kaputt durch die Unfall.«

»Nur eines?«, hakt Billy nach.

»Yes«, bestätigt Charles. »Only one.«

»Ob der etwas mit der Konkurrenzbande zu tun hat?«, fragt Billy.

Und auch Balu wundert sich über Funk: »Was hat der vor?« Und mutmaßt selbst weiter:

»Vielleicht alarmieren sie dieses Mal direkt die Polizei, damit die Vizes Bande aus dem Weg räumt.«

»Gute Idee!«, lobt Billy. »So wird es sein.«

»Indeed«, bestätigt Charles von der Drohne aus. »I can see: Er nimmt eine mobile phone und will anrufen jemanden.«

»Abena, du musst dorthin!«, ruft Naomi in den Funk. »Schnell. Halte ihn davon ab, die Polizei zu rufen.«

»Okay«, antworte ich. Ich springe von der Schaukel herunter und renne vom Spielplatz los. Noch habe ich keinen Plan, was ich dem Motorradfahrer sagen soll. Wie auch? Aber ich bin sicher, meine Intuition wird mich auch diesmal nicht im Stich lassen.

Und – wer sagt's denn? Schon habe ich eine Idee.

Zum Glück liegt der Spielplatz nicht weit entfernt. Nach nur zwei Minuten habe ich den Motoradfahrer erreicht, der mich nicht mal beachtet, obwohl ich direkt auf ihn zugehe. Langsam schlendere ich an ihm vorbei, während er immer noch telefoniert. Aus der Art und Weise, wie er spricht, wird mir sofort klar, dass am anderen Ende nicht die Polizei ist. Aber vielleicht hat er die vorher angerufen? Oder wir haben uns getäuscht und der Typ gehört gar nicht zur Konkurrenzbande?

Mal schauen.

Seine linke Hand ist bandagiert, und an seinem Kinn klebt ein großes Pflaster. Das wird einer der beiden Biker sein, die Naomi gestern aus der Drohne heraus abgeschossen hat, schätze ich mal.

Ich gehe mal näher an ihn heran. Als ich nah genug bin,

zische ich ihm leise zu: »Vorsicht. Hinter dir im Lieferwagen sitzt Ami von Vizes Bande.«

Der Motorradfahrer lässt sein Smartphone sinken und starrt mich verwundert an.

»Wer bist du denn?«

»Weißt du nicht, dass Amis Clan viele Kinder für sich arbeiten lässt? Du weißt schon: nicht strafmündig und so«, antworte ich.

Ich hoffe mal, meine Direktheit wird ihn beeindrucken.

Der Motorradfahrer braucht einen Augenblick, um zu begreifen, was ich ihm sagen will. Dann fragt er noch mal nach: »Du bist… von Amis Clan?«

Er hat angebissen!

Ich lächle ihn an. »Du weißt aber schon, dass das nicht *Amis* Clan ist, oder?«

»Du kennst die Chefs?«, fragt der Motorradfahrer.

Mit jedem Satz, den ich sage, kommt er mehr ins Staunen. So habe ich mir das vorgestellt.

»Den Vize-Chef«, antworte ich.

»Und wer ist das?«

»Er nennt sich ›Vize‹«, antworte ich wahrheitsgemäß.

Obwohl der Motorradfahrer noch immer seinen Helm aufhat, kann ich erkennen, wie sehr er sein Gesicht verzieht.

»Tut mir leid«, entschuldige ich mich. »Mehr hab ich *noch nicht* herausbekommen.«

Mit Betonung auf *noch* nicht.

Der Biker hat meine Anspielung verstanden.

»Noch nicht?«, hakt er nach.

Ich lächle wieder. Und das muss ich nicht mal vortäuschen, denn im Moment freue ich mich, wie gut mein Plan aufgeht.

Ich lege noch mal nach, um es ganz deutlich zu machen: »Ich kann es für euch herausbekommen. Auch, wer der wirkliche Chef ist.«

»Ah so?«, fragt der Typ skeptisch nach. »Und was hast du davon?«

»Als Gegenleistung nehmt ihr mich in eure Bande auf.«

»Du bist ein Kind!«, stellt der Typ noch mal klar.

»Ein Kind, das etwas für euch herausbekommen kann, was ihr bislang nicht erfahren konntet. Oder irre ich mich da?«, entgegne ich.

Es läuft. Gleich hab ich ihn so weit. Und fahre sogleich fort: »Und ein Kind, das schon etliche Einbrüche für Ami gemacht hat. Mir fehlt aber die Anerkennung. Und Amis Truppe nimmt sich jetzt euer Revier vor.«

Ich zeige rüber zu dem gelben Haus, in das Tim und Asante gerade eingebrochen sind. »Wie du siehst. Und ich glaube nicht, dass es die beste Lösung ist, die Polizei einzuschalten. Oder?«

»Du bist ganz schon clever für dein Alter«, sagt der Typ.

Ich weiß nicht genau, ob das wirklich ein Lob sein sollte für meine Cleverness oder nicht doch nur eine erneute Anspielung darauf, dass ich noch ein Kind bin. Aber eigentlich ist es auch egal. Hauptsache, er schluckt meinen Köder und verschafft mir einen Kontakt zu der Konkurrenzbande.

Der Motorradfahrer steckt sein Smartphone ein und sagt:

»Sei heute um 18 Uhr am Hauptbahnhof. Haupteingang. Da reden wir weiter.«

»Okay«, stimme ich zu.

Der Typ startet den Motor.

Ich nutze die letzte Gelegenheit, um nachzufragen: »Wie heißt du eigentlich?«

Ein paar Sekunden überlegt er, ob er seinen Namen nennen soll. Dann aber sagt er schließlich: »Hauke. Und du?«

»Abena.«

»Dann bis nachher«, verabschiedet sich Hauke.

Er klappt das schwarze Visier seines Helms herunter, gibt Gas und fährt davon.

Ich warte einen Augenblick, bis ich das Motorrad nicht mehr sehen kann. Dann melde ich mich über das Bluetooth-Headset in meinem rechten Ohr bei den anderen YOUNG AGENTS: »Es hat geklappt. Ich hab einen Kontakt. Und ein Treffen. Heute 18 Uhr, Hauptbahnhof.«

»Das haben wir mitbekommen!«, antwortet Naomi über Funk. »Hervorragende Arbeit, Abena. Herzlichen Glückwunsch!«

Ich öffne von innen das Küchenfenster, das sich über dem Kellerfenster befindet, durch das ich eben ins Haus gelangt bin. Asante hievt sich am Fenstersims hoch, klettert durchs Fenster und kann leicht über die Spüle hineinklettern.

Ich schließe das Küchenfenster wieder. Das ist für vorbeikommende Passanten unauffälliger.

»Du oben, ich unten?«, fragt Asante.

Ich schüttle den Kopf. »Heute umgekehrt.«

Asante ist einverstanden und geht vom Flur aus die enge, knarrende Treppe hinauf in die obere Etage.

Ich will mich im Erdgeschoss umsehen. Denn wenn es doch eine Alarmanlage geben sollte, befindet sich ihr Schaltkasten bestimmt unten in der Nähe der Haustür.

Doch da ist nichts. Dieses Haus ist tatsächlich nicht gegen Einbrüche gesichert. Das wundert mich einerseits. Anderseits hab ich ja gleich vermutet, dass es hier nichts zu holen gibt.

Ich gehe weiter in ein kleines, sehr düsteres Wohnzimmer. Zwar gibt es nach hinten raus eine mickrige Terrasse, doch durch die meterhohen, alten Kiefern und Tannen am Grundstücksrand dringt kaum Licht ins Erdgeschoss. Dementsprechend fühlt es sich hier sogar ein bisschen feuchtklamm an. Und es riecht auch etwas modrig. Es wäre dringend notwendig, hier einmal zu lüften.

Dem Mobiliar nach zu urteilen, wohnen in dem Haus alte Menschen, vielleicht ein Rentnerpaar oder auch eine alleinstehende Person. Auf einer Anrichte stehen aufgereiht wie auf einem Altar mehrere Bilderrahmen mit Familienfotos: Bilder von der Hochzeit des Paares, die schon einige Jahrzehnte her sein muss. Bilder von dem vermutlichen erwachsenen Sohn und wohl einer Tochter, die etwas jünger als er zu sein scheint. Daneben Fotos von Schulkindern, sicher die Enkel. Zwischen den Bilderrahmen einige Kerzenleuchter, die auf gehäkelten Deckchen stehen.

Während ich mich weiter umschaue, kommt Asante aufgeregt herangestürmt.

»Schnell! Komm! Ein Toter!«

»Was?«

»Oben!« Asante zeigt nach oben. »Schlaferaum. Tote!«

»Tot*e*?«, frage ich nach. »Mehrere?«

Asante schüttelt heftig den Kopf, hebt den rechten Zeigefinger und sagt: »Tote. Eine. Frau!«

»Scheiße!«, fluche ich und renne los.

Eigentlich sollte Asante mir das Schlafzimmer zeigen. Doch der rührt sich nicht von der Stelle.

»Komm!«, fordere ich ihn auf.

Asante schüttelt noch heftiger den Kopf als eben schon. »NEIN!«

Er schlägt die Hände vors Gesicht. Und jammert: »Awoowe!«

»Was?«

»Awoowe!«, wiederholt Asante. »Ayeeyo!« Er schluchzt und schüttelt den Kopf. Sein Gesicht hält er weiterhin in seinen Händen vergraben.

»Awoowe?«, frage ich zögerlich. »Was soll das sein?«

Asante antwortet erst nicht. Er scheint zu überlegen. Dann endlich: »Oma.«

»Oma?« Ich verstehe immer noch nicht. »›Awoowe‹ heißt ›Oma‹?«

Asante nickt.

»Dort oben liegt eine Oma?«

Asante nickt abermals. »Wie meine. Awoowe! Guriga. Zuhause.«

Ich glaube langsam zu verstehen. Offenbar hat Asante in seiner Heimat Somalia seine Großmutter sterben sehen. Ich weiß natürlich nicht, ob in einem Bürgerkrieg, an einer Krankheit oder weil sie einfach alt war. Wobei sie dazu nicht allzu alt gewesen sein musste. Die durchschnittliche Lebenserwartung in Somalia liegt bei etwas über 56 Jahren. Nachdem Abena und Billy und später ich Asante kennengelernt hatten, habe ich das mit Billy zusammen zu Hause am Rechner nachgelesen und war erschüttert. So gering! In Deutschland liegt die durchschnittliche Lebenserwartung bei etwa 81 Jahren.

Und nun hat Asante offenbar im Schlafzimmer im ersten Stock eine tote Frau gefunden, die ihn an seine verstorbene Großmutter erinnert.

»Schon gut«, versuche ich ihn zu beruhigen. »Ich sehe nach.«

Auf dem Weg nach oben überkommt allerdings auch mich ein mulmiges Gefühl. Ich bin ein ausgebildeter YOUNG AGENT. Gut, das ist das eine. Auf der anderen Seite bin ich trotzdem erst elf Jahre alt und habe noch nie einen toten Menschen in der Realität gesehen. Und ich muss sagen, es ist schon ein mulmiges Gefühl, das ich gleich erstmals vor einem stehen werde.

Langsam schleiche ich über den Flur im oberen Stockwerk. Zum Glück hat Asante die Schlafzimmertür offengelassen, sodass ich schon vom Flur aus ins Zimmer und aufs Bett sehen kann.

Und da liegt sie. Eine aschfahle, grauhaarige, tote Frau mit eingefallenem Gesicht und geschlossenen Augen, aber leicht geöffnetem Mund. Vermutlich ist sie im Schlaf gestorben. Denn so, wie sie daliegt, sieht sie nicht so aus, als wäre sie unter großem Leiden gestorben. Nein, sie wirkt eher ganz friedlich und zufrieden, so als würde sie immer noch nur selig schlafen.

In dem Moment überkommt mich eine böse Ahnung: Was, wenn sie noch lebt und einfach nur schläft? Oder gerade im Sterben liegt, in einer Art Koma vielleicht?

Ich muss das überprüfen. Wir können nicht einfach damit weitermachen, das Haus auszuplündern, ohne zu wissen, was mit der Frau wirklich los ist.

Was aber ist, wenn sie wirklich nur schläft, und ich, der Einbrecher, wecke sie auf? Die Frau würde sich doch zu Tode erschrecken – und dann vielleicht wirklich im wahrsten Sinne des Wortes.

Aber ich bin kein gewöhnlicher Einbrecher. Ich bin ein Kind. Selbst wenn sie die Augen öffnet und unerwartet in mein Gesicht blickt: Sie würde zwar vermutlich erschrecken, aber nicht zuerst an einen Einbrecher denken. Vielleicht würde sie mich sogar für einen ihrer Enkel halten?

Ich fasse neuen Mut, das Schlafzimmer zu betreten und mich der regungslosen Frau zu nähern, und frage mich gleichzeitig: Woran erkennt man eigentlich, ob jemand noch lebt oder nicht? Auf der Agentenakademie haben wir gelernt, den Puls an der Halsschlagader zu fühlen. Aber dabei habe ich immer sehr schlecht abgeschnitten. Zwar habe ich an den Übungspuppen tatsächlich nie einen Puls gefühlt, was ja logischerweise auch richtig war. Aber beim Vergleichstest sollte ich dann die Halsschlagadern einiger Mitschüler und meines Lehrers erfühlen – und hab ebenfalls nie etwas gespürt. Nach meinem Ergebnis hätte mein gesamter Kurs damals tot sein müssen.

In diesem Punkt traue ich meinen eigenen Fähigkeiten also überhaupt nicht und sehe mich deshalb nach einem Hilfsmittel um. Dort! Auf einer alten, vielleicht schon antiken Kommode liegt ein ebenso antiker Handspiegel. Ich nehme ihn und halte ihn der Frau vor den Mund. Der Spiegel …

… beschlägt!

Himmel!

Ich schrecke regelrecht zurück. Die Frau atmet! Sie lebt!

Ich hole tief Luft und probiere es gleich ein zweites Mal.

Und wieder: Der Spiegel beschlägt.

Verdammt!

Natürlich ist es wunderbar, dass die Frau lebt, und ich freue mich auch darüber. Aber warum musste sie ausgerechnet heute, mitten in *unserem* Einbruch, wie tot daliegen?

Keine Ahnung, weshalb sie das tut und scheinbar überhaupt nichts von dem bemerkt, was um sie herum geschieht.

»Günstig für Diebstahl« So lautete doch das Zeichen der Späher an der Haustür?

Aber *das* werden sie damit ja wohl nicht gemeint haben, oder?

Ich eile aus dem Schlafzimmer heraus, renne die Treppe hinunter, suche Asante und finde ihn – wie er im Wohnzimmer gerade die Schubladen ausräumt.

Das gibt's ja wohl nicht! Asante geht doch noch davon aus, die Frau sei tot.

Also, *ich* finde es höchst unangebracht, eine Leiche zu bestehlen. Andererseits … na ja, würde es der weniger schaden als lebenden Bewohnern.

Aber die Frau ist ja gar nicht tot.

»Sie lebt!«, rufe ich Asante zu.

Der dreht sich zu mir um, den Rucksack in der Hand, in dem er gerade Stück für Stück altes, stark angelaufenes Silberbesteck verstaut.

»Wir müssen hier weg!«, rufe ich ihm von der Schwelle der Zimmertür aus zu. »Die Frau lebt. Sie schläft nur.«

»Schläft?«, fragt Asante, der das offenbar überhaupt nicht fassen kann.

»Ich weiß auch nicht, wie man so fest schlafen kann«, gestehe ich. »Vielleicht hat sie zu viele Schlaftabletten genommen? Vielleicht liegt sie auch im Sterben? Ich weiß es nicht. Auf jeden Fall müssen wir hier weg und Hilfe rufen.«

Da wir wieder unsere Handys bei Ami abgeben mussten, bevor der Einbruch startete, können wir jetzt weder direkt den Notruf wählen noch kann ich den anderen YOUNG AGENTS Bescheid geben.

»Wir müssen schnellstens zum Van und von dort aus den Notarzt anrufen!«, schlage ich vor.

Asante will sofort mitkommen, doch ich stelle mich ihm in den Weg und zeige auf den Rucksack mit der Beute. »Lass die Sachen hier.«

Asante sieht mich fragend an.

Ich wiederhole: »Lass sie hier.«

Asante begreift, dass ich keine alte, todkranke Frau bestehlen will. Er findet das gut und schüttet den gesamten Inhalt des Rucksacks auf den Boden.

»Okay«, sage ich. »Jetzt komm!«

Da die Frau zu Hause ist, steckt von innen der Schlüssel. Wir können bequem durch die Haustür das Haus verlassen und kehren zum Lieferwagen zurück.

»Das ging ja schnell«, sagt Ami mit Blick auf seine Uhr.

Ich berichte ihm, was wir entdeckt haben und dass sie schnellstens einen Notarzt rufen müssen.

Ami aber tippt sich nur an die Stirn, während der Fahrer schon den Wagen startet und gerade losfahren will.

»Halt!«, ruft Ami ihm zu. »Wir warten noch.« Dann wendet er sich an uns.

»Seid ihr bescheuert?«, fragt er. »Das ist doch optimal, um die Bude leer zu räumen.«

Ich glaube, nicht richtig zu hören.

»Was?«, frage ich. »Die Frau liegt vielleicht im Sterben!«

»Das weißt du doch gar nicht«, entgegnet Ami. »Du hast selbst gesagt, sie schläft.«

»Ich hab gesagt, sie liegt da wie tot, aber sie lebt noch«, korrigiere ich ihn. »Das ist ja wohl etwas anderes. Wir müssen einen Arzt rufen.«

»Und was soll ich dem sagen?«, entgegnet Ami. »Dass wir die Frau bei einem Einbruch entdeckt haben? Die können doch mein Handy rückverfolgen, wenn ich da anrufe. Spinnst du? Los, geht wieder rein und räumt die Bude leer!«

»Nein!«, widerspreche ich.

»Du weigerst dich?«, fragt Ami in scharfem Ton. »Bist du lebensmüde?«

Ich merke, dass es jetzt schon nicht mehr um den Diebstahl in dem verarmten Haus geht und nicht mal mehr um die Frau, sondern einzig um Amis Machtanspruch. Er will zeigen, wer der Chef ist.

»Okay.« Ich knicke ein. Aber nur scheinbar. Denn soeben ist mir eine Idee gekommen.

»Ich geh wieder rein. Die Frau hat nicht viel. Das bisschen kann ich allein holen.«

Asante nickt heftig. Er will auf keinen Fall wieder in das Haus mit der sterbenden Frau, die ihn an seine Großmutter erinnert.

Ami zieht die Augenbrauen zu einem finster-kritischen

Blick zusammen und mustert mich genau. »In Ordnung«, stimmt er schließlich zu. »Aber bau keinen Scheiß!«

»Ich hole nur die paar Wertsachen«, verspreche ich.

Ami öffnet die Seitentür. »Dann los. Du hast fünf Minuten.«

Wieder stoppt er die Zeit.

Ich flitze los.

Der Lieferwagen steht ein paar Meter vom Gartentor entfernt. Das bedeutet, aus dem Autofenster heraus kann Ami die Haustür nicht sehen.

Ich nutze diesen Umstand, um mich nicht erst mühevoll durchs Kellerfenster zu zwängen, sondern mithilfe meiner Agentenfähigkeit die Haustür in wenigen Sekunden zu öffnen.

Dann laufe ich ins Wohnzimmer, wo nicht nur noch immer die Wertsachen auf dem Boden liegen, die Asante ausgekippt hat, sondern ich auf einem kleinen Beistelltischchen neben einem Ohrensessel auch das finde, worauf ich gehofft habe: ein Festnetztelefon! Es ist nicht einmal schnurlos, sondern noch ein sehr antiquiertes Teil mit Kabel. Vermutlich, weil die alte Dame schon etwas verwirrt ist und ein schnurloses Telefon zu oft verlegen würde.

Ich habe nicht nur die Nummer unserer Zentrale, sondern auch die Smartphone-Nummern aller anderen fünf YOUNG AGENTS im Kopf. Das ist im Zeitalter des Telefonbuchspeichers zwar ungewöhnlich, aber wir Agenten müssen auch für genau solche Situationen gewappnet sein.

Ich rufe also Billy an und erzähle ihm von der vermutlich sterbenden Frau.

»Alles klar!«, antwortet Billy. »Wir kümmern uns darum.«

Ich lege auf, krame ein paar der Wertsachen zusammen, die Asante liegen gelassen hat, verstaue sie in meinen Rucksack und renne wieder hinaus zum Lieferwagen.

»Drei Minuten und 25 Sekunden«, stellt Ami zufrieden fest. »Na also. Geht doch.«

Der Lieferwagen startet und fährt los.

Ami schaut in den Rucksack, was ich alles angeschleppt habe.

Als Erstes zieht er einen silbernen Kerzenleuchter heraus, sucht nach den Punzen und entschlüsselt sie: »Sieh an, 925er Sterlingsilber aus London, 1845!«

Ich staune. Ein solches Fachwissen hätte ich Ami gar nicht zugetraut. Was letztlich kein Hinweis darauf ist, dass Ami sich besonders für Schmuck interessiert, sondern eher darauf, dass er ein Profi-Dieb ist, der genau weiß, was sich zu stehlen lohnt und was nicht.

Ami wühlt weiter in dem Rucksack und stellt enttäuscht fest: »Kein Gold?«

Asante und ich schütteln die Köpfe.

»Ihr habt recht«, kommentiert Ami. »Bei der Alten gab es wirklich nicht viel zu holen. Trotzdem war das Zeichen von der anderen Bande dran, dass sich ein Einbruch lohnen würde. Ich frage mich, ob die wissen, dass wir ihr Revier übernehmen wollen, und uns in die Irre führen?«

Sein finsterer Blick trifft Asante und mich. Hält der uns für Verräter?

Ich hebe abwehrend die Hände. »Ich kenne überhaupt niemanden von der anderen Bande.«

»Andere Bande?«, fragt Asante. »Wer?«

Ami rückt näher an ihn heran. »Und was ist mit deinem Kumpel Ben? Nachdem wir ihn nicht genommen haben, ist er vielleicht zur Konkurrenz gegangen.«

»Konkurrenz?«, fragt Asante jetzt.

»Die andere Bande«, übersetze ich vereinfacht, weil ich annehme, dass Asante so ein schwieriges deutsches Wort wie »Konkurrenz« noch nicht kennt.

Doch Asante hat offenbar verstanden.

»Ben?«, fragt er. »Konkurrenz? Ben ist Freund!«

»Eben«, sagt Ami. Er rückt noch näher an Asante heran. »Was hast du deinem Freund denn so alles erzählt?«

»Nix«, antwortet Asante. »Wir nicht reden über Arbeit.«

»Nein?« Ami lässt nicht locker. »Was arbeitet Ben denn? Und bei wem?«

»Ben hat kein Arbeit«, antwortet Asante. »Deshalb wir nicht reden über das. Ben ist traurig, weil er hat kein Arbeit.«

Ami gibt sich mit der Antwort zufrieden. Zunächst. Er lehnt sich wieder zurück und lässt Asante in Ruhe.

Doch mir ist klar, dass er Asante weiter argwöhnisch beobachten wird.

Der wird sich noch wundern. Denn wenn unser Plan

der YOUNG AGENTS aufgeht, wird Ami selbst bald Schwierigkeiten bekommen.

Aber dazu muss mir sehr bald ein großer Coup gelingen, der nicht mit Ami abgesprochen ist, um das Vertrauen von Amis Chef, dem Vize, zu gewinnen.

Abena geht es ähnlich. Auch sie muss eine Leistung erbringen, die Hauke von der Konkurrenzbande deutlich beeindruckt, damit sie möglichst schnell die Chefs von Haukes Bande kennenlernt.

Genau das besprechen wir YOUNG AGENTS wieder im Park, kurz bevor Abena zu ihrem Treffen mit Hauke aufbricht.

»Dann muss es heute Nacht sein«, schlägt Naomi vor.

»Heute Nacht?«, wiederholt Charles. »Ist es nicht ein wenig… äh… very fast?«

»Du meinst: ›übereilt‹?«, hilft Naomi ihm. »Ich denke, wir sollten jetzt schnell handeln. Abena und Tim haben gute erste Kontakte geknüpft. Jetzt müssen wir den nächsten Schritt gehen. Außerdem besteht die Gefahr, dass die Einbrechertrupps weiterziehen. Der Prof hatte das erwähnt. Und dann sind die Clan-Chefs womöglich erst mal weg.«

»Yes, that's right«, stimmt Charles zu. »Aber ist es zu schaffen noch in diese Nacht? Hat anyone eine idea?«

»Die Zentrale muss etwas arrangieren«, wirft Billy ein. »Zwei richtig fette Fake-Einbrüche.«

»Die sind nicht so schnell«, widerspricht Naomi. »Das kriegen die niemals bis heute Nacht hin.«

»Und wenn wir nur die Beute abliefern?«, wirft Billy als Idee in die Runde. »Die Zentrale besorgt uns irgendwas, was Abena und Tim als Diebesgut abliefern können. Was weiß ich: Computer oder Schmuck oder im Zweifel einfach nur ein Bündel Bargeld.«

Naomi schüttelt erneut den Kopf. »Billy! Das läuft bei unserer Zentrale nicht wie bei James Bond. Das muss erst beantragt oder auf verschlungenen Pfaden besorgt werden. Das dauert!«

»Verschlungene Pfade?«, wundert sich Abena. »Was soll das heißen?«

»Das heißt, dass es uns YOUNG AGENTS offiziell gar nicht gibt. Nur ganz wenige, auch innerhalb des Geheimdienstes, wissen von uns. Ich meine, nicht einmal die Innenminister wissen Bescheid. Na ja, und wen es offiziell gar nicht gibt, für den kann man auch nichts beantragen. Die Zentrale müsste sich erst umständlich eine Legende ausdenken, wofür sie die Sachen braucht. Oder diese eben auf verschlungenen, das heißt: nicht nachvollziehbaren Pfaden selbst besorgen.«

»Dann können wir es gleich selbst machen«, behauptet Balu.

Naomi nickt ihm zu. »Sag ich doch!«

»Hast du eine Idee?«, fragt Balu.

»Tim und Abena sollten einen Einbruch machen, um Eindruck zu schinden«, fängt Naomi an, ihren Plan zu erzählen. »Vielleicht bei einem oder zwei Juwelieren oder so.«

Billy horcht auf. »Juweliere? Du willst Geschäfte ausplündern statt Privathäuser? Die sind doch viel besser gesichert.«

»Genau das würde aber Eindruck bei den Chefs machen«, erläutert Naomi ihre Idee weiter.

»Dann wir können gleich eine Bank rauben aus«, schlägt Charles lachend vor. Denn er meint es als Witz.

Doch Naomi antwortet ihm ernst. »Warum nicht?«

Charles winkt ab. »Nein. No! It was a joke.«

»Also, ich habe mir die Straße mal im Internet angesehen, in der Tim bisher einbrechen musste. Am Ende der Straße wohnt ein sehr reicher Fabrikant samt Familie in einer Villa. Wie wär's mit dem?«

»Der dürfte nicht nur gut *ge*sichert, sondern bestimmt auch gut *ver*sichert sein«, stimmt Billy dem Vorschlag zu.

»Aber wenn die Villa so gut gesichert ist, wie sollen wir da hineinkommen? Und woher wissen wir, wann keiner zu Hause ist?«, fragt Abena unsicher nach.

»Die können ruhig zu Hause sein«, erwidert Balu. »Und wir kommen rein, gerade *weil* das Haus so gut gesichert ist.«

Abena und ich – die zwei Neuen neben Balu – sehen uns verwirrt an.

»Hä?«, frage ich. »Wieso das denn?«

Charles, Naomi und Billy hingegen grinsen sich an. Besonders Naomi freut sich, denn Balu hat bei den YOUNG AGENTS auf seinem – und ihrem – Spezialgebiet enorm schnell dazugelernt.

»Ich hab mir das Sicherungssystem der Villa schon mal genauer angesehen«, berichtet Balu.

»Moment mal«, unterbricht ihn Abena. »Wie konntest du ahnen, dass wir ein Haus für einen Einbruch suchen?«

»Wie du richtig sagst, Abena«, antwortet Balu in der ihm typischen ruhigen Art. »Ich *ahnte* es.«

Die anderen kichern.

Balu fährt fort mit seinen Ausführungen: »Das Sicherungssystem hängt an einem einzigen WLAN-Netzwerk.«

»Ich verstehe!«, rufe ich dazwischen. »Wir schalten das WLAN aus. Ohne WLAN kein Alarm.«

»Richtig und falsch zugleich«, antwortet Balu. »Zwar könnten wir das WLAN und damit den Alarm ausschalten. Aber was, wenn die Bewohner zu Hause sind?«

»Öh ...«, mache ich.

»Eben!«, fährt Balu fort. »Wir schalten das WLAN also nicht aus, sondern gehen *hinein*. Wenn ihr so wollt, brechen wir zweimal in die Villa ein: zuerst in das Netzwerk, anschließend direkt ins Haus.«

»Aber der Alarm?«, frage ich.

»Den schalten wir aus, wenn ich im Netzwerk bin«, erklärt Balu. »Aber die zahlreichen Kameras, die inner- und außerhalb der Villa installiert sind, die schalte ich an. Ich lenke die Bildübertragung nur einfach auf meinen Monitor um.«

»So etwas kannst du?«, frage ich nicht ohne ein gewisses Maß an Bewunderung. Denn ich würde so etwas nicht hinbekommen.

Balu schaut erst mich verblüfft an, dann die anderen. Er kann sich nicht vorstellen, dass ich die Frage ernst gemeint habe. »Das konnte doch sogar Ami, hast du erzählt. Der hat doch auch den Alarm mit seinem Handy ausgeschaltet.«

»Äh … ja«, gebe ich zu. »Stimmt.«

»Du gehst also davon aus, Ami kann mehr am Computer als wir YOUNG AGENTS, im Speziellen ICH?« Balu zieht fragend die Augenbrauen hoch.

Ich hebe die Hände. »Ich ergebe mich. Entschuldigung.«

»Also«, schließt Balu seine Erläuterung ab. »Ich hacke mich in das System ein, schalte den Alarm ab. Obwohl der vermutlich sowieso ausgeschaltet ist, wenn die Bewohner zu Hause sind. Ich steuere über meinen Computer die Kameras und kann sehen, welcher Bewohner sich in welchem Zimmer befindet. Zwei von euch steigen in die Villa ein, und ich informiere euch übers Headset, wohin ihr gehen könnt und wohin nicht.«

»Das klingt immer noch ziemlich risikohaft, finde ich«, gebe ich zu bedenken.

Abena stimmt ihm zu. »Was ist, wenn die nicht in jedem Zimmer eine Kamera haben?«

»Dann müsst ihr selbst vor Ort gucken, wo die Luft rein ist.« Einen besseren Tipp kann Balu nicht geben.

»Verstanden!« Abena atmet einmal tief durch. »Und ihr meint, wir müssen diesen Einbruch zwingend machen?« Sie sieht fragend in die Runde.

Naomi, Billy und Charles denken erst noch ein Weilchen nach, ehe sie die Frage beantworten. Dann sagt Billy schließlich: »Ich glaube wirklich, das ist die beste Methode, um bei Ami und Hauke jeweils Eindruck zu schinden und an die nächsthöhere Befehlsstufe heranzukommen.«

»Gut. Dann soll es so sein!«, sagt Abena. Sie schaut auf die Uhr. »Ich muss los. Mein Treffen mit Hauke. Soll ich etwas von meinem Vorhaben erwähnen?«

»Nein!«, antwortet Naomi entschieden. »Nur vage andeuten, dass du freiwillig so eine Art Aufnahmeprüfung ablegen wirst.«

»Wir brauchen übrigens gar nicht zweimal einzubrechen«, wirft Billy plötzlich ein. »Tim und Abena können doch in ein und dasselbe Haus einbrechen. Sie teilen sich einfach die Beute. Und sowohl Ami als auch Hauke werden denken, der Einbruch hätte nur für ihre Bande stattgefunden. Von dem jeweils anderen wissen sie ja nichts.«

»Und wenn das rauskommt?«, fragt Naomi.

»Nichts von dem, was wir machen, darf herauskommen«, antwortet Billy. »Deshalb sind wir doch Agenten.«

Naomi lacht. »Stimmt auch wieder. Versuchen wir's!«

DER GROSSE COUP

Abenas Treffen mit Hauke verlief gut und ruhig, aber ohne dass sie nennenswerte Neuigkeiten erfahren hätte. Allerdings soll sie, ebenso wie ich in Amis Bande, beweisen, was sie draufhat, und in Kürze an einem Einbruch teilnehmen. Mehr konnte sie von einem ersten Treffen mit Hauke nicht erwarten. Das zu erreichen, war Abenas Ziel und Aufgabe gewesen, und sie hat es zu hundert Prozent erfüllt. Es würde sich sicher sehr gut machen, wenn sie gleich mit einer fetten Beute bei der neuen Bande anrückt. Ganz so, wie es unser Plan der YOUNG AGENTS vorsieht.

Dieser große Coup steht nun bevor, nachdem Abena vor gut einer Stunde von dem Treffen mit Hauke zurückgekehrt ist. Es ist Abenas erster Einbruch. Überhaupt ihr erster realer Einsatz für uns, die YOUNG AGENTS.

Anders als die Diebesbanden, die jeweils mit einem Van zu ihren Einsatzorten fahren, sind wir YOUNG AGENTS jeder mit seinem E-Bike gekommen.

Balu sitzt mit Naomi in der Agentenwohnung.

Abena und ich, die gemeinsam in die Villa einsteigen

werden, stehen nur wenige hundert Meter entfernt schon bereit.

Billy wartet mit seinem E-Bike ein wenig abseits und behält unsere Räder im Auge, sodass wir sie nicht abschließen müssen. Im Zweifelsfall können wir so schneller fliehen.

Charles hat die Drohne auf dem Dach des Mietshauses geparkt, in dem sich die Agentenwohnung befindet. Auf dem Dach neben der Drohne hat er es sich bestimmt wieder in einem Liegestuhl bequem gemacht. Im Notfall kann er in wenigen Minuten am Einsatzort sein.

Alle YOUNG AGENTS sind per Mini-Headsets miteinander verbunden. An den Trägern unserer Agentenrucksäcke haften kleine Webcams, deren Übertragungen Balu an seinem Bildschirm in vier Fenstern geöffnet hat. Balu und Naomi tragen natürlich keine Kameras. Die von Charles ist noch ausgeschaltet, solange er nur in Wartestellung auf dem Dach hockt.

Balu checkt noch einmal unser Kommunikationsnetzwerk. Das können wir alle mithören.

»Liam. Hörst du mich?« Balu benutzt jetzt wieder Billys Agentennamen.

»Hier Liam. Ich höre gut. Bildübertragung okay?«

»Alles okay. Wir haben Abena und Tim auf ihren Rädern im Blick.«

Balu schaltet um auf die beiden: »Tim! Abena! Audiokontakt okay?«

»Ich höre dich«, meldet Abena zurück.

Danach folge ich: »Hier Tim. Kontakt okay.«

Auch deren Bildübertragung läuft einwandfrei.

»Gut!«, gibt Balu durch. »Ich gebe den Startschuss.«

Für einige Momente herrscht Stille.

»Ich bin drin!«, verkündet Balu schließlich nicht ganz ohne Stolz. »Wie ich gehofft habe. Offenbar in jedem Zimmer eine Kamera!«

»Unser Bildschirm sieht nun aus wie der Überwachungsmonitor eines Kaufhausdetektivs«, ergänzt Naomi, um uns plausibel zu machen, wie sie aus der Agentenwohnung heraus hier vor Ort unseren Einstieg vorbereiten. »Jede Kamera in der Villa liefert uns eine Liveübertragung des jeweiligen Zimmers, in der sie installiert ist. Dann öffnen sich weitere Fenster auf dem Bildschirm: Balu hat nicht nur die Innenkameras aktiviert, ohne dass die Bewohner es bemerkt haben, sondern zusätzlich die Kameras aller Computer, die in der Villa herumstehen. Da gibt es... Moment bitte... ja, einen Computer in einem Arbeitszimmer, dann ein... aufgestelltes iPad im Wohnzimmer, ein Handy, das vermutlich – was meinst du, Balu?« Es folgt eine kurze Pause, bevor Naomi fortfährt: »Ja – auf einer Anrichte in einem Flur liegt. Jedenfalls zeigt die Kamera im Moment nur die Deckenbeleuchtung. Und noch ein Handy in der Küche. Es scheint neben dem Herd zu liegen, denn die Kamera zeigt eine Dunstabzugshaube von unten.«

»Und die Bewohner der Villa?«, frage ich dazwischen.

»Die merken von alldem nichts«, antwortet Balu. »Die

halten ihre Überwachungskameras für abgeschaltet, denn da sie zu Hause sind, haben sie die natürlich nicht aktiviert und die ihrer Geräte sind im Standby-Modus. Vermutlich haben sie nicht die geringste Ahnung, wie leicht es einem Hacker wie mir fällt, sich in ihr WLAN-Netzwerk einzuhacken und damit sämtliche Computer im Haus, inklusive ihrer Cams, anzuzapfen, zu bedienen und alles an Infos abzurufen, was sich auf den Geräten befindet.«

»Achtung!«, gibt Naomi durch. »Im Wohnzimmer sehen wir einen grauhaarigen Mann auf dem Sofa sitzen, der Kopfhörer aufgesetzt und die Augen geschlossen hat.«

»Wie praktisch«, kommentiert Balu. »Er hört in aller Ruhe eine Mozart-Oper.«

Abena neben mir lächelt. Sie muss nicht fragen, woher Balu das weiß. Wir können es uns vorstellen: Der Mann hört seine Musik sicher über einen Streaming-Dienst, und Balu kann auf seinem Monitor sehen, welches Musikstück da gerade läuft. Wenn er wollte, könnte er es sogar verändern, was er natürlich nicht tun wird.

»Im Schlafzimmer ist gerade niemand. Im Badezimmer gibt es keine Kamera. Im Arbeitszimmer ist auch niemand, ebenso wenig wie im Flur«, gibt Naomi durch.

»Möglicherweise gibt es noch ein oder zwei Gästezimmer, in denen es weder Kameras noch Computer gibt«, warnt Balu.

»Das wären die blinden Flecken«, gebe ich durch. »Okay, wir wissen Bescheid. Aber vermutlich wird da niemand sein, oder? Ich meine, wenn Gäste im Haus wären, würde der Mann doch nicht allein dasitzen und Musik hören, oder was meint ihr?«

»Das sehen wir genauso«, antwortet Balu. Doch dann: »Oh, da tut sich etwas! Wartet! Eine Hand greift zu dem Handy, das in der Küche liegt.«

»Das war eine Frauenhand, oder?«, fragt Naomi.

Balu stimmt ihr zu. »Das glaube ich auch.«

»Und? Weiter?«, frage ich. »Was seht ihr noch?«

»Das Bild von der Handykamera wackelt nun extrem und zeigt unscharfe Bilder«, gibt Balu uns weiter durch. »Wie es scheint, geht die Frau mit dem Handy über den Flur, eine Treppe hinauf, dann ins Badezimmer. Das Handy wird abgelegt.«

»Da!«, ruft Naomi. »Hast du gesehen? Bei diesem kleinen Schwenk habe ich kurz eine vollgefüllte Badewanne gesehen. Mit viel Schaum. Und jetzt sehen wir ... oh! Sie hält ihr Handy in der Hand. Wir sehen direkt in ihr Gesicht. Wenn die wüsste! Neben ihrem Kopf brennen zwei Kerzen auf dem Badewannenrand.«

»Kerzen?«, frage ich ein wenig überrascht nach. »In der Badewanne?«

»Ja!«, bestätigt Naomi. »Sie hat es sich mit Handy und Champagner in der Badewanne gemütlich gemacht, scrollt sich durch ihren Twitter-Account und trinkt einen Schluck aus ihrem Sektglas.«

»Von der also habt ihr innerhalb der nächsten Stunde wenig zu befürchten, denke ich«, sagt Balu. »Die Gelegenheit ist im Moment absolut günstig. Legt los!«

Abena und ich rennen los.

Ich laufe voran, weil ich so Abena gleich zeigen kann, wie ich bisher bei meinen Einbrüchen vorgegangen bin.

Nur ist es jetzt noch leichter, weil Balu, der – um den Funkverkehr abzukürzen – nur noch von »B1« und B2« für »Bewohner 1« und »Bewohnerin 2« spricht, von innen fast das gesamte Haus im Blick hat.

»B1 ist immer noch im Wohnzimmer«, gibt Balu durch. »B2 im ersten Stock, Badezimmer, in der Wanne. Günstigster Einstieg ist deshalb im Arbeitszimmer. Erdgeschoss hinten. Das Fenster steht auf Kipp.«

»Verstanden«, antworte ich. Wir rennen ums Haus herum nach hinten. Die Außenkameras hat Balu mittlerweile ausgeschaltet, weil er sie derzeit nicht braucht.

»Ich hiev dich hoch«, schlage ich Abena vor.

Abena aber lacht. »Du bist elf und knapp dreißig Zentimeter kürzer als ich. Ich hieve ja wohl eher dich hoch.«

»Wie du willst.« Wo Abena recht hat, hat sie recht.

Abena formt mit den Händen eine »Räuberleiter«. Ein Ausdruck, den sie erst vor Kurzem gelernt hat und der wohl noch nie so perfekt passte wie zu dieser Situation. Denn im Moment sind wir tatsächlich nichts anderes als Räuber.

Ich steige mit dem Fuß in Abenas Hände. Sie drückt mich hoch, während ich mich am Sims hinaufziehe.

»Langsam!«, weise ich Abena an.

Abena hat mich mit einer solchen Wucht hochgedrückt, dass ich kurz befürchte, durch die Fensterscheibe zu stürzen. Aber dann finde ich meinen Halt wieder, greife durch den Spalt, heble das Fenster auf und springe auf den darunterliegenden Schreibtisch.

»Wir sind beide drin«, melde ich kurz darauf.

Anschließend stelle ich das Fenster von innen wieder auf Kipp, so wie es war.

»Jetzt müssen wir uns gut überlegen, was wir mitnehmen«, sagt Abena.

Einerseits müssen wir etwas stehlen, was bei unseren jeweiligen Bandenchefs ordentlich Eindruck schindet, andererseits wollen wir als ehrliche YOUNG AGENTS niemandem großen Schaden zufügen. Deshalb scheidet für uns bei der Auswahl der Beute per se alles aus, was einen emotionalen Wert für die Bestohlenen haben könnte, wie zum Beispiel alter Familienschmuck als Erinnerung vielleicht an die Großeltern.

Ich zeige auf einen offenbar schweren, großen Gegenstand, der auf dem Schreibtisch steht. Nicht nur, weil der so schön golden funkelt, sondern auch, weil ich noch nie zuvor so etwas gesehen habe. Ich habe keine Ahnung, was das ist – und frage Abena.

Abena, deren Eltern im diplomatischen Dienst arbeiten, hat so ein Ding allerdings schon mal gesehen.

»Das ist ein Tischfeuerzeug«, erklärt sie. »In der High Society oder in Reichenclubs gibt es oft sogenannte Raucherzimmer …«

»Raucherzimmer?«, frage ich dazwischen. »So etwas wie die Glaskästen im Flughafen?«

»Nein!«, widerspricht Naomi. »Das sind sehr gemütliche Wohnzimmer, regelrechte Salons. Dort sitzen die Leute – oft nur ältere Herren – in dicken Ledersesseln, rauchen Zigarren und trinken Whiskey.«

»Echt?«, frage ich nach. Ich finde, das klingt gut. »Das könnte ich mir auch gut vorstellen, wenn ich mal ein älterer Herr bin.«

»So, so«, kichert Abena. Sie schaut unter den Boden des Feuerzeugs und entdeckt dort eine Punze. »Das ist echtes Gold!«

»Und den Ledersessel und den Whiskey dazu gibt's auch.« Ich zeige auf einen klobigen Sessel aus rötlichem Leder. Daneben steht ein geöffneter, alt wirkender, brauner Globus, der als Hausbar dient.

»Passt!«, kommentiert Abena und zeigt auf eine Art gläserner Vitrine, in der offenbar Zigarren lagern. »Ein Humidor.«

»Ein was?«

»Ein Aufbewahrungsort für Zigarren, damit sie in der für sie perfekten Luftfeuchtigkeit liegen«, erklärt Abena.

»Ha!«, lache ich auf. »Ein Schrank nur für Zigarren. Krass. Ich hab nicht mal einen für meine Klamotten. Aber mir scheint, *du* bist schon bereit für den Altherren-Club.«

»Vorsicht, mein Freund«, warnt Abena. »Ich bin weder alt noch ein Herr.«

Sie steckt das Feuerzeug in ihren Rucksack und sieht sich weiter im Zimmer um. Auf dem Schreibtisch findet sie noch einen goldenen Brieföffner sowie einen Füllfederhalter. »Der kostet allein um die fünfhundert Euro,« flüstert sie und steckt beides ein.

»Ich hab genug«, sagt sie. »Wir müssen noch etwas für *dich* finden.«

»Achtung!«, kommt in dem Moment von Balu. »B1 hat den Kopfhörer abgelegt und verlässt das Wohnzimmer.«

»Verdammt!«, flucht Abena.

Das Arbeitszimmer, das wir gerade durchsuchen, liegt direkt neben dem Wohnzimmer. Was, wenn der Mann jetzt hier hineinwill?

Wir beide sehen uns nach einem geeigneten Versteck um. Doch auf die Schnelle finden wir nichts. Also duckt Abena sich hinter dem breiten Ledersessel weg, und ich krieche unter den Schreibtisch.

Tatsächlich öffnet sich kurz darauf die Tür zum Arbeitszimmer, und der Mann tritt ein.

Balu und Naomi können das in Echtzeit über die Cam des Computers sehen, der auf dem Schreibtisch steht, und parallel über unsere Kameras, die Abena und ich an unseren Rucksäcken tragen. Balu und Naomi haben den Raum jetzt aus drei Perspektiven im Blick. Abenas und mein Blickfeld ist hingegen stark eingeschränkt. Wir hocken nur in unseren Verstecken und versuchen, uns nicht zu rühren. Wir müssen uns darauf verlassen, dass die anderen beiden eine Warnung durchgeben. Vorerst beobachten wir den Mann aber live, der direkt vor unseren Nasen auf- und abgeht.

Jetzt geht er auf die Globus-Bar zu. Er hält ein Glas in der Hand und will sich offenbar etwas von dem Whiskey nachschenken. Damit steht er nun genau neben dem Sessel, hinter dem sich Abena versteckt hat.

Wenn er sich jetzt umdreht, entdeckt er mich unter dem Schreibtisch. Also muss ich versuchen, meinen Standort leicht zu wechseln, unter dem Schreibtisch hervor, um mich dann *hinter* dem Schreibtisch zu verstecken.

»Oh, verdammt!«, höre ich Balu plötzlich in meinem Ohr fluchen.

Was ist los? Leider kann ich das Balu jetzt nicht fragen, ohne mich in meinem Versteck zu verraten.

»Dort steht eine Eiswürfelmaschine«, gibt Balu leise durch. »Die braucht er …«

… für seinen Whiskey! Das ist mir sofort klar. Wenn der Mann jetzt dort hingeht, wird er Abena sehen! Sie hat keine Chance, um den Sessel herumzukriechen, um sich unsichtbar zu machen. Verdammt! Was sollen wir jetzt tun?

Ich höre, wie Balu – oder Naomi? – wild auf der Tastatur herumklackert.

Einen Augenblick später klingelt es an der Haustür der Villa.

Der Mann flucht.

»Warst du das?«, höre ich Naomi fragen.

»Wer sonst?«, fragt Balu zurück. »Seine Frau sitzt in der Wanne. *Er* muss zur Tür gehen.«

Und Naomi gibt sofort an uns per Funk durch: »Ihr

müsst dort weg. Sofort. B1 wird gleich von der Haustür zurück sein.«

»Wenn wir hier durchs Fenster rausgehen, wird B1 das offene Fenster entdecken. Wo ist sonst noch frei?«, fragt Abena zurück.

»Das Beste wäre, oben übers Schlafzimmer aus dem Fenster«, antwortet Balu, immer mit Blick auf alle Kamerafenster auf seinem Monitor. »B2 ist im Bad. Da kommt ihr ungesehen vorbei.«

»Gibt es da einen Fluchtweg?«, frage ich.

Die Fassade der Villa kann Balu nicht einsehen. Insofern kann er die Frage nicht beantworten.

»Aber Achtung: B1 ist jetzt auf dem Weg zurück von der Haustür ins Arbeitszimmer. Raus da!«, ruft er jetzt.

»Wohin denn nun?«, will ich wissen.

Um über den Flur ins Wohnzimmer zu gelangen oder die Treppe hinauf, ist es jetzt zu spät. Es gibt nur noch eine Möglichkeit.

»Durchs Fenster!«, gibt Balu durch.

»Aber das wird er merken«, wende ich ein.

»Es gibt keine Alternative mehr.«

»Scheiße!«

Abena und ich springen aus unseren Verstecken hervor und stürzen zum Fenster.

Abena will es öffnen. Dazu muss sie es erst mal ganz schließen, um es ordnungsgemäß von »Kipp« auf »Öffnen« zu stellen. Doch als sie es fest schließt, lässt es sich plötzlich nicht mehr öffnen.

»Was ist das denn für eine Scheiße? Es ist eingerastet. Ich krieg es nicht mehr auf!«

»WAS?« Ich kann es nicht fassen, begreife aber schnell: »Jetzt muss man es aufschließen, oder was? Verdammt. Zurück ins Versteck!«

In dem Moment läutet es erneut an der Haustür.

Wir beide hören den Mann vom Flur aus wieder fluchen.

»Ich war das nicht!«, beteuert Balu über Funk.

Aber wer …? Kommt jetzt noch unerwarteter Besuch?

»Wartet!«, ruft Balu. »Ich habe die Außenkamera aktiviert. Ich kann sehen … Das ist ja Liam!«

»Liam?«, fragt Abena.

»Liam will euch offenbar Zeit verschaffen«, gibt Naomi über Headset durch. »Jetzt macht, dass ihr wegkommt! Durchs Wohnzimmer. Dort steht die Terrassentür offen. Durch die könnt ihr raus.«

Abena und ich zögern keinen Augenblick mehr. Wir springen erneut auf.

An der Türschwelle zum Flur aber bleiben wir stehen und lugen um die Ecke. Wir haben freien Blick auf den Mann und Billy, die in der offenen Haustür stehen. Würde der Mann sich umdrehen, würde er uns beide in seinem Flur sehen.

Billy hat uns bemerkt und gibt sich jetzt besondere Mühe, die Aufmerksamkeit des Mannes weiterhin auf sich zu lenken.

»Es tut mir wirklich leid!«, hören wir ihn sagen. »Meine Mitschülerin hat mir die falsche Hausnummer gegeben und sie geht nichts ans Handy. Wir müssen dringend lernen. Sie wissen wirklich nicht, in welchem Haus Marie wohnt? Es muss in dieser Straße sein.«

»Nein, ich kenne keine Marie. In dieser Straße wohnt überhaupt kein Mädchen in deinem Alter.«

Billy müsste eigentlich sehen, wie Abena und ich hinter dem Rücken des Mannes über den Flur huschen und ins Wohnzimmer verschwinden. Über Knopf im Ohr hat er den aktuellen Fluchtweg mitgehört, den Naomi uns vorgegeben hat. Sein Auftrag ist erledigt. Er muss den Mann nicht länger ablenken und hinhalten.

»Na, dann entschuldigen Sie vielmals die Störung!«, sagt Billy höflich und verabschiedet sich.

Abena und ich verschwinden durch die Terrassentür.

»Geschafft!«

»Gut gemacht!«, lobt Naomi.

»Ich gehe noch schnell aus dem Netzwerk raus und schalte alle Cams aus«, sagt Balu.

Abena und ich erreichen glücklich die Straße. Kurz darauf kommt Billy auf uns zu.

»Das war knapp«, begrüße ich ihn. »Danke!«

»Und?«, fragt Billy. »Habt ihr etwas gefunden?«

»Genug, denke ich«, antwortet Abena – stolz, glücklich und erleichtert.

»Gute Arbeit!«, lobt Billy sie. »Und du auch, Tim.«

Dann fügt er hinzu: »Ich denke, ihr seid bereit für den nächsten Schritt.«

EIN TREFFEN UND EIN BLÖDER FEHLER

Unser Plan scheint aufzugehen. Als ich ihm das goldene Tischfeuerzeug überreiche, zeigt Hauke sich sehr beeindruckt.

»Wo hast du das her?«, fragt er.

»Sagen wir: von einem sehr reichen Fabrikanten, dem der Verlust nicht wehtut. Betrachte es als Dankeschön dafür, dass ihr mich bei euch aufnehmt«, antworte ich.

Wobei ich es sehr bewusst so formuliert habe, um gewissermaßen Fakten zu schaffen, nämlich, in die Bande aufgenommen zu werden. Denn das ist eigentlich noch gar nicht endgültig entschieden.

»Das ist aus der Beute von Amis Bande?«, hakt Hauke nach. Da er bei seiner Frage aber lächelt, wage ich gleich den nächsten Schritt.

»Na ja. Ich brenne ziemlich auf meinen ersten Einsatz bei euch. Da dachte ich, ich zeige schon mal, wo ich hingehöre.«

Hauke lächelt breiter.

»Und Ami hat nicht gemerkt, dass du ihm *so was* unterschlagen hast?«, fragt Hauke nach.

»Wäre ich sonst hier?«, entgegnet Abena.

»Dein Ehrgeiz gefällt mir. So eine wie dich können wir wirklich ganz gut gebrauchen«, sagt Hauke. Stellt aber im selben Atemzug klar: »Aber nicht, dass du denkst, so etwas würde bei uns auch funktionieren. Treue wird bei uns großgeschrieben. Ich rate niemandem, dagegen zu verstoßen.«

»Schon klar!«, versichere ich ihm.

Hauke fährt fort: »Und vor allem: Du kennst alle in dieser Bande von Ami und Vize, oder?«

»Klar«, behaupte ich. Obwohl ich selbst natürlich niemanden aus der Bande kenne und bisher tatsächlich nur Ami kennengelernt habe. Aber ich hoffe darauf, dass Tim in Kürze erheblich mehr herausbekommen wird – so wie ich in dieser Bande.

»Wir können nämlich gut Informationen brauchen«, erläutert Hauke. »Ich denke, die wollen uns den Krieg erklären.«

»*Ich* denke, das haben sie schon«, sage ich, um den Konflikt zwischen den beiden Banden noch weiter zuzuspitzen.

Hauke hebt die Augenbrauen.

»Hab ich dir doch schon gesagt: Die wollen euer Revier übernehmen und euch ausbooten. Komplett!«

»Und du wärst bereit, unsere Spionin in Amis Bande zu sein?«, fragt Hauke noch mal nach.

»Na ja, im Prinzip schon«, antworte ich bewusst zögerlich. Auch das verfehlt seine Wirkung bei Hauke nicht. Denn der hat eine eindeutige Zusage erwartet.

»Wieso?«, fragt er nun. »Was heißt das? Hast du Angst?«

Ich schüttle den Kopf. »Nein. Überhaupt nicht. Ich bin

nur vorsichtig. Undercover zu spionieren ist sehr gefährlich.«

Wenn du wüsstest … »Und da denke ich«, führe ich weiter aus, »wenn ich für euch nicht nur gute Beute mache, sondern gleichzeitig so einen gefährlichen Job erledige, wie den Maulwurf bei Ami zu spielen, dann muss für mich auch etwas mehr herausspringen.«

Wieder zieht Hauke die Augenbrauen hoch. »Du willst einen größeren Anteil? Wir haben doch noch gar nicht über deinen Anteil gesprochen.«

»Es geht mir nicht um mehr Geld«, antworte ich. »Ich will mehr zu sagen haben. Mitentscheiden. Vielleicht eine eigene Gruppe leiten.« Und damit Hauke es auch ja nicht missversteht, sag ich es ihm noch einmal ganz klipp und klar: »Ich will von Beginn an in eurer Hierarchie aufsteigen.«

Hauke pfeift durch die Zähne. »Hab ich das gerade richtig verstanden? Du willst mir meinen Job wegnehmen?«

Seine Miene verfinstert sich.

Und ich bin gewarnt. Vielleicht war ich doch ein wenig zu forsch?

»Nein!«, antworte ich schnell und entschieden. »Aber parallel zu dir einer der Bosse zu werden, da hätte ich nichts dagegen.«

Hauke lacht auf. Doch sein Lachen hat auch eine bittere Note, finde ich.

»Du gehst ja ganz schön ran«, sagt Hauke. »Da muss ich wohl aufpassen.«

»Es ist besser, mich als Partnerin zu haben statt als Gegnerin«, lege ich noch eine Schippe drauf.

Hauke zieht die Augenbrauen zusammen und betrachtet mich mit kritischem Blick.

War das vielleicht eine Spur zu viel? Ich muss aufpassen. Andererseits… nein! Ich denke, ich kann mich auf meine Intuition verlassen. Die anderen YOUNG AGENTS haben mir ja sogar schon manchmal telepathische Fähigkeiten angedichtet. Die habe ich natürlich nicht. Aber ich weiß, was ich tue, und bin sicher, dass ich diesen Hauke richtig einschätze.

Der überlegt einen Moment, mustert mich, die direkt vor ihm steht, nochmal von Kopf bis Fuß. »Ich muss zugeben: du gefällst mir.«

Na also! Klappt doch.

Hauke rückt noch näher an mich heran, sodass sich fast schon unsere Nasen berühren. Was soll das werden? Ich denke, ich muss ihm die Grenze aufzeigen. Ich stibitze ihm unbemerkt sein Smartphone aus seiner Hosentasche und halte es ihm direkt vor die Nase. Und sage dazu: »Ich denke, du solltest deinen Boss anrufen und es mit ihm besprechen.« Wobei ich bewusst keinen Millimeter zurückweiche.

Das macht stattdessen er, indem er seinen Kopf erschrocken zurückzieht.

»Ey!«, ruft er aus. »Woher hast du…?«

Fassungslos greift er an seine Tasche, in der sein Smartphone fehlt.

»Ich kann nicht nur gut in Häuser einbrechen«, betone ich und versuche, dabei so cool wie möglich zu wirken.

Hauke schnappt sich sein Smartphone aus meiner Hand und steckt es sich wieder in die Tasche. Ich denke, er hat begriffen, dass ich ihm gerade eine gehörige Abfuhr erteilt habe.

»Ich rufe dich an«, sagt er mit einer Mischung aus Verlegenheit und Verärgerung, dreht sich um und geht.

Na, das ist doch wunderbar gelaufen, finde ich.

Weil wir unseren Einbruch ja abbrechen mussten, habe ich von Abena den teuren Füllfederhalter und den goldenen Brieföffner bekommen. Beides überreiche ich jetzt Ami, als er Asante und mich vor dem Wohnheim mit dem Van abholt.

Im ersten Moment stutzt Ami. »Ein Kugelschreiber?«, fragt er.

»Ein Füllfederhalter«, korrigiere ich. »Ungefähr fünfhundert Euro wert.«

»Wow!«, ruft Ami aus, auch, weil er wohl noch nie einen Füllfederhalter in Händen gehalten hat. Geschweige denn einen so teuren. »Ich wusste gar nicht, dass …«

… es so etwas gibt, hatte er wohl sagen wollen. Doch dann bricht er ab.

Ami stellt sich gern als wohlhabender Lebemann dar. Als ein Mitglied der High Society, der Reichen und Schönen, weil er glaubt, denen zolle man mehr Respekt als einfachen Leuten. Deshalb auch behängt er sich mit so vielen Goldketten und trägt auffällige dicke, goldene Ringe. Natürlich auch, weil viele Gangsta-Rapper es so machen – vermutlich aus demselben Grund: Sie glauben, dadurch automatisch zur High Society dazuzugehören.

Entsprechend mag er nicht zugeben, dass er sich mit teuren Füllfederhaltern nicht auskennt, und hat deshalb seinen Satz abgebrochen.

Mir ist es aber klar: Auch weil wir YOUNG AGENTS uns in unseren Besprechungen mit jeder einzelnen Person, die wir in den Banden kennenlernen, genau befassen.

»Und das ist der passende Brieföffner dazu«, ergänze ich und reiche ihm das goldene Teil. Obwohl ich mir absolut nicht vorstellen kann, dass Ami Post erhält, geschweige denn etwas mit der Hand schreibt – wenn er überhaupt irgendwas schreibt –, füge ich hinzu: »Der Füllfederhalter ist ein persönliches Geschenk für dich. Weil ich hier aufgenommen wurde.«

Ami strahlt. Aber sein Blick verrät, dass ihm im Moment nicht einfällt, was er mit einem Füller anfangen soll. Ich helfe ihm ein wenig auf die Sprünge: »Mit solch teuren Schreibgeräten unterzeichnet man zum Beispiel wichtige Verträge.«

Wieder ein fragender Blick von Ami.

»Schallplattenverträge«, nenne ich schnell als Beispiel. Ich vermute, dass Ami sich nicht nur wie ein Rapper kleidet, sondern bestimmt auch selbst rappt oder zumindest gern ein berühmter Rapper wäre.

Meine Vermutung trifft ins Schwarze.

»Cool«, sagt Ami. Sein Gesicht hellt sich auf. »Danke!«

»Und da, wo ich das herhabe, gibt es noch mehr«, prahle ich ein bisschen, um noch mehr Eindruck zu schinden.

Ami schaut sich um, legt seinen Arm um mich, nimmt mich beiseite, geht noch ein paar Schritte außer Hörweite von Asante und dem Fahrer und flüstert mir ins Ohr: »Bei der Gelegenheit: Wir planen einen großen Coup.«

Asante schaut uns aus einiger Entfernung verwirrt und neidisch hinterher.

»Das klingt gut«, sage ich. Und das tut es wirklich. Ich spüre, dass ich an dem Punkt angelangt bin, zu dem ich hinwollte: Ami vertraut mir und wird mir etwas von den Plänen und Hintermännern der Bande erzählen.

»Keinem weitersagen!«, raunt Ami mir verschwörerisch zu.

»Wem sollte ich …?«

»Pst!« Ami legt den Zeigefinger auf die Lippen. Dann schaut er rüber zu Asante.

»Nicht so laut!«

»Ah, okay«, flüstere ich jetzt auch. »Schon klar.«

»Also«, setzt Ami wieder an, »das Vorbereitungstreffen findet morgen statt. Ich nehme dich mit dorthin, okay? Ich wollte dich sowieso mal dem Boss vorstellen.«

»Wow!«, sage ich. »Wann und wo?«

»Ich hole dich ab«, entgegnet Ami.

Ich zeige mit einem Kopfnicken wieder auf Asante. »Das wäre wohl nicht so gut, oder? Besser wäre, ich käme direkt zum Treffpunkt.«

Ami stutzt, sieht ebenfalls noch mal rüber zu Asante und sagt: »Du hast recht. Komm übermorgen um 21 Uhr zum Schuppen 99.«

»Schuppen 99?«, fragt Naomi, als wir zu sechst wieder im Stadtpark sitzen und die Einsätze von mir und Abena auswerten. »Wo soll das sein?«

»Keine Ahnung«, antworte ich ehrlich. »Ich hatte gehofft, ihr wüsstet das.«

»Wieso sollten *wir* das wissen?«, fragt Naomi. »Hast du nicht nachgefragt?«

»Nein.« Ich spüre, dass ich schon wieder rot anlaufe vor Verlegenheit. Hab ich schon wieder einen dummen Fehler begangen? Und wieder ist es Naomi, die auf ihn stößt.

»Ami hat so selbstverständlich von ›Schuppen 99‹ gesprochen. Ich dachte, das ist ein stehender Begriff, ein allseits bekannter Ort hier in Hamburg. Also war ich davon ausgegangen, dass wenigstens Billy als gebürtiger Hamburger weiß, was damit gemeint ist«, verteidige ich mich. »Ich wollte nicht als Blödmann dastehen, der aus München kommt und hier nichts gepeilt bekommt.«

»Gepeilt?«, fragt Charles. »What is …?«

»… der nichts begreift«, übersetzt Billy ihm.

Derweil knöpft sich Naomi weiter mich vor: »Soll ich dir sagen, wie du jetzt wirkst, weil du nicht gefragt hast, was ›Schuppen 99‹ bedeutet? Wie ein Blödmann aus München, der nichts gepeilt bekommt.«

»Sei doch nicht so streng mit ihm!«, stellt sich Billy als Mentor wieder vor mich als seinen Schützling.

»Ts!«, stößt Naomi aus. »Nicht so streng. Da schafft er es, zu dem entscheidenden Treffen eingeladen zu werden, auf dem der große Coup besprochen wird. Genau das, was unser Auftrag war. Und dann? Versaut er es, indem er keine Ahnung hat, wo das Treffen stattfindet, und auch nicht nachfragt.« Naomi schüttelt fassungslos den Kopf und flucht laut auf Französisch: »Merde!«

Ich seufze tief. Mir stehen die Tränen in den Augen.

Denn Naomi hat recht. Ich habe mal wieder alles vermasselt. Dieses Mal kann ich das Weinen nicht zurückhalten. Ohne ein weiteres Wort zu sagen, springe ich auf und laufe davon.

»Tim!«, ruft Billy mir nach. »Warte!«

Aber ich warte nicht, sondern laufe weiter. Möglichst weit fort von den anderen.

Billy will gerade aufstehen und Tim hinterherlaufen, da hält Naomi ihn zurück. »Lass ihn!«

»Was?«, fragt Billy. »Wieso?«

»Wenn ihm sein Fehler so peinlich ist, ist das doch erst mal ein gutes Zeichen. Er nimmt seinen Job ernst. Lass ihm einen Augenblick für sich. Er wird schon gleich zurückkommen.«

Billy setzt sich wieder zu den anderen. »Vielleicht hast du recht.«

»Du bist sehr tough mit ihm geredet, findest du es nicht?«, kommentiert Charles.

Naomi aber ist sich keiner Schuld bewusst.

»Ich denke, Tim weiß genau, dass er seine Sache sehr gut gemacht hat. Ich meine, überhaupt zu dem Treffen mit dem Boss eingeladen zu werden. Aber er muss es mit sich ausmachen, dass er das wichtigste Detail dabei verbockt hat, nämlich: *wo* sie sich treffen.«

»Ich denke, er wird versuchen, es wiedergutzumachen«, sagt Billy.

Die anderen nicken.

Auch ich.

»Ja«, sage ich. »Bis morgen Abend um neun Uhr bleibt ja noch etwas Zeit. Und ich treffe hoffentlich bald den Boss *meiner* Bande und werde vom großen Coup berichten, den Ami vorhat. Ich hoffe nur, Tim bekommt morgen Abend auch wirklich heraus, wann und wo der stattfindet.«

»Gute Idee«, lobt Naomi. »Vielleicht gelingt es uns, beide Banden zur selben Zeit zum selben Ort zum großen Machtkampf zu bestellen. Dann brauchen wir nur noch zuzugreifen und können die Hintermänner beider Banden auf einmal schnappen.«

»Es klingt fast zu einfach«, bemerkt Billy. »Findet ihr nicht? Irgendwie habe ich das ungute Gefühl, da werden Probleme auf uns zukommen, von denen wir noch gar nichts ahnen.«

Als wollte es ihm recht geben, piept in dem Augenblick mein Handy. Ich sehe nach und bin höchst erstaunt: »Eine Nachricht von Hauke. Ich soll zu unserem Boss kommen und mich vorstellen. Meine Forderung hat offenbar gewirkt.«

»Wow!«, sagt Naomi anerkennend.

Billy ist froh, dass Tim das gerade nicht mitbekommt, sagt er. Es hätte ihn bestimmt noch weiter runtergezogen.

»Wann?«, fragt Naomi nach.

»Jetzt!«, antworte ich und zeige die Nachricht auf meinem Smartphone in die Runde.

»Jetzt?« Nicht nur Naomi ist verblüfft. Auch die anderen sehen sich staunend an.

»Das ist sehr... wie sagt man?... spontan. Ist es nicht?«, stellt Charles fest.

»Allerdings«, stimmt Billy ihm zu. »Das lässt uns keinerlei Zeit zur Vorbereitung.«

Balu, der die ganze Zeit nur stumm zugehört hat, zieht jetzt einen kleinen, runden Chip aus seiner Tasche, der extreme Ähnlichkeit hat mit einem Knopf.

»Soll ich sie verkabeln?«, fragt er. »Natürlich ohne Kabel.«

»Wireless verkabeln. That's good!«, ruft Charles und klatscht freudig in die Hände.

Naomi schaut ihn an und schüttelt den Kopf. In Humorfragen werden die beiden – sie Französin, er Engländer – wohl nie auf einen Nenner kommen. Dann wendet sie sich an Billy. »Dieser kleine Chip fällt sicher nicht auf. Es wäre schon hilfreich, wenn wir mithören könnten, was der Boss von Abenas Bande zu sagen hat. Oder?«

»Das denke ich auch«, stimmt Billy ihr zu. Trotzdem fragt er noch mal nach: »Du bist auch Technikexpertin, Naomi. Hältst du das Ding wirklich für unauffällig genug? Ich muss gestehen, ich habe so etwas noch nie gesehen. Was ist denn das? Eine gewöhnliche Wanze?«

»So in etwa«, erklärt Balu. »Eigentlich sind diese Dinger in Kugelschreibern oder USB-Sticks versteckt und damit gut getarnt. Diese Wanze hier hat einfach nur die Form eines

Knopfs. Eigentlich sollte der Agent ein Hemd, eine Bluse oder eine Jacke tragen mit lauter identisch aussehenden Knöpfen. Dazu haben wir aber keine Zeit. Wir verstecken den Knopf darum einfach in Abenas Kragen.«

»Ich habe keinen Kragen«, stelle ich klar. »Ich trage ein Shirt.«

Balu zeigt lässig auf Naomi. »Bluse!«, sagt er nur.

Naomi sieht an sich und ihrer bunten Sommerbluse hinunter.

»Sieht super aus!«, lobe ich.

Balu grinst. »Das trifft sich gut. Denn ihr müsst tauschen.«

Naomi und ich schauen Balu gleichermaßen verwirrt an, doch dann haben auch wir es verstanden.

»Sorry!«, entschuldigt sich Naomi. »Wir standen auf der Leitung.«

»Was?«, fragt Charles und sieht sich um, als suche er nach einem Stromkabel. »Welche Leitung? Ich dachte, wireless?«

»*Deine* Leitung, Charles!«, sage ich und kichere mit den anderen gemeinsam.

Doch dann werden wir wieder etwas ernster. Während Billy, Balu und Charles sich abwenden, tauschen Naomi und ich schnell unsere Oberteile.

Als wir fertig sind, zieht Balu ein kleines, spitzes Messer aus der Tasche und öffnet die Naht meines Blusenkragens wenige Millimeter.

»Mach nicht die Bluse kaputt!«, mahnt Naomi.

Balu schiebt den Chip in den Kragen.

»Und?«, fragt Naomi. »Womit nähst du den Kragen wieder zu?«

Balu schaut sie treuherzig an. »Keine Ahnung. Nähzeug habe ich nicht.«

»Balu!«, stöhnt Naomi. »Der Kragen kann doch nicht offenbleiben!«

»Kein Problem«, widerspricht Balu. »Sind nur wenige Millimeter. Der Chip hält. Niemand sieht etwas.«

Ich schaue auf die Uhr. »Leute, ich muss los. Ich bin gespannt, wer der Boss meiner Bande ist.«

Billy checkt ebenfalls die Zeit, dann lässt er den Blick über den Park schweifen.

»Seht ihr noch irgendwo Tim? Jetzt ist er schon zehn Minuten weg, oder?«

Naomi steht auf, legt sich die Handfläche wie einen Schirm vor die Stirn und scannt ebenfalls die große Wiese des Stadtparks ab. Zur einen Seite sieht man bis zum Planetarium, zur anderen bis zum See mit dem Freibad auf der gegenüberliegenden Uferseite. Links und rechts ist die große Spiel- und Liegewiese von hohen Alleen begrenzt. Aber nirgends ist etwas von Tim zu sehen.

»Ist der etwa abgehauen?«, fragt Naomi.

»Ich rufe ihn an«, sagt Billy und zieht sein Smartphone aus der Tasche.

EINE DICKE ÜBERRASCHUNG

Ich lasse mein Smartphone klingeln, nehme den Anruf nicht an, obwohl ich sehe, dass es Billy ist. Ich drücke sogar auf »Anruf ablehnen« und stelle das Smartphone anschließend auf lautlos.

Ich bin sauer. Nicht auf Billy oder die anderen. Nicht mal auf Naomi, sondern auf mich selbst. Wie konnte mir nur wieder so ein saudummer Fehler unterlaufen? Naomi hat vollkommen recht. Was nützt es uns, dass ich mich Undercover in die Bande einschleiche, wenn ich dann zu blöd bin, die entscheidenden Informationen herauszubekommen? Und dann noch nicht einmal in der Lage bin, etwas so extrem Einfaches wie den Ort des ultimativen Treffens zu erfragen?

Es gar keine Frage. Ich muss und werde meinen Fehler wieder ausbügeln. Das bin ich den anderen schuldig. Zum Glück weiß ich ja, wo Ami wohnt. Ich kann hinfahren und ihn fragen. Ganz einfach.

Keine halbe Stunde später schließe ich mein E-Bike

vor Amis Wohnhaus an. Schon einmal bin ich hier gewesen. Da hatte Ami mich in den Fahrradkeller seines Hauses geführt und diesen als Treffpunkt für die folgenden Einsätze benannt. Mehr nicht. Naomi hatte daraufhin im Geheimdienstcomputer Ami und seine Familie überprüft. Weil ich nicht dabei gewesen bin, habe ich aber Amis Familiennamen nicht mitbekommen. Jetzt stehe ich zugegeben etwas ratlos unten vor der Klingelleiste an der Haustür. 14 Familien wohnen in diesem Haus. Davon zehn Namen, die auf einen Migrationshintergrund schließen lassen. Ich nehme nicht an, dass Ami zu den Nachnamen »Müller«, »Krause,« »Freudhammer« oder »Becker« gehört. Aber zu welchem der anderen zehn? Ob ich ihn doch anrufen soll? Nein. Das geht nicht. Zwar habe ich Amis Handynummer, aber nur, weil Balu sie gehackt hat. Verraten hat Ami mir und Asante seine Nummer nie. Keiner von uns beiden soll sie im Telefonspeicher haben, für den Fall, dass wir bei einem Einbruch erwischt werden. Anrufen geht also nicht. Aber ich kann auch schlecht bei zehn verschiedenen Wohnungen läuten und fragen, ob hier ein Ami wohnt.

Verdammt! Wieder so ein bescheuerter Fehler. Ich hätte einfach ganz offen mit den anderen besprechen können, dass ich Ami befragen werde, und dann Naomi nach dessen Nachnamen fragen können.

Und nun? Mir bleibt nur eine Möglichkeit. Ich muss Naomi anrufen und Amis Nachnamen erfragen. Das ist echt peinlich. Aber eine andere Lösung sehe ich nicht.

Ich ziehe schon mein Smartphone hervor, da – tippt mir jemand auf die Schulter!

Ich zucke erschrocken zusammen.

Mist! Wieso habe ich nicht bemerkt, dass sich jemand von hinten genähert hat?

Ich drehe mich um und sehe einen Mann mittleren Alters vor mir. Vielleicht 30 oder 35 Jahre alt. Leger gekleidet: Sportschuhe, blaue Jeans, T-Shirt, darüber einen leichten, dunkelblauen Sommerblouson.

Vielleicht ein Nachbar? Der vermutlich zu einem der vier Namen gehört, die ich für Ami ausgeschlossen habe. Aber der könnte ja vielleicht wissen, wo Ami wohnt!

Ich atme innerlich gerade auf, eine andere Lösung gefunden zu haben, als ausgerechnet Naomi anrufen zu müssen, als der Mann mir plötzlich einen Ausweis unter die Nase hält, so kurz aber nur, dass ich gerade mal so eben das Logo der Hamburger Polizei erkennen kann.

»Zivilstreife. Was machst du hier?«

Ich stutze. Und stottere. »Äh …?«

Was für eine seltsame Frage. Ich kann doch wohl einen Freund besuchen wollen. Aber wenn ich das antworte, will der Polizist sicher sofort wissen, wer dieser Freund ist. Und so würde ich ungewollt die Polizei auf Ami aufmerksam machen. Das geht nicht.

»Nichts«, antworte ich.

So etwas Bescheuertes! Was für eine dumme Antwort! Aber spontan ist mir nichts anderes eingefallen.

»Wohnst du hier?«, fragt der Zivilpolizist.

Ein *Ja* würde der sofort überprüfen. Also antworte ich wahrheitsgemäß mit: »Nein.«

»Wie heißt du und wo wohnst du? Und woher hast du das teure E-Bike, von dem du eben abgestiegen bist?«

Oh shit! Deshalb überprüft er mich? Wegen meines teuren E-Bikes? Das darf ja wohl nicht wahr sein. Soviel Pech gibt es ja auf der ganzen Welt nicht! Auf keine seiner Fragen habe ich eine vernünftige Antwort parat. Jetzt rächt sich, dass der Geheimdienst mir noch keine vernünftige Tarn-Identität aufgebaut und keine Scheinfamilie zugewiesen hat. Meinen derzeitigen Wohnort bei Billy nenne ich lieber auch nicht. Nichts kann ein YOUNG AGENT weniger gebrauchen, als dass die Polizei bei ihm zu Hause herumschnüffelt und eine Menge unangenehmer Fragen stellt.

»Komm mal mit zum Auto«, fordert mich der Polizist auf. »Wir werden deine Personalien überprüfen.«

Auch das noch! Das ist genau das, was mir *nicht* passieren durfte. Gleich wird der Zivilpolizist herausbekommen, dass ich in München aus dem Heim abgehauen bin und gesucht werde.

Der Polizist führt mich zu einem dunkelblauen BMW, der am Straßenrand parkt. Darin sitzt sein Kollege. Zum Glück nimmt der Polizist mir nicht mein Smartphone ab. Noch nicht. Ich drücke darauf heimlich die Alarmtaste für absolute Agentennotfälle. Über diesen Alarm wird mein Mentor – also Billy – informiert. Gleichzeitig schaltet sich ein GPS-Sender und ein Mikro an. Billy bekommt eine Meldung und kann mich per Smartphone verfolgen.

Naomi und Balu sind zurück in die Agentenwohnung gefahren, während ich auf dem Weg bin, um mich am Hauptbahnhof mit diesem Hauke zu reffen. Balu soll das GPS-Signal meines Smartphones oder meines Chips verfolgen, damit sie beobachten können, wo Hauke mich hinführen wird, um seinen Boss zu treffen. Denn das wird gewiss nicht hier am Bahnhof sein. Ich hoffe zumindest, dass es nicht hier sein wird, denn über den Chip in meinem Blusenkragen sollten Naomi und Balu meine Gespräche auch mithören können. Aber hier am Bahnhof sind die Umgebungsgeräusche so laut, dass es schwierig werden könnte, etwas zu verstehen.

Noch sehe ich Hauke nicht, doch ich höre plötzlich Zischgeräusche. Ich drehe mich zu ihnen um und sehe Hauke vor der Fensterscheibe eines Ladens stehen, ganz in der Nähe des Taxistands am Ausgang des Hamburger Hauptbahnhofs.

»Hallo«, sage ich und gehe auf Hauke zu. »Was...?«

Hauke legt den Zeigefinger auf seine Lippen. »Keine Fragen. Mitkommen!«

»Wohin?«, frag ich nach, damit auch Balu und Naomi mitbekommen, wohin wir gehen werden.

Doch Hauke antwortet darauf nicht. »Keine Fragen, hab ich gesagt. Sonst bleibst du gleich hier.«

»Schon gut«, entschuldige ich mich. »Ich wollte nur wissen, ob ich mein Rad mitnehmen soll. Ich hab's dort vorn angeschlossen. Es wäre mir nicht so recht, es hier stehen zu lassen. In der Stadt gibt es viele Diebe, weißt du?«

Hauke lacht schallend auf. »Der war gut! Echt. Okay. Nimm dein Rad mit.«

»Gut. Ich nehme es dann mit in die S-Bahn.«

»Wir fahren mit dem Auto.«

»Ach ja?« frage ich, während ich mit Hauke zu meinem Rad gehe. »Das ist ein E-Bike. Groß und schwer. Passt das denn rein in das Auto?«

»Ich kenne dein Rad. Wir fahren mit dem da.«

»Mit dem weißen Lieferwagen?«, frage ich extra laut.

»Ja.«

»Der Wagen mit der Aufschrift ›Entrümpelung‹?«, frage ich. Wieder extra laut, damit Balu und Naomi es auf jeden Fall mitbekommen. Und ich lache, damit meine Fragerei nicht allzu sehr auffällt. »Das finde ich richtig gut. Entrümpelung für einen … na, du weißt schon.«

»Genug gequasselt«, würgt Hauke mich ab. »Nimm dein Rad und komm!«

Naomi und Balu dürften jetzt mitbekommen haben, mit welchem Auto wir unterwegs sind. Balu hackt sich nun bestimmt sofort ins Netzwerk der Verkehrsüberwachung ein und kann dann über jede Überwachungskamera an jeder Kreuzung und an den großen Hauptstraßen mitverfolgen, wohin wir fahren.

Gute zwanzig Minuten später hält der Lieferwagen vor einer gigantisch großen, alten, aber modern renovierten Villa. Das heißt: Von der Straße aus kann man die Villa noch gar nicht sehen. Aber als ich aussteige, erkenne ich sofort das große, elektrische Eingangstor und das Grundstück, das Naomi mir auf Bildern und Videos mal gezeigt hat. Dies hier ist Thorsten Maffeis Villa! Der Gangster, der im Knast sitzt.

Aber wieso sind wir hierhergekommen, wenn Maffei gar nicht da sein kann? Ich sollte doch dem Chef vorgestellt werden? Offenbar handelt es sich also doch immer noch um Maffeis Bande. Dieser Maffei wird doch nicht schon wieder aus dem Gefängnis geflohen sein?

Das kann ich mir nicht vorstellen und bin gespannt, wer mich nun hier in der Villa empfangen wird.

Der Lieferwagen bleibt draußen an der Straße stehen, auch nachdem sich das Tor geöffnet hat.

»Wir gehen zu Fuß hoch zum Haus«, sagt Hauke.

Ich schaue mich auffällig um. Erstens, weil ich tatsächlich alles nur aus Berichten von Naomi kenne; vor allem aber, weil ich gegenüber Hauke den Eindruck erwecken will, die gesamte Villa, Shiona und deren Vater, der Obergangster Thorsten Maffei, seien mir völlig unbekannt. Vielleicht wird diese Villa ja auch gar nicht mehr von Maffei bewohnt? Sooo lange sitzt der zwar noch nicht im Gefängnis, trotzdem denkbar, dass er die Villa inzwischen verkauft hat.

Hauke geht voran die Treppe zum Haupteingang hinauf und läutet.

Wie immer – so hat es Naomi auch mal erzählt – öffnet der »Gorilla«.

Ich weiß nicht einmal, wie der mit richtigem Namen heißt. Die alten YOUNG AGENTS haben uns neuen ausführlich von ihm berichtet. Er ist so etwas wie persönlicher Assistent, Leibwächter und Hausdiener in einer Person. Wenn Maffei nicht da ist, sieht er in der Villa nach dem Rechten.

Und nach Shiona! Die Tochter des Obergangsters, von der

die YOUNG AGENTS aber annehmen, dass sie von all den Verbrechen ihres Vaters nichts gewusst hat. Erst durch die Anklage der Staatsanwaltschaft hat sie erfahren, was ihrem Vater vorgeworfen wird – und so gut wie nichts davon geglaubt. Noch immer meint Shiona wohl, dass ihr Vater völlig zu Unrecht im Gefängnis sitzt.

Naomi, Billy und Charles hatten vor Monaten eine Musikband mit Shiona gegründet, um so ihren Vater besser beschatten zu können. Seit der Vater im Knast sitzt, ist der Kontakt aber so gut wie eingeschlafen. Nur Billy hat Shiona noch ab und zu getroffen, denn sie waren für eine kurze Zeit zusammen. In dieser Zeit hab auch ich Shiona kurz kennengelernt, als sie Billy nämlich eines Tages von der Schule abgeholt hatte.

Ob sie hier im Haus ist? Was, wenn sie jetzt auf mich trifft, die ich nun als Mitglied einer Einbrechermafia-Bande unterwegs bin, die offenbar von irgendeinem Stellvertreter Maffeis geleitet wird?

»Wartet hier!«, befiehlt der »Gorilla« und lässt mich und Hauke in der Empfangshalle, dem Foyer, stehen, während er fortgeht.

Kurz darauf hält der hausinterne Fahrstuhl im Foyer.

Heraus kommt – Shiona.

Sie lächelt.

Mist! Ausgerechnet jetzt. Jeden Moment muss Maffeis Stellvertreter hier sein, um mich kennenzulernen und mit mir meine Aufgaben im Einbrecherclan zu besprechen. Was soll ich Shiona sagen, weshalb ich hier bin?

»Herzlich willkommen!«, begrüßt Shiona mich freundlich.

Sie scheint überhaupt nicht überrascht zu sein, mich hier zu treffen.

»Hallo«, antworte ich zögerlich.

Mehr nicht. Ich weiß einfach nicht, was ich als Ausrede anbringen soll, und beschließe, erst einmal abzuwarten, was Shiona mich fragen wird.

Doch Shiona fragt nichts.

Im Gegenteil.

Sie schickt Hauke raus vor die Tür, weil sie allein mit mir reden will. Oh Mann! Auch das noch! Das passt jetzt gerade gar nicht.

Ich kann mir nämlich schon denken, was Shiona von mir will. Sie war mal eifersüchtig, weil Billy und ich ein bisschen ineinander verliebt waren, als ich neu in die Klasse gekommen bin. Ob Shiona immer noch sauer oder eifersüchtig ist? Eigentlich haben wir unser Verhältnis doch ganz gut klären können. Und immerhin bin ich ja auch nicht mehr mit Billy zusammen. Oder »Liam«. Unter diesem seinem Agentennamen hatte Shiona ihn damals kennengelernt. Was sich aber später als Fehler erwies, nachdem Shiona auch näher an Billys Schule und Umfeld herankam. Billy konnte es aber gerade noch ausbügeln, indem er behauptete, »Liam« hätte er als besseren Künstlernamen für die Band empfunden. Shiona stimmte ihm sogar zu, nennt ihn seitdem aber dennoch bei seinem richtigen Namen: Billy.

Was sollte es also zwischen uns noch zu besprechen geben? Oder ob Shiona sich nur nach Billy erkundigen will?

Shiona geht voran, schiebt eine Tür auf, die vom Foyer abgeht, und bittet mich in ein großes Besprechungszimmer herein. In der Mitte des Raumes steht ein teurer Konferenztisch, der zehn Personen Platz bietet. Eigentlich sogar mehr, aber die großen Sessel rundherum brauchen jeweils ihren Platz; vier auf jeder Seite und je einer an den Stirnseiten. Breit und weich sehen sie aus, aus dickem, dunkelrotem Leder. Shiona nimmt an der rechten Stirnseite Platz und bietet mir den von ihr aus gesehen ersten Sessel auf der linken Seite an.

»Möchtest du etwas trinken?«, fragt sie.

Ich überlege. Ich habe eigentlich nicht viel Zeit. Jeden Moment müsste Maffeis Stellvertreter kommen. Aber vermutlich wagt der es ebenso wenig, Shiona eine Bitte abzuschlagen oder ihr zu widersprechen, wie Maffei selbst es gegenüber seiner Tochter tut. Also sage ich zu: »Gern. Was gibt's denn? Wasser oder Saft?«

Shiona lacht. »Es gibt alles, Schätzchen. Und wenn du wirklich auf eine leitende Position aus bist, darfst du ruhig etwas anspruchsvoller sein.«

Ich stutze. Wie hat Shiona das gemeint?

»Gut, dann … eine Cola?«

»Cola was?«, fragt Shiona nach. »Zero, light, normal? Mit was drin?«

Ich verstehe nicht. »Wie? Mit was drin?«

»Bacardi, Havana Club, Whiskey?«

Ich hätte mich fast verschluckt. Hat Shiona mir gerade harten Alkohol angeboten? Sie weiß doch, dass ich erst 13 Jahre alt bin. Shiona selbst ist doch auch erst 15. Okay, vielleicht ist sie zwischenzeitlich 16 geworden, aber dennoch…!

»Öh… nein… danke«, stottere ich. »Einfach nur eine Cola.«

»Klar. Kein Problem«, sagt Shiona. »Ich nehme eine Mangosaftschorle.«

»Au ja«, entfährt es mir. »Das klingt auch toll.«

»Willst du auch?«

Ich schüttle den Kopf. »Nein, nein, Cola ist gut.«

Die Tür öffnet sich. Der »Gorilla« tritt ein.

Ich habe nicht mitbekommen, ob das Zufall ist oder Shiona ihn gerufen hat, wie oder womit auch immer.

Shiona gibt die Bestellung bei ihm auf. Der »Gorilla« geht wieder.

Und Shiona kommt zur Sache.

»Ich hätte ehrlich nicht gedacht, ausgerechnet dich hier bei mir anzutreffen«, beginnt sie. »Ich habe dich immer für ein braves, fleißiges Mädchen gehalten. Ich glaube, dass es auch das ist, was Billy an dir so mag. Ich war ihm zumindest wohl zu… lebhaft. Aber er ist ja auch noch recht kindlich.«

Ich sage nichts.

»Jedenfalls, du als Meisterdiebin!«, fährt Shiona fort. »Das hat mich schon verwundert. Hauke hat mir berichtet, dass du bisher für Ami gearbeitet hast und bereit bist, für uns dort zu spionieren? Das ist gefährlich, alle Achtung. Aber das können wir gut gebrauchen.«

Ich bin völlig perplex. Der Stellvertreter von Maffei, auf den ich so dringend warte, ist niemand anderes als – seine vielleicht gerade mal 16-jährige Tochter Shiona? Ein Teenie-Mädchen als kommissarischer Mafia-Boss?

Zum Glück kommt in diesem Moment der »Gorilla« wieder rein und serviert die Getränke.

Ich greife zu und trinke hastig zwei, drei große Schlucke. Normalerweise halte ich mich für unschlagbar in der Einschätzung anderer Menschen. Aber darauf wäre ich nie gekommen! Shiona scheint mir die Verwunderung anzusehen. Erneut lacht sie.

»Du wunderst dich, dass du es mit mir zu tun hast?«

Ich nicke wahrheitsgemäß.

Und auch Naomi und Balu werden sich wundern. Vor allem Naomi, die ja schon viel mit Shiona zu tun gehabt und seinerzeit sogar in der Musikband mitgemacht hat, um Thorsten Maffei auszuspionieren.

Shiona und ich machen es uns gemütlich. Besser gesagt, Shiona tut alles dafür, dass aus diesem geschäftlichen Termin eher ein netter »Mädels-Plausch« wird, wie sie es nennt. Wir nippen an unseren Drinks und ich spiele das Spiel mit, weil ich hoffe, in dieser lockeren Plauderatmosphäre mehr über Shionas Pläne herauszubekommen, als wenn es ein reines Geschäftsgespräch bliebe. Immer wieder aber muss ich mich selbst daran erinnern, dass Shiona nicht das nette, etwas überkandidelte Teenie-Girlie ist, von dem ich schon einiges gehört habe, sondern die stellvertretende Chefin einer kriminellen Einbrecherbande.

»Mir ist es übrigens genauso gegangen wie dir«, plaudere ich nun auch drauf los. »Billy hat auch mich verlassen. Einfach so. Von jetzt auf gleich. Stell dir das mal vor.«

Shiona schüttelt fassungslos den Kopf.

»Jungs!«, ruft sie aus. »Die sind doch alle gleich. Aber jetzt sag nicht, er hat dich auch nur mit einer Handy-Nachricht abblitzen lassen.«

»Doch«, behaupte ich. Die Geschichte stimmt zwar hinten und vorn nicht. Billy und ich sind nicht einmal ein richtiges Paar gewesen, sodass Billy auch gar nicht mit mir hätte Schluss machen können. Aber die Legende passt gerade ganz gut, um sich weiteres Vertrauen von Shiona zu erschleichen. So machen es Agenten eben.

Ich setze also noch einen drauf: »Du glaubst es nicht: Wir sitzen in der Klasse sogar nebeneinander, und dann schickt er mir abends eine Trennungs-Nachricht. Voll der Spacken!«

Insgeheim denke ich an Billy und dass er mir verzeihen möge. Ich weiß natürlich, dass er das tut. Schließlich ist es für die gemeinsame gute Sache.

»Wart ihr sehr eng zusammen?«, fragt Shiona so mitfühlend, wie ich es nicht erwartet hätte und wie sie auch nie von den älteren YOUNG AGENTS beschrieben wurde. Offenbar spielt Shiona mit mir genauso ein Spiel, wie ich es mit ihr tue.

Ich muss auf der Hut sein! Also antworte ich: »Es war ja schon zu Ende, bevor es richtig anfing.«

»Billy weiß also nichts davon, dass du in einer Einbruchsbande mitmachst?«, hakt Shiona nach.

Natürlich! Jetzt verstehe ich, weshalb Shiona das persönliche Gespräch mit mir gesucht hat. Sie weiß, dass ich in dieselbe Klasse wie Billy gehe. Shiona hatte mit Billy, alias Liam, Naomi und Charles eine gemeinsame Musikband. Natürlich will sie vermeiden, dass die drei von ihren kriminellen Tätigkeiten erfahren.

»Natürlich nicht!«, antworte ich. »Und er wird auch keine Silbe davon erfahren.«

»Das wollte ich hören«, sagt Shiona erfreut – schiebt aber sofort eine direkte Warnung hinterher: »Alles andere würde ich auch als Verrat ansehen. Treue und Verschwiegenheit sind das höchste Gut bei uns. Dagegen solltest du auf keinen Fall verstoßen. Wenn du verstehst …?«

»Ich verstehe sehr gut«, versichere ich ihr. Und beginne, ihr alles zu erzählen, was Tim berichtet hat und sie nach Auffassung von uns YOUNG AGENTS erfahren soll: dass Vizes Bande ein großes Ding plant, mitten in Shionas Revier. Denn damit will Vize ein Zeichen setzen: dass er das Revier erobert hat und es künftig ihm gehört.

Shiona springt wütend auf, als sie das hört, pfeffert ihr Glas mit Mangoschorle an die Wand und kann sich gar nicht mehr beruhigen.

»Was bilden sich diese Affen eigentlich ein?«, wettert sie. »Haben die überhaupt eine Ahnung, mit wem sie sich da anlegen? Das ist ein persönlicher Angriff! Nicht nur mir, vor allem meinem Vater gegenüber. Was glauben die denn, wer sie sind?«

Jetzt, da ich die aufgebrachte Shiona fuchsteufelswild und mit hochrotem Kopf durch das Sitzungszimmer hin- und herstampfen sehe, kann ich mir lebhaft vorstellen, dass sie ohne zu zögern die Motorradfahrer auf Ami, Tim und Asante gehetzt und den Schießbefehl erteilt hat. Ich habe mir keinerlei Illusionen über die Brutalität von Maffeis Bande gemacht, aber ich bin doch sehr erstaunt darüber, wie naht- und skrupellos Shiona in ihre Rolle geschlüpft ist.

»Wann und wo ist der Coup geplant?«, will sie wissen.

Aber genau das weiß ich leider ebenso wenig wie sie, da wir YOUNG AGENTS alle in dieser Frage noch im Dunkeln tappen.

»Morgen ist Lagebesprechung«, weiß ich nur zu sagen. »Im Schuppen 99.«

Für einen Moment hege ich die Hoffnung, dass vielleicht Shiona weiß, was und wo dieser »Schuppen 99« ist. Doch meine kurz aufkeimende Hoffnung wird jäh zerschlagen, als Shiona unwirsch fordert: »Du musst das herausbekommen! Unbedingt. Also nicht, wo dieser Schuppen ist. Der interessiert mich eigentlich nicht. Sondern wann und wo die ihren Coup landen wollen. Denen werde ich einen gebührenden Empfang bereiten, den sie nie vergessen werden.«

Ich nicke ihr zu. Und weiß insgeheim: Jetzt wird's gefährlich. Shiona plant den Showdown im Bandenkrieg. Und der wird mit Sicherheit nicht glimpflich ausgehen. Sondern ganz im Gegenteil: Wir müssen mit einer wilden Schießerei rechnen, vielleicht sogar mit einem Blutbad.

Wir YOUNG AGENTS müssen alles tun, um das zu verhindern, gleichzeitig aber beide Banden hochgehen und festnehmen lassen.

»Versprich mir, dass du es herausbekommst!«, fordert Shiona noch mal. »Bis spätestens morgen Abend.«

»Aber dann findet das Treffen doch erst statt«, wende ich ein.

»Eben«, erwidert Shiona. »Ich brauche die Informationen so schnell wie möglich. Am besten eben noch *vor* dem Treffen, um alles in Ruhe vorbereiten zu können und Vize immer einen Schritt voraus zu sein. Besorg also die Info, und dann sieh zu, dass du an dem Treffen teilnehmen kannst.«

Was ...? Wie soll ich denn ...? Ich will gerade etwas einwenden, doch dann fällt mir ein: Das ist genau das, was ich erreichen wollte. Shiona setzt volles Vertrauen in mich und will mich als ihre persönliche Spionin einsetzen. Auf diese Weise wären wir YOUNG AGENTS über mich stets aktuell über jeden Schritt der beiden Banden informiert. Besser geht's nicht. Die Frage bleibt nur, wie ich es anstellen soll, die Informationen über den geplanten Coup vor dem Treffen herauszubekommen und dann auch noch zu diesem eingeladen zu werden. Gegenüber Shiona aber verspreche ich selbstbewusst: »Okay. Wird erledigt. Kein Problem.«

Als ich eine knappe Stunde später zurück in der Agentenwohnung bin, um meinen Bericht abzugeben und die weitere Planung vorzunehmen, bekomme ich mit, was derzeit mit Tim passiert ist.

Naomi, die neben Balu am Computer sitzt, fasst es für mich kurz zusammen: »Tim steckt in einer Polizeiwache! Sie haben ihn erwischt!«

»Oh Shit!«, kommentiere ich. »Und jetzt?«

»Billy und Charles sind dorthin unterwegs. Sie sollen die Lage peilen und, wenn es geht, Tim da irgendwie rausholen!«

»Ihn befreien?«, frage ich nach. »Von der Polizei?«

Balu sieht kurz vom Bildschirm auf und antwortet. »Genau!

Das Gute ist: Tim hat sein Handy noch an. Ich kann alles mithören, was in der Wache gesprochen wird.«

Nachdem er es mir mitgeteilt hat, gibt er es auch an Billy durch.

»Echt?«, fragt Billy per Funk zurück. »Kannst du uns draufschalten, sodass wir auch alles mitbekommen?«

»Natürlich«, antwortet Balu.

Billy und Charles haben die Polizeiwache, zu der Tim gebracht wurde, fast schon erreicht. In ihren Ohrhörern vernehmen sie jetzt ein leichtes Knacken und Rauschen, dann hören sie dumpf ein paar Gesprächsfetzen, teilt Billy uns mit. Er kann nur schlecht verstehen, was in der Wache gesprochen wird; auch, weil er selbst noch durch dichten Großstadtlärm radelt.

Die Beamten auf der Wache scheinen gerade herauszubekommen, dass Tim aus einem Heim in München abgehauen ist und schon lange gesucht wird. Jedenfalls schnappen Balu und ich einzelne Wörter auf wie »München«, »Heim«, »unglaublich«, »machen wir sofort«, »wir bringen ihn« und setzen das Puzzle zusammen.

»Habt ihr das mitbekommen?«, fragt Balu über Funk.

»Ja. Bruchstückhaft«, antwortet Billy. »Die wollen Tim nach München zurückbringen!«

»Ja, das haben wir auch so verstanden«, antwortet Balu. »Aber wann?«

»Keine Ahnung«, sagt Billy. Es entsteht eine kleine Pause. Dann gibt Billy durch: »Wir haben die Polizeiwache jetzt erreicht. Wir halten an der gegenüberliegenden Straßenseite, vor einer kleinen Ladenzeile.«

»Das Einfachste für die wäre wohl, ihn in ein Flugzeug zu setzen und nach München zu fliegen, wo ihn direkt jemand vom Heim abholt«, gebe ich meine Vermutung per Funk durch.

Doch Billy widerspricht. »Tim ist aus dem Heim weggelaufen. Geflohen. Die werden ihn niemals ohne Bewachung allein in einen Flieger setzen.«

»Wartet mal!«, bittet Balu.

Er und ich hören, dass in der Wache gerade wieder etwas über Tim gesprochen wird. Da der sein Smartphone immer noch in der Hosentasche hat, ist es nur sehr schwer zu verstehen. Aber soweit wir es verstanden haben, hat sich gerade jemand angeboten, Tim nach München zu bringen.

»Mit dem Auto?«, frage ich verwundert. »Von Hamburg nach München?«

»Das wundert mich auch«, gesteht Billy. »Aber... Moment mal... Mist! Ich verstehe nichts!«

»Wir haben es hier verstanden«, beruhigt ihn Balu. Und schaut mich dabei an. Ich nicke ihm zu, dass ich das bestätigen kann. »Die informieren erst mal hier das Jugendamt. Wann er nach München gebracht werden soll, haben sie nicht gesagt. Wartet... Hört ihr das im Hintergrund? Ich glaube, ein Polizist versucht gerade, jemanden vom Jugendamt zu erreichen.«

»Um diese Zeit?«, werfe ich ein. »Das ist doch eine Behörde. Kann man da jetzt noch jemanden erreichen?«

»Die haben doch auch so etwas wie einen Notdienst, oder?«, antwortet Billy.

Wir hören jetzt wieder einzelne Wortfetzen wie »Jugendamt«, »ihn abholen«, »am besten gleich«... Schließlich ist das Telefonat beendet, und der Polizist informiert seine Kollegen: »Es kommt gleich jemand vom Jugendamt, der ihn abholt.«

Balu, Naomi und ich sehen uns bestürzt an.

»Er wird also heute hier in einem Heim untergebracht?«, frage ich und stelle mir sogleich vor, was das für den armen Tim bedeuten muss.

»Und dann von dort wohl in den nächsten Tagen nach München gebracht«, ergänzt Naomi. Auch sie fühlt mit Tim mit. »Schöne Scheiße!«

»Können wir ihn... wirklich befreien?«, frage ich unsicher.

»Wir werden sehen«, antwortet Naomi. »Warten wir und legen uns auf die Lauer.«

»Das ist der Sozialarbeiter vom Jugendamt!«, stellt der Polizist mir einen Mann vor, der soeben die Wache betreten hat.

»Hallo!«, sagt er. »Ich bin Basti.«

Basti? So hieß doch der Sozialarbeiter, von dem Billy und Abena erzählt haben. Der aus der Flüchtlingsunterkunft, als die beiden Asante und Ben kennenlernten. Auch die Beschreibung passt: dünnes Zauselbärtchen, halblange, braune Haare, mit einem einfachen Gummiband zu einem mickrigen Zöpfchen zusammengebunden. Er scheint sogar dieselben Klamotten zu tragen wie in der Beschreibung: ausgewaschene Jeans, ein viel zu großes, schlabberiges T-Shirt in einer Farbe irgendwo zwischen Olivgrün und Graubraun. Soll das etwa heißen, die wollen mich in der Wohnunterkunft unterbringen? Das wäre ja genial. Die ist nicht bewacht. Da könnte ich sofort abhauen. Dann brauche ich es zumindest jetzt nicht zu versuchen. Aus der Wohnunterkunft wegzulaufen wäre einfacher.

Doch bevor ich mich vorstellen und sonst irgendwie mit Basti ins Gespräch kommen kann, geht der sofort auf die Polizisten los.

»WAS IST DAS DENN?«, schimpft er. »DAS IST EIN KIND! SIE KÖNNEN DOCH EIN KIND NICHT MIT HANDSCHELLEN AN EINE BANK FESSELN!«

Ja, es stimmt. Die haben mich an der Sitzbank fixiert, auf der ich sitze. Für mich war das normal. Schließlich bin ich ein gesuchter Ausreißer. Basti aber empfindet das offenbar als Skandal.

Es folgt ein kurzes, heftiges Wortgefecht zwischen den Polizeibeamten und Basti, in dem die Polizisten mehrfach darauf hinweisen, dass ich wiederholt aus dem Münchener Heim ausgebrochen ist. Im Laufe des Gefechts fragen die Polizisten nach, wo genau Basti mich in dieser Nacht unterzubringen gedenkt, woraus sich gleich ein neues Streitgespräch entwickelt, das schließlich damit endet, dass ich zur Übernachtung in einer Zelle der Polizeiwache untergebracht werde.

Mist! Von hier gibt es natürlich kein Entkommen. Und mir bleibt nichts übrig, als den nächsten Tag abzuwarten. Morgen Vormittag will Basti mich abholen und persönlich nach München bringen. Wenn das so sein wird, werde ich gut abhauen können. Basti wird sicherlich nicht in der Lage sein, mich daran zu hindern. Das einzige Problem ist: Wenn die Polizisten Basti genauso einschätzen wie ich, dann werden sie ihn nicht allein mit mir gehen lassen. Vielleicht ist es ihnen aber auch egal. Sie haben ihren Dienst geleistet, indem sie mich aufgespürt haben. Der Rest ist Sache des Jugendamts. Leider musste ich mein Handy abgeben. So kann ich mich nicht mit den anderen YOUNG AGENTS verständigen. Ich hab aber gesehen, dass die Polizisten es zur Verwahrung in eine Ablageschale auf ihrem Schreibtisch gelegt haben. Und soweit ich es beobachtet habe, haben sie es nicht abgeschaltet. Das wäre super. Denn dann konnten Balu und Naomi alles mithören.

DOPPELAGENTIN ABENA

Dass Billy und Charles noch immer dabei sind, die Polizeiwache zu überwachen und zu beobachten, was mit Tim geschehen soll, ist vielleicht eine gute Gelegenheit, wieder auf meine Aufgabe zurückzukommen. Shiona erwartet einiges von mir, und ich muss in dem Punkt irgendwie vorankommen. Auch wenn es vielleicht gerade wichtiger scheint, uns um Tim zu kümmern, dürfen wir unseren Auftrag auch nicht aus den Augen verlieren. »Ihr habt es mitgehört«, wage ich, das Gespräch und die Aufmerksamkeit auf meine Aufgabe zu lenken. »Ich soll morgen zum Treffen von Vizes Bande. Wäre ja alles kein Problem, wenn Tim wie geplant dabei wäre. Er könnte mir alles berichten, um es an Shiona weiterzugeben. Aber was jetzt? Tim ist nicht da. Können wir das Treffen irgendwie abhören?«

»Solange wir nicht wissen, wo dieser ›Schuppen 99‹ ist, haben wir keine Chance«, stellt Balu nüchtern fest.

Doch Naomi sieht das anders. »Wie Shiona gesagt hat: Du holst dir die Info vorab.«

Ich ziehe die Augenbrauen hoch. »Du meinst, ich soll Ami treffen?«

Naomi zuckt mit den Schultern. »Ich denke, es wäre noch besser, dich direkt mit dem Vize zu treffen.«

»Wie soll ich das denn machen?« frage ich. »Ich kenne den doch überhaupt nicht.«

»Du weißt, dass Shiona der Boss der Einbruchsbande ist«, erklärt Naomi mir. »Ich vermute, der Vize und sein Chef wissen das auch. Nur deshalb wagen sie es vermutlich, Maffeis Bande den Krieg zu erklären. Sie trauen seiner Tochter nichts zu. Trotzdem wäre es für sie natürlich von großem Nutzen zu wissen, was Shiona plant. Und du bist eine *Freundin* von ihr.«

»Wow! Ich verstehe«, sage ich. Aber das muss ich erst mal verdauen. Ich trinke einen Schluck von dem köstlichen Tee, den Balu uns allen zubereitet hat. Sein Masala Chai mit frisch gehacktem Ingwer, Milch, Honig und Gewürzen, die nach Weihnachten riechen, schmeckt um Klassen besser als der englische Breakfast-Tea, den Charles uns normalerweise serviert.

Ich setze die Teetasse wieder ab und versichere mich noch mal: »Du meinst, ich soll als Doppelagentin agieren?«

Naomi lächelt. »Wenn man es ganz genau nimmt, wirst du sogar Dreifach-Agentin: Shiona denkt, du bist ihre Spionin beim Vize. Der Vize wird dich mit Freuden zu seiner Spionin bei Shiona machen. Und in Wahrheit bist du eine von uns YOUNG AGENTS und spionierst beide für uns aus.«

»Und wie finde ich den Vize?«, will ich wissen.

Darauf antwortet nun Balu: »Naomi hat bei Tims erstem Einsatz einen GPS-Chip an den Van geklebt. Ich hab ihn geortet. Er steht gerade vor einer ziemlich prächtigen Villa an der Alster. Es könnte gut sein, dass dort der Vize wohnt.«

»Ich soll da einfach so hingehen und an der Tür klingeln?«, frage ich.

Meint Balu das ernst?

»So ähnlich«, antwortet Naomi schmunzelnd. »Nur: Wir gehen zu zweit. Und wir klingeln auch nicht.«

Um Mitternacht stehe ich gemeinsam mit Naomi vor der Villa, vor der der geortete Van parkt. Erstaunlicherweise ist er schon vollständig repariert. Die zersplitterte Rückscheibe ist ebenso ausgewechselt, wie die Einschusslöcher ausgespachtelt und überlackiert worden sind. Aber es ist zweifelsfrei der Van, an dem Naomi den GPS-Magnet angebracht hat. In der Villa brennt noch Licht. Ähnlich wie Thorsten Maffeis Villa steht das Haus weiter hinter auf dem Gelände. Hier vorn ist der Zugang durch ein breites, automatisches Tor verschlossen. Vor dem Haus stehen ein paar Sportwagen.

»Meinst du wirklich, der Vize wohnt hier?«, frage ich.

Naomi zeigt lächelnd auf die parkenden Sportwagen, anschließend auf die Klingel neben dem Tor, deren Klingelkopf ein Totenkopf ist. Auf den Säulen zu beiden Seiten des Eingangstors triumphieren seltsam kitschige, vergoldete Figuren: Die eine stellt wohl so etwas wie einen Gladiator dar, die andere einen Adler.

»Hat Tim nicht erzählt, dass der Vize aussieht und sich

offenbar auch fühlt wie ein Rapper?«, fragt Naomi. »Ich denke, er hat sich auch eingerichtet, wie seiner Meinung nach Rap-Stars wohnen.«

Ich muss lachen. Nie zuvor habe ich ein derart albern-protzig gestaltetes Eingangstor gesehen. »Wenn es nicht so ernst wäre, würde ich dort drinnen vermutlich gleich einen Lachanfall bekommen.«

»Untersteh dich!«, warnt Naomi. »Es ist nicht nur wichtig, dass wir es nicht vergeigen, sondern es wäre noch dazu hochgefährlich. Vergiss das nicht! Auf keinen Fall darfst du zu leichtsinnig werden.«

Sie zeigt auf den Van. »Erinnere dich an die Schießerei. Der Vize hat mit einer Pistole aus dem Wagen zurückgeballert. Der schreckt vor nichts zurück!«

Sie hat recht, und ich bin schnell wieder ernst geworden.

»Ich bekomme das hin«, verspreche ich.

»Hast du das Mikro noch im Kragen?«

»Klar.«

»Dann los! Ich bleibe draußen. Wenn es nötig ist, bin ich zur Stelle.«

Naomi verschwindet aus dem Sichtbereich des Eingangstores, ich drücke auf die Totenkopfklingel. Mir ist bewusst, dass ich über diverse Überwachungskameras beobachtet werde.

Es meldet sich jemand über die Sprechanlage.

»Hallo, ich bin Abena. Spreche ich mit Vize? Ich bin eine Freundin von Tim.«

»Wer ist Tim?«

»Der Zwerg, mit dem ihr neulich eure Verfolger plattgemacht habt. Ich habe eine wichtige Information für euch.«

»Von wem?«

»Von mir. Aber *über* Shiona und den Clan ihres Vaters. Ich bin auf eurer Seite. Auf der Seite von Tim. Tim wurde geschnappt. Es ist wichtig.«

Statt einer Antwort folgt ein Türsummen. Es öffnet sich eine im großen Eingangstor integrierte kleinere Tür für Fußgänger. Ich trete ein und gehe die Auffahrt entlang.

Wo in Maffeis Stadtvilla die Auffahrt von Koniferen gesäumt wird, stehen hier grellweiße, kugelförmige Lampen Spalier wie auf der Landebahn eines Flughafens. Geblendet kneife ich ein wenig die Augen zusammen. Mein Weg führt an den parkenden Sportwagen vorbei, weiter an einem beleuchteten Swimmingpool entlang, nebst Poolhaus, an dessen Ende es neben einer imposanten Hausbar mit Großbild-Plasma-TV-Gerät zu einem doppeltürigen Hauseingang geht, der weit offensteht. Aus dem Haus dröhnt laute Rapmusik.

Ich kann unbehelligt eintreten und stehe plötzlich in einem riesigen Raum. Ich weiß nicht, ob das ein Foyer oder ein Wohnzimmer sein soll oder eine Spielhalle oder ein Fitnessraum. Es scheint alles auf einmal zu sein. Auch hier steht ein riesiger Plasma-Bildschirm, auf dem Rapmusik-Clips laufen. Wild im Raum verteilt stehen ein Kickertisch, ein Billardtisch, ein Fitness-Stepper, ein Flipperautomat, ein riesiger Spiegel mit Fitnessbank und ein Regal mit lauter Hanteln. Trotz der zahlreichen, monströsen Geräte wirkt hier nichts gedrängt oder eng. Es ist Platz genug da für alles. Der Raum ist so riesig wie eine Turnhalle. Folglich entdecke ich – niemanden!

Ich stehe mutterseelenallein in dieser lauten und grell erleuchteten Vergnügungshalle.

Plötzlich ertönt direkt hinter mir eine Stimme: »Was für ein reizender Besuch mitten in der Nacht.«

Ich erschrecke nur deshalb nicht, weil ich auf irgendeine Art von Überraschung gefasst war. Langsam drehe ich mich um.

Vize steht vor mir. In der einen Hand eine brennende Zigarre, die – wie ich sofort erkenne – erst vor wenigen Sekunden angezündet wurde. Offenbar will Vize mich damit beeindrucken. In der anderen Hand hält er ein Kristallglas mit einem braunen, eisgekühlten Getränk, das ebenso gut Cognac wie Eistee sein könnte.

»Ich höre!«, sagt Vize.

Ich stutze. Ich habe erwartet, dass mir ein Drink und ein Platz angeboten werden. Doch Vize kommt gleich zur Sache. Er will die Info haben.

Also lege ich los. »Du weißt sicher, dass Tim in München aus einem Heim abgehauen ist. Jetzt hat die Polizei ihn geschnappt.«

»So? Wobei denn geschnappt?«

»Einfach so. Auf der Straße. Er wird vom Heim in München gesucht. Und zwei Zivilpolizisten haben ihn aufgegriffen.«

Vize bleibt völlig ungerührt. »Und? Was geht mich das an?«

»Na ja«, sage ich. »Er wurde direkt vor Amis Haustür

aufgegriffen. Da stellt sich die Frage: Was haben zwei Zivilpolizisten vor dessen Hauseingang zu suchen? Beobachten die ihn? Hat Ami ihnen sogar einen Tipp gegeben? Also, Zufall wird es ja wohl nicht gewesen sein.«

Ich erkenne: Ich habe Vizes Interesse geweckt.

»Ach?«, sagt Vize. Betont lässig und ruhig.

Doch das Zucken seiner Oberlippe und der rechten Augenbraue verrät mir, wie angespannt Vize plötzlich ist. Kein Wunder: Da platzt mitten in der Nacht ein fremdes Mädchen ganz unverblümt in sein Haus, erzählt ihm Details über seine Bande und bezichtigt seinen Vertrauensmann des Verrats? Das ist schon ein starkes Stück.

»Erzähl weiter!«, fordert Vize mich auf.

Er geht an mir vorbei und setzt sich auf ein breites, weißes Ledersofa, das ebenfalls mitten im Raum steht. Ich drehe mich mit ihm mit, bleibe aber stehen.

»Shiona plant einen großen Gegenschlag gegen euch«, fahre ich fort. »Da sollte man natürlich vorsichtig sein, wem man was erzählt, und sich genau angucken, wem man vertraut.«

Vize trinkt sein Glas in einem Zug leer und stellt es auf der Sofalehne ab.

»Und diejenige bist du oder was? Da kommt so ein Mädchen wie du daher und meint, mir erzählen zu müssen, wie ich meine Geschäfte zu organisieren habe?«

Ich hebe abwehrend die Hände.

»Keineswegs. Ich bin nur hier, weil ich Tim beistehen will. Und dachte, du könntest ihm vielleicht aus der Klemme helfen.

Mehr nicht. Na ja, bisher hab ich für Shiona gearbeitet. Und Tim meinte, eure Gruppe wäre irgendwie besser.«

»Du arbeitest für Shiona?« Der Vize schält sich nun schwerfällig aus seinem weichen Sofa und schwabbelt hinüber zu seiner Hausbar, während ich die Gelegenheit nutze, mich schnell weiter umzusehen. Ist er etwa allein in seinem riesigen Haus? Was machen all die Sportwagen vor der Tür? Sind das alles seine? Keine Leibwächter vor Ort? Keine Komplizen?

Vize schenkt sich sein Glas aus einem Tetra Pak wieder voll.

Aha, also wirklich Eistee.

Und kehrt zurück zum Sofa.

»Durst?«, fragt er.

»Ja. Vielleicht ein Glas Wasser?«, antworte ich.

Vize zeigt zur Bar. »Bedien dich!«

Ich gehe rüber zum Kühlschrank, der hinter dem Bartresen steht, um mir eine kleine Flasche Sprudel herauszuholen.

Als ich die Kühlschranktür wieder schließe, fällt mein Blick aus dem Fenster zum Poolhaus, und ich bin so überrascht, dass mir um ein Haar die Flasche aus der Hand gefallen wäre. An der seitlichen Eingangstür prangt in großen, weißen, mit Flügeln versehenen Ziffern die Zahl 99! Sofort ist mir klar: *Das* hier ist »Schuppen 99«, wo morgen Abend um 21 Uhr die Planung des großen Coups stattfindet soll!

»Was ist das denn?«, frage ich wie beiläufig. Ich spreche jetzt lauter als eben, weil Balu und Naomi alles über mein Mikro im Kragen mitbekommen sollen. Ich zeige hinaus.

»Das Poolhaus?«, fragt Vize.

»Die Zahl«, antworte ich. »99?«

»Das Poolhaus ist einer unserer Treffpunkte. Wir nennen ihn scherzhaft ›Schuppen 99‹«, erläutert Vize.

Ich bleibe am Tresen stehen. Von hier aus habe ich das Poolhaus weiter im Blick. Außerdem muss Vize über die Entfernung lauter sprechen. Das dürfte das Mithören für Balu und Naomi erleichtern. »Und wieso die 99?«

Vize lacht. »Ach, wir hatten mal einen Einbruch bei irgend so einem esoterischen Spinner. Die ganze Bude war voll mit bunten Steinen und Federn und Trommeln und überall hingen Bilder von Engeln.«

»Engeln?«, frage ich.

»Ja«, sagt Vize. »Stell dir vor: Im Schlafzimmer war ein riesiger Engel an die Wand gemalt, bis zur Decke, bestimmt vier Meter hoch. Und irgendwo lagen so Magazine rum. Darauf stand, die 99 wäre eine Engelszahl. Wenn man die 99 sieht, dann sind angeblich Engel in der Nähe.«

Vize trinkt seinen nächsten Eistee leer, kichert vor sich hin, und erläutert weiter. »Na, wenn das nicht passt. Wir sind doch alle Engel hier. Oder etwa nicht?«

Er klopft sich lachend auf die Schenkel. »Viel cooler als immer nur diese 666 für den Teufel. Ist doch langweilig. Hier!«

Vize zeigt mir sein rechtes Schulterblatt, worauf genau das gleiche Bild tätowiert ist, wie auf der Eingangstür des Poolhauses zu sehen ist: eine 99 mit beflügelten Ziffern.

»Cool, oder?«

»Übrigens, den Pool finde ich echt mega!«, umschmeichle ich ihn jetzt. »Ich war noch nie in einem Haus mit Pool.«

Das stimmt zwar nicht, aber das braucht Vize ja nicht zu

wissen. Im Gegenteil: Weil meine Eltern im diplomatischen Dienst arbeiten, bin ich schon das eine oder andere Mal auf irgendwelchen wichtigen Empfängen in den Genuss gekommen, mich in luxuriösen Privathäusern aufzuhalten. »Darf ich mal?«

»Was?«, fragt Vize. »Schwimmen?«

Ich strahle ihn an. »Ja!«

Vize schmunzelt und fühlt sich tatsächlich geschmeichelt.

»Du trägst einen Bikini unter deinen Klamotten?«, fragt er überrascht.

»Nein«, antworte ich knochentrocken. Ich denke, das wird ihn beeindrucken.

Vize fällt die Kinnlade herunter.

Und ich wiederhol meine Frage betont cool: »Darf ich?«

»Öh ... ja ... äh ... klar.«

Er ist sichtlich perplex. Gut so.

Ich gehe hinaus zum Pool, ziehe meine – also eigentlich ja Naomis – Bluse aus und werfe sie auf den Stuhl, der dem Poolhaus am nächsten steht, wobei ich darauf achte, dass die Kragenseite mit dem eingenähten Mikro oben liegt, damit Balu und Naomi alles mithören können, was Vize sagt. Hier draußen sind die Nebengeräusche deutlich geringer, denn Vizes Musik läuft nur innen. Nun ziehe ich Sandalen und Hose aus.

Ich drehe mich selbstbewusst um, springe in den Pool und schwimme zwei Bahnen. Dann steige ich wieder aus dem Pool, an dessen Rand sich Vize mit seinem dritten Eistee gestellt hat. Mit der freien Hand reicht er mir ein großes Badetuch.

»Danke«, sage ich, nehme es entgegen, halte es vor meinen Körper und fordere ihn auf: »Umdrehen!«.

Damit mache ich ihm unterschwellig klar, dass er eigentlich schon viel zu viel gesehen hat. Vize versteht sogar und entschuldigt sich: »Ich muss eh kurz aufs Klo.« Und geht.

Es läuft perfekt. Ich eile zu meiner Bluse, pule den Mikrochip aus dem Kragen, schaue mich um, wohin ich ihn platzieren könnte, und entdecke im Poolhaus eine große, kitschige Engelsfigur. Vermutlich sogar eine Bronze.

Ich vergewissere mich noch mal, ob Vize wirklich außer Sichtweite ist, dann stecke ich das knopfgroße Mikro dem Engel ins bronzene Haar, trockne mich hastig ab, springe – das lässt sich jetzt nicht ändern – mit nasser Unterwäsche in meine Klamotten und bin rechtzeitig fertig, als Vize zurückkommt.

»Ich muss dann auch mal los«, empfange ich ihn lächelnd.

Von Tim ist keine Rede mehr. Und wenn Vize nicht darauf zu sprechen kommt, werde ich es auch nicht.

»Also, viel Erfolg! Wenn ich neue Infos von Shiona habe, melde ich mich.«

»Perfekt«, sagt Vize. »Danke, dass du gekommen bist.«

»Gern.« Ich werfe einen letzten Blick auf den Pool, grinse den Vize frech an und sage: »Macht Spaß, für dich zu arbeiten.«

Vize läuft ein bisschen rot an. »Ebenso mit dir.«

»Aber hab Ami im Auge. Wirklich!«, erwähne ich noch mal.

Und dann gehe ich.

Draußen empfängt mich Naomi, die alles mitgehört, aber natürlich nicht gesehen hat, wie ich mich ausgezogen hab.

Jetzt starrt sie nur auf meine feuchten Klamotten.

»Man muss Opfer bringen«, erkläre ich lachend.

Auch Naomi lacht. »Sehr clever. Das hast du super gemacht. Jetzt haben wir ein ständiges Ohr mitten im Treffpunkt der Bande.«

»Danke!«, sage ich und erröte mehr als eben bei Vize im Pool. »Ich bin ja auch dein Schützling.«

Noch in derselben Nacht halten Billy, Charles, Naomi, Balu und ich eine kurze Videokonferenz ab, um uns gegenseitig auf den Stand der Dinge zu bringen.

Tatsächlich hat dieser Basti vor, allein mit Tim mit dem Zug nach München zu fahren, um ihn dort dem Heim zu übergeben. Wir YOUNG AGENTS spielen darum mit dem Gedanken, gar nicht mit in den Zug einzusteigen, weil wir eigentlich davon überzeugt sind, dass Tim mit so einem Schlurfi wie Basti schon allein fertigwerden wird, um ihm zu entwischen.

Um sicherzugehen, ob das wirklich funktioniert, wollen wir aber so dicht wie möglich an Tim dranbleiben. Also machen sich Naomi und Billy am Morgen auf den Weg, Tim unauffällig zu folgen, um ihn gegebenenfalls zu befreien. Charles hält sich mit der Drohne ebenfalls bereit. Ich soll im Laufe des Vormittags Kontakt zu Shiona aufnehmen, um zu erfahren, ob es neue Pläne gibt und wie der Bandenkrieg zwischen den beiden Clans sich entwickelt. Balu sitzt in der Agentenwohnung, um alle Aktivitäten zu überwachen und zu koordinieren.

Es ist elf Uhr vormittags, und wir YOUNG AGENTS sind alle, wie zuvor abgesprochen, auf unseren Posten.

Naomi und Billy haben als Info für uns andere gerade durchgegeben, dass Tim im Schlepptau von Basti gerade die Polizeiwache verlassen hat. Aber – dass da noch ein weiterer Begleiter dabei ist, womit wir nicht gerechnet haben. Eindeutig ein Polizist in Zivil. Da bin ich aber schon auf dem Weg zu Shiona.

Dieses Mal treffe ich sie nicht in dem großen Besprechungsraum, sondern in ihrem Zimmer im oberen Stock der Villa. Shiona brennt darauf, Neuigkeiten zu erfahren.

»Hast du herausbekommen, wann der Coup geplant ist?«, fragt sie mich.

Ich schüttle den Kopf. »Leider noch nicht. Ich denke aber, sehr bald. Vielleicht sogar schon morgen.«

»Verdammt!«, sagt Shiona.

»Aber vorher findet heute Abend ja noch das Treffen statt«, versuche ich Shiona ein wenig zu besänftigen.

»Bist du denn dabei?«, fragt Shiona.

»Ja«, schwindle ich. Na gut, so ganz gelogen ist es nicht einmal. Zwar werde ich bei dem Treffen nicht persönlich anwesend sein, dafür aber mein gut platziertes Miniaturmikrofon.

»Da bleibt uns kaum Zeit. Du musst mich unbedingt anrufen, gleich nach der Sitzung. Wir müssen Vizes Bande einfach zuvorkommen. Unbedingt.«

»Wieso eigentlich?«, frage ich nach.

Shiona schaut mich verdutzt an, als ob ich meine Frage nicht ernst gemeint hätte, antwortet dann aber doch: »Um klarzustellen, wem das Revier gehört, natürlich. Das geht nicht, dass die in *meinem* Revier klauen. Schon gar nicht, dass sie einen großen Coup landen, mit dem sie ihre Stärke beweisen wollen. Wir schnappen ihnen den Einbruch vor der Nase weg. Dann wissen sie, wer hier die Nummer eins ist und das Sagen hat.«

»Verstehe«, sage ich.

»Ich trommle für heute Abend auch meine Crew zusammen«, kündigt Shiona an. »Nur mit dem Unterschied, dass *wir* loslegen, sobald wir alle Infos haben. Heute Nacht noch!«

»Was?« Ich muss mich beherrschen, um nicht erschreckt aufzuspringen. Schnell versuche ich, meine Überraschung und Bestürzung zu überspielen.

»Kann ich 'ne Cola haben?«

»Klar.« Shiona geht zum Kühlschrank.

Und mir rattert durch den Kopf: *Was sollen wir jetzt machen?* Der Plan von uns YOUNG AGENTS war doch, dass die beiden konkurrierenden Banden zeitgleich am Tatort des großen Coups aufeinandertreffen. Dann hätte ein Einsatzkommando sie möglichst vollständig auf frischer Tat ertappen und festnehmen können.

Als Shiona mit der Cola zurückkommt, habe ich mich wieder gefangen.

»Danke«, sage ich. »Ich muss auch gleich wieder los. Ich sage dir heute Abend Bescheid.«

»Das brauchst du nicht«, widerspricht Shiona.

Ich stutze. »Was brauche ich nicht?«

Shiona geht zu einem Schränkchen in ihrem Zimmer, holt etwas aus einer kleinen Schublade heraus und überreicht es mir. Ich erkenne sofort, was es ist, tue aber so, als hätte ich so etwas noch nie zuvor gesehen.

»Das ist ein kleiner Abhörsender«, erklärt Shiona. »Ein Minimikrofon, wenn du so willst.«

Ein ähnliches Teil – wenn auch moderner, ausgereifter und von höherer Qualität – habe ich gestern Abend in der Bronzeskulptur in Vizes Haus versteckt. Dass die Einbrecherbande technisch fast so gut ausgerüstet ist wie unsere Geheimdienstabteilung, hätte ich mir nicht träumen lassen.

»Trag es einfach bei dir«, sagt Shiona. »Dann können wir alles live mithören, blitzschnell reagieren, und du musst dich nicht bei mir melden, um alles umständlich zusammenzufassen.«

Sie geht nah an mich heran, um mir das Teil zu erklären: »Hier stellst du es an. Alles ganz easy.«

»Ist gut«, sage ich. »Mache ich.«

TIMS BEFREIUNG

Auf dem Bahnsteig 14 des Hamburger Hauptbahnhofs stehe ich mit Basti, aber auch mit einem Zivilpolizisten, der überraschend mitgekommen ist. Zwar hat der darauf verzichtet, mir Handschellen anzulegen, weil es wohl doch zu aufsehenerregend wäre, öffentlich einen Elfjährigen gefesselt mit sich zu führen. Aber vermutlich würde er mich schnell einholen und zu fassen bekommen, wenn ich jetzt einfach wegliefe.

Aus den Augenwinkeln habe ich gesehen, dass oben auf der Fußgängerbrücke, die über alle Gleise führt, Naomi und Billy stehen und mir folgen. Vielleicht haben die sich schon einen Flucht- oder besser: Befreiungsplan ausgedacht?

Der ICE rollt ein, und wir setzen uns zu dritt in ein Abteil. Ich muss am Fenster sitzen, Basti neben mir und der Polizist mir gegenüber. Von hier komme ich nicht mehr weg. Mist! Ich hätte es wohl doch wagen sollen, vom Bahnsteig aus abzuhauen, mich durch die Menschenmengen schlängeln und im Vollsprint durch die Bahnhofshalle. Die Chance, dass das geglückt wäre, wäre allerdings nur gering gewesen. Und dann hätten sie mich vielleicht doch in Handschellen festgesetzt. Wer weiß?

So muss ich jetzt mal abwarten, was passiert.

Kaum hat sich der ICE in Bewegung gesetzt, sehe ich Naomi durch den Gang an unserem Abteil vorbeigehen. Sie schaut nur beiläufig ins Abteil, in dem außer Basti, dem Polizisten und mir mittlerweile noch eine Mutter mit zwei Kindern sitzt.

Damit weiß ich: Billy und Naomi sind im Zug. Dann haben sie sicher auch einen Plan, mich hier herauszuholen. Ich muss also aufmerksam und bereit sein.

Mein Handy habe ich zwar wiederbekommen, aber ich darf es nicht anstellen. Somit habe ich keine Möglichkeit, mit den anderen Verbindung aufzunehmen.

Kurz darauf kommt plötzlich Billy zu unserem Abteil. Er öffnet die Abteiltür und geht freudig auf Basti zu. »Hallo! Sie hier? Das ist ja ein Zufall!«

»Hallo!«, grüßt Basti freudig zurück. »Wie geht es dir? Schade, dass ihr so schnell wieder aufgegeben habt.«

Basti spielt darauf an, dass Abena und Billy sich als freiwillige Helfer ganz schnell wieder abgemeldet haben. Sie hatten den Kontakt, den sie brauchten. Damit war ihr Dienst bei Basti hinfällig.

»Aber schön, dass Ersatz aus deiner Klasse gekommen ist«, fügt Basti noch hinzu.

Ich sehe Billys Miene an, dass er keine Ahnung hat, wovon Basti spricht.

»Na, Walter aus deiner Klasse hat sich doch bei uns

gemeldet. Weißt du das nicht?«, hilft ihm Basti auf die Sprünge.

Billy muss kurz schmunzeln.

Ebenso wie ich.

Gonzo hat sich offenbar als freiwilliger Helfer bei Basti gemeldet, nachdem er erfahren hat, dass Abena und Billy dort Dienst tun. Offenbar hat Gonzo nicht mitbekommen, dass die beiden gar nicht mehr da sind.

»Ach, der«, tut Billy jetzt so, als wüsste er von Gonzos neuem Engagement und hätte es nur kurz vergessen. »Klar. Super. Na ja, ich wollte nur kurz Hallo sagen. Ich fahre mit meinen Eltern zu meinen Großeltern.«

Da Billy die ganze Aufmerksamkeit von Basti und dem Polizisten auf sich zieht, nutze ich die Gelegenheit, heimlich das Handy in meiner Hosentasche anzuschalten.

Nachdem das gelungen ist und Billy es immer noch schafft, meine beiden Bewacher abzulenken, gelingt es mir nachzusehen, ob es Nachrichten gibt.

Wie ich es mir gedacht habe: Billy ist gekommen, um die beiden abzulenken, damit ich die Nachricht lesen kann. Denn sie ist von ihm. Sie enthält die Instruktion, dass ich gleich, wenn wir in Hannover einfahren, zur Toilette gehen soll, um dann auf dem Bahnsteig durch Klofenster zu türmen. Naomi und Billy werden meine Bewacher von mir fernhalten.

Okay, ich weiß Bescheid und stecke das Handy schnell wieder ein.

»Also, gute Fahrt noch!«, verabschiedet sich Billy,

als er sieht, dass ich die Nachricht bekommen und das Smartphone weggesteckt habe.

Er schließt die Abteiltür und geht zurück zu Naomi.

Eine knappe Stunde später hat der ICE nur noch wenige Minuten, bis er den Hauptbahnhof Hannover erreicht. Ich sage Basti Bescheid, dass ich auf die Toilette muss, stehe auf und will losgehen.

Doch wie befürchtet, traut mir im Gegensatz zu Basti der Zivilpolizist nicht über den Weg.

»Ich komme mit!«, teilt er mir mit.

Ich nehme es schweigend zur Kenntnis. Damit habe ich gerechnet. Billy und Naomi werden sich um ihn kümmern – wie auch immer.

Ich gehe – gefolgt von dem Polizisten – den Gang entlang zum Klo. Die nächstgelegene Toilette aber ist geschlossen, weil sie defekt ist.

»Wir müssen eine andere nehmen«, teile ich meinem Bewacher mit, kehre um und gehe in die entgegengesetzte Fahrtrichtung, wieder an unserem Abteil vorbei, zur Toilette auf der anderen Seite des Waggons.

Dort werden Naomi und Billy vermutlich auf ihren Einsatz warten.

Ich gehe in die Kabine, schließe hinter mir ab und – freue mich. Denn mein erster Blick geht zum Fenster. Die obere Klappe ist auf Kipp geöffnet. Wenn es mir gelingt, die Klappe zu entfernen, kann ich mich – klein wie ich bin – vermutlich durchquetschen. Dazu muss ich die

Klappe aber mit Gewalt abbrechen, was mir mit einigen gut platzierten Karatetritten aber gelingen sollte.

Der Polizist steht draußen vor der Tür und wartet.

Der ICE fährt in den Bahnhof ein.

Draußen auf dem Gang höre ich jemanden laufen. Dann einen Sturz, einen Aufschrei und – klägliches Gejammer.

Das ist doch Naomi!

Kurz darauf höre ich Billy: »Was haben Sie getan?«

»Ich? Gar nichts.« Das war die Stimme meines Bewachers. Mit anderen Worten: Billys und Nomis Ablenkungsmanöver hat begonnen!

»Hast du dir wehgetan?«, höre ich den Polizisten besorgt fragen.

»Mein Fuß!«, jammert Naomi. »Mein Knöchel!«

»Warte«, sagt der Polizist. »Setz dich dort rüber. Achtung!«

Jetzt ist der Zeitpunkt. Ich muss hier raus. Mit einem gezielten und kräftigen Tritt befördere ich die Fensterklappe aus ihrer Verankerung.

»Was war das?«, höre ich den Polizisten fragen.

»Was?«, fragt Naomi zurück.

Und Billy behauptet: »In dem Abteil da vorn ist ein großer Koffer umgekippt.«

Ich warte einen kurzen Moment, ob der Polizist sich damit zufriedengibt.

Als nichts weiter geschieht, habe ich wohl freie Bahn.

Ich zwänge mich durch den schmalen Rahmen, in dem

eben noch die Klappe befestigt war, hinaus. Ich muss dabei höllisch aufpassen, weil auf dem gegenüberliegenden Gleis gerade ein Güterzug einfährt. Aber das ist mehr ein Glückfall als ein Hindernis.

Denn durch den Güterzug kann mich niemand vom dahinterliegenden Bahnsteig aus sehen. Außerdem bietet mir der Güterzug genau das, was der aalglatte ICE überhaupt nicht hat: Möglichkeiten, mich festzuhalten. So springe ich also vom Fenster rüber zum Güterwaggon, wo ich sofort zahlreiche Griffe, Halter, Tritte und Hebel vorfinde, an denen ich mich entlanghangeln kann.

Kurz darauf rollt der ICE schon wieder zur Weiterfahrt an.

Bleibt nur die spannende Frage, ob Billy und Naomi es jetzt auch noch rechtzeitig geschafft haben, aus dem Zug auszusteigen.

In dem Moment sehe und höre ich, wie das gesamte Toilettenfenster aus dem Rahmen heraussplittert. Unmittelbar darauf lugt Billys Kopf aus dem kaputten Fenster heraus.

Mit ein paar gezielten Tritten entfernt er die restlichen Glassplitter aus dem Rahmen, dann klettern erst er, dann Naomi aus dem WC-Fenster heraus und springen zu mir rüber auf den Güterwaggon. Wir drei klettern durch zwei Waggons hindurch zum Bahnsteig, während der ICE den Bahnsteig verlässt.

Kaum stehen wir drei auf dem Bahnsteig, fragt Naomi über Headset nach: »Charles, wo bist du?«

»Gerade gelandet!«, lautet die Antwort.

»Wo? Wir stehen auf dem Bahnsteig, Gleis 5.«

»I know«, sagt Charles. »Ich bin über euch. Auf das Dach.«

Ich konnte es mithören.

Trotzdem zeigt Naomi hinauf zum Dach des Bahnsteigs. »Du musst dort hoch. Charles wartet.«

Ich schaue mich um. »Wie soll ich da raufkommen?«

Es gibt nichts in der Nähe, worüber ich aufs Dach gelangen könnte; keine Leiter, kein Pfeiler. Nichts.

Doch dann hat Naomi eine Idee.

»Gar nicht«, antwortet sie. »Charles soll zu dir kommen.«

»Was?«, frage ich.

Naomi zeigt auf den Güterzug, der noch immer auf dem Gleis steht. Zwei Waggons tragen Container, dahinter ist ein Autozug, der auf zwei Ebenen Neuwagen transportiert, die alle noch mit Folie beklebt sind.

»Wenn er abfährt, springst du darauf«, weist Naomi mich an. »Über die Autos müsste es am leichtesten gehen.«

Ich versuche, es zu verstehen.

»Ich steige also bei einem der oberen Wagen aufs Dach…«, beginne ich.

»…und Charles fliegt hinter dem Zug her und pflückt dich ab«, beendet Naomi den Satz. »Das ist am Einfachsten und am Unauffälligsten. Solange der Zug noch aus dem Bahnhof fährt, versteckst du dich zwischen den Autos.«

»Kein Problem!«, verspreche ich.

Sofort renne ich los, springe auf den Autozug und verkrieche mich zwischen zwei Limousinen. Billy und Naomi können mich vermutlich schon nicht mehr sehen.

Ich warte, bis der Güterzug den Bahnhof verlassen hat. Dann klettere ich aufs Dach eines der Pkws, die in der unteren Etage des Autozugs stehen, hangle mich von dort ans Gerüst des Waggons, kraxle hinauf in die zweite Etage und dort auch wieder auf ein Autodach.

Noch hat der Zug nicht volle Fahrt aufgenommen, sodass ich mich gut auf dem Dach halten kann. Hinter mir sehe ich schon die Drohne näherkommen.

Es dauert nur wenige Sekunden, ehe sie direkt über mir schwebt.

Charles lässt ein Seil über eine Winde hinunter.

Ich packe es, springe ab, baumle am Seil.

Charles betätigt die Winde und ich werde in die Drohne hinaufgezogen.

»Der Spatz ist im Nest«, gibt Charles über Headset durch.

»Was?«, fragt Balu.

»Tim ist an Bord«, wiederholt Charles das, was er eigentlich sagen wollte.

Balu stöhnt auf. »Sag das doch gleich!«

»Das sollte sein Geheimsprache«, erklärt Charles.

»Was ist das denn für ein Quatsch?!«, schimpft Balu. »Wenn schon Codierung, dann muss man sich vorher auf sie einigen und ...«

»Alright, alright!«, unterbricht Charles ihn. »Ist ja schon gut. Tim ist jetzt bei mich.«

»Mir!«

»What?«

»Okay. Verstanden. Roger. Over!«

Der Funkverkehr bleibt aber offen, sodass Charles und ich in der Drohne Naomi und Billy weiter zuhören können.

Ich bekomme mit, dass der nächste Zug für die beiden nach Hamburg zwar planmäßig in vierzig Minuten kommen soll, aber voraussichtlich fünfzig Minuten Verspätung hat.

»Was?« höre ich Billy fluchen. »Wieso das denn?«

»Keine Ahnung«, antwortet Naomi. »Erkläre du es mir. Ich komme nicht aus Deutschland. In Paris beim TGV erlebe ich so etwas nicht. Und ich bin nicht bereit, jetzt eineinhalb Stunden warten.«

»Was haben die vor?«, frage ich Charles. »Es bleibt ihnen doch nichts anderes übrig, als auf den nächsten Zug zu warten.«

Charles lacht. »Da du kennst Naomi aber schlecht.«

Kurze Zeit darauf höre ich durch den immer noch offenen Funkverkehr Naomi wieder:

»Wir leihen uns einen Wagen.«

Ich verstehe es immer weniger. Ich weiß zwar, dass wir alle auf der Agentenakademie das Autofahren erlernt haben, aber natürlich besitzen wir in unserem Alter keinen Führerschein. Keiner von uns.

»Wo laufen sie hin?«, frage ich Charles, während wir mit der Drohne aus dem Stadtgebiet von Hannover herausfliegen.

»Ich denke, in eine Parkhaus, wo stehen die car to rent. You know?«

»Die gehen echt zu den Mietwagen?«, frage ich.

Charles zwinkert mir zu. »Yes, I think so.«

Und endlich begreife ich es auch: Naomi will ein Auto knacken!

»Das können die doch nicht machen!«, empöre ich mich.

Charles lacht nun noch lauter. »No? Das sagt eine Dieb, der bricht ein in große Villen.«

Wo er recht hat, hat er recht. Ich verstumme. Und hoffe mal, der Geheimdienst wird später dafür sorgen, dass der Wagen zurückgebracht wird, oder der Autovermietung zumindest mitteilen, wo sie ihr Auto wiederfindet.

»Hey!«, ruft Charles nun vergnügt über Funk die beiden an. »Which car you want?«

»Du hast mitgehört?«, fragt Billy erstaunt.

»Of course!«, antwortet Charles. »Natürlich.«

Dann hören wir wieder Naomi: »Du guckst in die falsche Richtung, Liam. Ich meinte dort hinten.«

»WAS?«, hören wir Billy.

»What? What?«, fragt Charles neugierig. »Which car do you want?«

»Wir...«, antwortet Billy zögerlich, als glaubte er seiner eigenen Aussage nicht, »...steigen gerade in...«

»... einen Porsche 911 Carrera!«, ruft Naomi dazwischen. »Yipiiiih! Und ich fahre!«

»Wieso das?«, fragt Billy.

»Weil ich ihn geöffnet habe«, antwortet Naomi lachend.

Charles und ich müssen auch lachen. Inzwischen fliegen wir mit der Drohne über plattes Land.

»Dann holen die uns ja fast ein!«, behaupte ich.

Doch Charles schüttelt grinsend den Kopf. »Never ever! Aber wir bleiben dran.«

Grinsend dreht er die Funkverbindung zu den beiden auf der Straße lauter.

Kurz darauf hören wir den dröhnenden Sound des Porsches.

»Anschnallen«, sagt Naomi.

»Bin ich schoooooooon«, will Billy gerade antworten, da startet Naomi schon mit quietschenden Reifen durch.

Kurze Zeit später befinden sie sich auf der Autobahn, die – wie wir schon von der Drohne aus gesehen haben – zum Glück nicht so voll befahren ist wie befürchtet.

»Was ist, wenn die jemand sieht?«, frage ich Charles. »Zwei Kinder im Porsche, das fällt doch auf.«

Naomi hat die Frage gehört, und antwortet: »Der Wagen hat getönte Scheiben. Man kann gar nicht richtig von außen reingucken. Außerdem fahre ich schnell genug. Da kriegen die Überholten das gar nicht richtig mit.«

»WAS?«, frage ich. »Wie schnell fährst du denn?«

»Sie... ist... schon bei... ZWEIHUNDERT!« ruft Billy. Und kreischt: »Bist du irre?«

»Nun heul mal nicht«, lästert Naomi. »Du hast doch das gleiche Fahrtraining gemacht wie ich.«

»Wir haben auf einer freien Rennstrecke trainiert«, stellt Billy klar.

»Eben«, lacht Naomi. Und gibt noch mal Gas.

ES LÄUFT AUS DEM RUDER

Gleich nach meinem Besuch bei Shiona habe ich das von Shiona erhaltene Minimikro bei Balu abgegeben, der es sofort mit dem Abhörgerät beim Vize vernetzt hat.

Jetzt, am frühen Nachmittag, sitze ich noch immer bei ihm in der Agentenwohnung, als ich plötzlich eine Nachricht auf meinem Handy erhalte.

> Danke, Schätzchen.
> Gute Arbeit.
> Wir wissen jetzt Bescheid
> und legen los.
> Belohnung folgt.
> S.

Balu bemerkt an meinem Blick sofort, dass etwas nicht stimmt, und fragt nach.

Ich zeige ihm die Nachricht. Balu liest, aber versteht nicht sofort.

»Die Nachricht ist von Shiona«, erläutere ich. »Sie weiß, was Vize vorhat, was der große Coup ist. Etwas anderes kann die Nachricht nicht bedeuten. Woher weiß sie das?«

Nun ist Balu es, der vor Entsetzen die Augen weit aufreißt und dabei aufstöhnt: »Oh Scheiße!«

»Was ist?«, frage ich.

»Na, Shionas Mikro!«, erläutert Balu. »Ich hab's doch sofort mit unserer Abhörwanze gekoppelt. Das heißt, Shiona konnte die ganze Zeit mithören, was Vize in seinem Haus spricht. Offenbar hat Vize mit irgendjemandem über den Coup gesprochen, live oder am Telefon.«

»WAS?«, bricht es aus mir hervor. »Und wir? Haben wir ihn denn nicht abgehört und es aufgezeichnet?«

Balu schüttelt den Kopf. »Ich war zu sehr mit Tims Befreiung beschäftigt. Außerdem dachte ich ja, dass es erst auf die Sitzung heute Nachmittag ankommt, zu der Tim doch noch rechtzeitig kommen soll.«

»Oh verdammt!«, fluche ich. »Wir haben's voll vermasselt! Jetzt wird Shiona alles daransetzen, den Einbruch möglichst schnell durchzuziehen. Und wir tappen im Dunkeln und wissen nicht Bescheid. Was sollen wir jetzt tun?«

Balu überlegt.

»Wir müssen den anderen Bescheid geben«, füge ich noch an.

Doch Balu hat eine Idee: »Das müssen wir. Aber nicht jetzt. Charles und Tim kommen bald mit der Drohne hier an. Billy und Naomi rasen gerade über die Autobahn und sind auf dem Weg zu uns. Du aber solltest sofort zu Vize fahren.«

»Und dann?«

»Ihm sagen, dass Shiona Bescheid weiß und loslegt«, antwortet Balu.

Ich ziehe meine Augenbrauen hoch. »Dann müsste ich ja eingestehen, dass ich ihn abgehört habe.«

Balu schüttelt den Kopf. »Nein, du warnst ihn vor einem Spitzel in seinen Reihen. So wie du es schon angedeutet hast: Ami! Vize wird dir noch mehr vertrauen, und du hast vermutlich die Chance herauszubekommen, wann und wo der Coup geplant ist, und wir können die Einsatzkommandos dorthin schicken, wo sich beide Banden treffen werden. Ich meine, wir wissen nicht, ob Tim es rechtzeitig schafft. Du solltest Vize sofort aufsuchen.«

»Du hast absolut recht«, stimme ich ihm zu. »Ich mache mich sofort auf den Weg.«

Eine halbe Stunde später stehe ich bei Vize vor der Tür. Und habe Glück. Vize ist da und lässt mich auch sofort herein. Obwohl er einigermaßen erstaunt über meinen Besuch ist.

»Ich muss dir etwas sagen«, beginne ich ohne große Umschweife. »Shiona weiß von deinen Plänen. Und sie will dir zuvorkommen.«

»Was?« Vize ist empört.

Oder doch nicht? Irgendetwas kommt mir sofort seltsam vor an seiner Reaktion.

»Wie kommt die dazu?«, schimpft er. »Und woher weiß sie von meinen Plänen?«

In mir schrillen sämtliche Alarmglocken. Irgendetwas liegt in der Luft. Irgendetwas ist komisch. Aber ich kann nicht erkennen, was es ist, das mich stört. Deshalb spiele ich meine Rolle zunächst wie geplant weiter.

»Ich…«, antworte ich zögerlich, »…kann nichts beweisen, aber ich glaube, dass Ami…«

»Meinst du mich?« Wie ein Kaninchen aus dem Hut eines Zauberers steht mit einem Mal Ami mitten im Raum und geht langsam auf mich zu.

Das war es! *Das* habe ich gespürt – und dennoch nicht kommen sehen! Verdammt, was hat es zu bedeuten, dass er hier ist?

»Du schwärzt mich als Spitzel an?«, fragt Ami in bedrohlichem Ton. Und baut sich dicht vor mir breitschultrig auf.

Vize sagt und unternimmt derweil nichts, schaut nur zu. Ganz offenbar waren sie auf meinen Besuch eingestellt und haben sich vorbereitet.

Verdammt! Ich fluche innerlich. Das geht schief. Ich muss von hier fort!

»Ist es nicht vielmehr so, dass DU der Spitzel bist?«, fragt Ami nun.

Seine Nase befindet sich ganz nah vor meiner.

Ich weiche nicht aus.

Ami hingegen zieht seinen Kopf wieder zurück, aber nur, um mir seine zunächst geschlossene Hand vors Gesicht zu halten, die er jetzt langsam öffnet.

In seiner Handfläche liegt – mein Minisender, den ich in dem Bronze-Engel versteckt hatte!

»Der ist von dir, oder?«, fragt Ami, obwohl er die Antwort längst kennt.

Ich spüre, wie mir der kaltnasse Schweiß den Rücken hinunterläuft. Ich bin enttarnt! Wie auch immer sie es geschafft haben, Ami und Vize wissen, dass ich eine Agentin bin. Wir YOUNG AGENTS sind am Ende. Und ich, Abena, bin daran schuld. Was für eine Schande!

»Die ist von Shiona, nicht wahr?«, mischt sich nun Vize ein. »Du wolltest gar nicht zu mir wechseln, sondern arbeitest nach wie vor für sie. Richtig? Du bist Shionas Spionin und HÄLTST MICH FÜR BLÖD!«

Die letzten Worte hat Vize geschrien und dabei sein halbvolles Glas mit Eistee wütend an die Wand geworfen, an der jetzt ein hässlicher brauner Fleck langsam herabsickert.

Trotz dieser bedrohlichen Geste zucke ich nicht mal zusammen. Im Gegenteil: Ich bin für einen Moment sogar erleichtert. Vize hält mich für Shionas Spitzel, nicht für eine Agentin. Ich bin zwar geliefert – zumindest, wie es im Moment aussieht. Aber die YOUNG AGENTS bleiben unentdeckt. Das ist erst einmal das Wichtigste.

Doch Vizes Wutausbruch ist noch nicht beendet.

»WILLST DU MICH VERASCHEN?!«, brüllt er mir ins Gesicht. »HÄLTST DU MICH FÜR EINEN IDIOTEN, DER SICH SO EINFACH AUSBOOTEN LÄSST?«

Völlig unerwartet trifft mich ein herber Schlag ins Gesicht. Ohne Vorwarnung hat Vize mit dem Handrücken zugeschlagen. Nicht im Entferntesten hab ich mit diesem Angriff gerechnet, sonst wäre es mir sicher gelungen, mich wegzuducken oder auszuweichen. So aber hat mich der Schlag mit voller Wucht getroffen und von den Beinen geholt.

Ich stürze rückwärts zu Boden, knalle halb gegen den schweren Couchtisch. Meine Wange brennt wie Feuer. Neben der Heftigkeit des Schlages haben besonders die schweren Ringe an Vizes Hand ihr Übriges getan. Ich streiche mir mit der Hand über die Wange und sehe, dass diese nun blutverschmiert ist. Einer der Ringe hat mir die Haut aufgerissen.

»Schaff sie mir aus den Augen!«, befiehlt Vize.

Woraufhin Ami sich sofort auf mich stürzt, mich hochreißt, mir den Arm auf den Rücken dreht und mich mit sich schleppt.

Ich überlege einen Moment, ob ich kämpfen soll. Mit dem entsprechenden Überraschungseffekt könnte ich Ami überwältigen. Aber Vizes heftiger Schlag hat mir einen Eindruck vermittelt, wie stark er ist. Außerdem – das weiß ich von Tim – schreckt er nicht davor zurück, auch tödliche Waffen zu benutzen.

Deshalb halte ich mich zurück. Erst einmal. Ich weiß: Natürlich hat Ami den Minisender zuvor unschädlich gemacht, was bedeutet, dass Balu und die anderen YOUNG AGENTS nichts von alldem mitbekommen haben, was hier gerade geschehen ist.

Ich lasse mich von Ami abführen und beschließe, erst einmal die Lage zu peilen. Und als Agentin verliere ich auch mein Ziel nicht aus den Augen: Vielleicht bekomme ich in der Gefangenschaft noch irgendwie mit, wann und wo der Coup geplant ist.

Etwa eine Stunde später tauchen zunächst Charles und ich und etwas später Billy und Naomi in der Agentenwohnung auf.

»Ich hab sie verloren.« Balu berichtet uns sofort völlig geknickt, was passiert ist, und schließt seinen Bericht mit: »Kurz vor Vizes Haus hat sie ihr Smartphone zur Sicherheit weggesteckt, denn wir beide dachten ja, ich kann sie weiter über unseren Minisender hören. Aber der ist tot. Und ihr Smartphone ist auch seit einer Stunde ausgeschaltet. Da ist etwas passiert. Und die beiden Banden legen los, und wir wissen nicht, wann und wo!«

»Eine Katastrophe!«, kommentiert Naomi.

Dann schaut sie zu mir.

»Kannst du zu Ami oder Vize?«, fragt sie mich. »Vertrauen sie dir?«

»Wieso nicht?«, antwortet Billy für mich. »Wenn er sagt, dass die Polizei ihn aufgegriffen hat und er ihr aber wieder entkommen ist? Dann vertrauen sie ihm vermutlich noch mehr.«

»Dann muss Tim zu Ami, noch besser: direkt zu Vize. Nur so können wir herausbekommen, wann der große Coup losgeht und wo Abena festgehalten wird«, schließt Naomi.

Doch Balu winkt ab. »Abena hat den ersten Kontakt zu Vize hergestellt, indem sie ihn gebeten hat, sich für Tim einzusetzen. Und Ami und Vize wissen, dass Billy und Abena zusammen im Wohnheim aufgetaucht sind. Außerdem hat Billy Tim als Jung-Einbrecher vorgeschlagen. Kurzum: Vize weiß, dass Tim, Billy und Abena zusammengehören oder zumindest befreundet sind.«

»Und jetzt, da Abena möglicherweise als Verräterin enttarnt wurde, würde er auch Tim nicht vertrauen«, zieht Billy die Schlussfolgerung.

»Genau«, seufzt Balu.

»Und wie nun wir können erfahren, wo der Coup soll stattfinden?«, fragt Charles in die Runde.

»Die einzige Möglichkeit ist, dass ich es versuche«, ergreif ich nun ich das Wort. »Trotz allem. Ich war weg. Von der Polizei geschnappt. Das ist doch ein gutes Alibi, nichts mit Abenas Verrat zu tun zu haben. Wenn sie Abena überhaupt als Verräterin ansehen. Das vermuten wir ja bisher nur.«

Naomi und Billy sehen mich an.

»Er hat recht«, sagt Billy.

»Also, ich bin nach wie vor eingeladen zur Sitzung im ›Schuppen 99‹«, erinnere ich die anderen. »Ich fahre sofort hin und schaue, was passiert.«

»Billy, geh du mit Tim, um ihn möglicherweise dort rauszuhauen.«

»Gut«, sagt Billy zu. »Und ihr?«

»Ich suche Shiona auf und erzähle ihr von Abenas Verschwinden«, schlägt Naomi vor. »Mal sehen, wie sie reagiert. Immerhin ist Abena ja ihre Spionin. Und vielleicht erfahre ich in dem Zusammenhang von ihr, wo der Coup geplant ist.«

»Auch sehr gut«, stimmt Balu ihr zu.

»Ich versuche von hier, irgendwie herauszubekommen, wo Abena gerade steckt«, verspricht Balu.

»Und ich werde fliegen mit die Drohne erst über die house von Shiona and then über das von die Vize. I will see what happens there. Which Autos fahren dort. Which persons will come and go. Wenn beide Clans in this Moment bereiten vor die große Coup, then es müsste möglich sein, zu beobachten all dieses.«

»Sehr gut, Charles!«, lobt Naomi. »Also, lasst uns keine Zeit verlieren. Jeder auf seinen Posten.«

In dem Augenblick piept mein Handy.

Ich lese. Und springe mit einem kleinen Hüpfer in die Luft. »Ich hab's!«

»Was?«, fragt Billy.

»Wartet!«, bitte ich. Hastig tippe ich in mein Handy.

»Was ist denn?«, bohrt Naomi nach.

»Moment noch«, wiegle ich ab.

Wieder piept es auf dem Handy.

Ich lese die neueste Nachricht, mache die Siegerfaust und brülle: »Ja! Super!«

»Was denn, meine Güte?«, fragt Naomi, dieses Mal schon in deutlich ungeduldigem Tonfall.

»Ich weiß, wann und wo der Einbruch stattfindet!«, verkünde ich stolz.

»WAS?«, fragen Naomi, Billy, Balu und Charles im Chor, wobei Charles allerdings »What?« sagt.

»Woher? Wieso?« Naomi versteht überhaupt nichts mehr.

»Asante hat mir geschrieben«, berichte ich. »Er hat offenbar überhaupt nicht mitbekommen, dass ich von der Polizei geschnappt wurde und weg war. Er will sich für heute Abend mit mir treffen, um gemeinsam ›zur Arbeit‹ zu gehen. Das kann ja nur der Coup sein.«

»Ja, und?«, fragt Billy. »Wann und wo ist es?«

»Um zwanzig Uhr«, antworte ich. »Allerdings weiß ich nicht genau, was der Ort bedeuten soll: ›MARKK‹. Was ist das? Ein Markt oder was?«

Balu, Charles und Naomi schauen ebenso ratlos.

»MARK?«, fragt Balu. »Ohne T am Ende?«

Ich nicke. »Dafür mit zwei K. M-A-R-K-K.«

Billy lächelt plötzlich. »Ich weiß es. Das ist das Völkerkundemuseum.«

Nun treffen ihn die Blicke aus vier fragenden Gesichtern. Bevor aber jemand nachfragen kann, erläutert Billy: »So hieß es zumindest früher. Es wurde 2018 umbenannt in ›Museum am Rothenbaum – Kulturen und Künste der Welt‹, abgekürzt ›MARKK‹.

»Oh, ich liebe die Deutsche für ihre unkomplizierte Namen«, kommentiert Charles und kichert.

Balu hat derweil schnell im Internet nachgesehen.

»Und ich weiß auch, was die dort wollen«, ruft er den anderen zu, dreht ihnen den Monitor zu, tippt darauf und sagt: »Da ist gerade eine Wanderausstellung zu sehen mit wertvollen Schätzen aus dem Alten Ägypten. Die Ausstellung ist versichert mit einem Gesamtwert von zehn Millionen Euro.«

Charles pfeift durch die Zähne. »Ein lohnender Coup!«

»Was haben die vor?«, fragt Naomi. »Die haben doch null Vorbereitung, also jedenfalls Shionas Bande. Man bricht doch nicht mal eben so in ein Museum ein.«

»Es ist eigentlich ein relativ kleines Museum, mit einfachen Ausstellungen, viel Kinderprogramm und so. Ich glaube nicht, dass es hochmoderne Alarmanlagen besitzt. Für Profi-Einbrecher vermutlich eine recht einfache Sache.«

»Besonders, wenn man schnell ist«, ergänzt Balu.

»Okay«, sagt Naomi. »Also der Reihe nach. Wie sieht unser Plan aus?«

ABENAS BEFREIUNG

Es ist nicht schwer, sich in der Nähe des MARKK unauffällig im Hintergrund zu halten. Schwieriger schon, den ganzen Museumskomplex im Auge zu behalten. Naomi und Billy halten sich verdeckt hinter einem der vielen parkenden Autos in der engen Binderstraße. An der Straßenkreuzung liegt der auffällige »Yu Garden«, ein Gelände des deutsch-chinesischen Wirtschafts- und Kulturzentrums, auf dem alle Gebäude im traditionell chinesischen Stil mit seinen geschwungenen Dächern gebaut sind. Ebenso das originale chinesische Teehaus, das als Restaurant und Veranstaltungsort dient, in dem um diese Zeit aber wenig los ist. Von ihrem Standort aus haben die zwei YOUNG AGENTS die gesamte Rückseite des Museums sowie die Einfahrt in ein Parkhaus gut im Blick.

Bei Billy und Naomi tut sich bisher nichts, melden sie.

Charles überfliegt das Gebiet mit seiner Drohne, um auffällige Bewegungen zu melden. Doch auch er entdeckt nichts, was darauf hindeutet, dass hier gleich ein spektakulärer Einbruch vollzogen wird, und schon gar nichts, was auf einen offen ausgetragenen Bandenkrieg hinweist.

Balu sitzt allein in der Agentenwohnung, hat uns YOUNG AGENTS alle miteinander vernetzt und überwacht per Bodycams von Billy und Naomi und Drohnen-Cam von Charles die ganze Szenerie am Monitor.

Nebenbei wird er am Computer weiter nach Abena suchen, deren Smartphone noch immer ausgeschaltet ist. Aber über die Handydaten von Vize, Ami, Asante und auch Shiona kann er immerhin deren Bewegungen beobachten.

Ich treffe mich vorn am Haupteingang des Museums gerade mit Asante. Wir beide sind zu früh dran und sollten eigentlich erst in einer halben Stunde hier auftauchen.

Erstaunlich ist, dass die beiden Banden, ohne sich abgesprochen zu haben, wohl tatsächlich gleichzeitig am Museum ankommen werden; was sie aber vermutlich nicht voneinander wissen. Vielmehr glauben beide, der jeweils anderen zuvorzukommen. Aus diesem Grund rechnen wir YOUNG AGENTS mit einer handfesten, gefährlichen Auseinandersetzung, wenn die beiden Clans gleich aufeinandertreffen werden.

Es herrscht die Ruhe vor dem Sturm.

Was Balu die Zeit gibt, sich in das Hausnetzwerk von Vize hineinzuhacken und somit über dessen eigene Überwachungskameras die Villa und das Gelände zu beobachten zu können. Denn hier hat es das letzte Lebenszeichen von Abena gegeben.

Vize ist gerade mit einem Van losgefahren zum Museum. Bislang gibt es kein Anzeichen dafür, dass

Abena woandershin transportiert worden ist. Das kann Balu zwar nicht sicher wissen, dennoch sagt ihm sein Instinkt, dass Abena noch dort auf Vizes Privatgelände festgehalten wird.

Weiter kann ich das aber nicht verfolgen. Denn sicherheitshalber nehme ich meinen Knopf aus dem Ohr, als ich Asante treffe.

Ich sitz angekettet in einem finsteren Keller. Meine Hände in Handschellen und mit einer dicken und schweren Metallkette an einem Heizungsrohr festgemacht. Immerhin erlaubt es mir eine gewisse Bewegungsfreiheit von vielleicht zwei Metern. Ich kann aber nichts von meiner Umgebung erkennen, weil es in dem Keller stockfinster ist. Aber das muss nicht so bleiben. Immerhin hat Ami, der mich hier heruntergebracht und festgekettet hat, mir meine Smartwatch am Handgelenk gelassen. Entweder hat er sie nicht bemerkt oder nicht daran gedacht, dass eine solche Uhr ein paar mehr Funktionen hat, als nur die Zeit anzuzeigen. Leider ist die Uhr nicht mit meinem Handy verbunden, weil Vize es ausgeschaltet hat. Aber meine Smartwatch hat eine eigenständige GPS-Funktion, die vielleicht von Balu geortet werden kann, wenn ich Glück habe. Und sie hat eine Taschenlampen-App, die ich jetzt aktiviere, um mir anzusehen, in was für einem Raum ich überhaupt sitze.

Ich schalte das Licht der Uhr an, leuchte um mich herum die Wände und die Gegenstände ab – und weiß sofort Bescheid. Ich sitze in dem Keller, in dem die gesamte Pooltechnik untergebracht ist!

Neben mir steht der brummende, riesige Filter, der das Wasser sauber hält. Dahinter ein Schaltkasten mit allen möglichen Sicherungen.

Ich sehe mich weiter um.

Stoppe.

Und wandere mit dem Lichtstrahl zurück zum Schaltkasten.

Was kann man damit wohl alles an- und ausschalten?

Den Poolfilter sicherlich. Bestimmt hat Vizes Luxuspool auch eine Winterabdeckung, mit der sich automatisch der Pool verschließen lässt. All das nützt mir jetzt allerdings recht wenig. Doch dann habe ich eine Idee.

Dazu prüfe ich, wie lang die Kette ist, die mich gefangen hält, und auch, wie sie befestigt ist. Ich habe Glück. Die Kette ist wie eine Schlaufe um das Heizungsrohr gelegt und dann mit einem Schloss gesichert worden. Aber die Schlaufe lässt sich am Rohr entlangziehen. Das bedeutet, zusätzlich zu den zwei Metern, die mir die Kette als Bewegungsspielraum lässt, kann ich nach links und rechts am Rohr entlanggehen. Nach rechts sind das noch mal drei Meter, nach links bis zum dicken Poolfilter, der allerdings etwa einen halben Meter von der Wand absteht. Wenn ich es schaffe, mich durch den Zwischenraum zu quetschen, würde ich an den Schaltkasten dahinter herankommen. Dazu brauche ich aber meine Hände vorn vor meinen Körper, nicht hinter meinem Rücken zusammengebunden.

Aber auch das ist kein unüberwindbares Problem. Ich gehe in die Hocke und steige rückwärts durch die eigenen Arme hindurch wie durch ein Springseil, das man festhält. Jetzt habe ich meine zusammengebundenen Hände vorn.

Es folgt der nächste Schritt.

Ich quetsche mich durch den schmalen Spalt zwischen Wand und Filterbottich hindurch. Auch das kein Hindernis. Ein erwachsener Agent hätte das sicher nicht so leicht gekonnt.

Nun reiche ich an den Schaltkasten heran, der zum Glück von den Elektrikern, die ihn installiert haben, vorbildlich beschriftet worden ist. Mit meiner Uhr leuchte ich die Sicherungsreihen und deren Beschriftungen ab.

Und da ist, was ich gesucht habe!

Die fünfte Sicherung in der zweiten Reihe trägt die Beschriftung: »Poolbeleuchtung«.

Ich betätige die Sicherung, wodurch ich die Beleuchtung des Pools aus- und anschalte, und zwar nach einem genauen Muster:

-... .- .-.. ..- -.-.-- / .... --- .-.. / ....-.. ..-.
. -.-.-- / .- -... . -. .-

Das Morsealphabet, das wir alle – der modernen Technik zum Trotz – auf der Agentenakademie gelernt haben. Wenn Balu über Vizes Netzwerk die Überwachungskameras der Villa benutzt, um das Haus und Gelände zu überwachen und nach mir zu durchsuchen, wird er am blinkenden Pool ablesen können:

Balu – Hol Hilfe – Abena

Und zum Schluss noch ein klassisches SOS-Signal:

... --- ...

Ich wiederhole die Meldung mehrmals. Dann lege ich eine Pause ein, bevor ich sie noch dreimal wiederhole.

Und jetzt kann ich nur noch warten.

Ich bin zwar nach wie vor per Funk mit den anderen YOUNG AGENTS verbunden, aber ich stehe mit Asante vor dem Museum zusammen. Damit ich mich nicht verrate, können die anderen mich zwar hören, aber nicht mehr umgekehrt. Ich bin also derzeit nicht auf dem Stand, was die anderen Agenten tun.

Der Einzige von uns, der den Überblick hat, ist Balu. Der sitzt zwar einsam in der Agentenwohnung an den Monitoren. Aber er hat die Bilder im Blick, die die Bodycams von Naomi und Billy senden. Er sieht die Luftbilder von der Drohne. Er kann auf die Stadtkarte schauen, auf der sich verschiedene blinkende Punkte Richtung Museum bewegen. Unsere Zielpersonen, deren Handys er angezapft hat.

Und er sieht die Bilder der Überwachungskameras auf Vizes Gelände und in seinem Haus: Das große »Wohnzimmer«, die Terrasse mit dem Pool, den Garten, das Poolhaus, das Eingangstor. Niemand scheint im Haus zu sein. Nur die Außenbeleuchtung ist an, ein paar Lampen auf der Terrasse, die Poolbeleuchtung. Nichts Auffälliges.

Das war jedenfalls mein letzter Stand. Seitdem ich mich ausgeklinkt habe, ist einige Zeit verstrichen, in der ich nichts von den anderen YOUNG AGENTS mitbekommen habe.

Allerdings stört mich das. Und deshalb greife ich zu einem Trick. Wir warten ja ohnehin noch auf Ami und Vize und die anderen, mit denen wir den Coup hier im Museum durchziehen sollen. Also täusche ich Asante Langeweile in der Wartezeit vor und stecke mir einen Ohrhörer wieder ins Ohr, weil ich angeblich Musik hören will. In Wahrheit horche ich, was der aktuelle Stand bei den anderen ist.

So erfahre ich, dass Balu gerade auf seinem E-Bike zu Vizes Villa rast, weil er über seine angezapften Überwachungskameras einen blinkenden Pool gesehen hat. Morsezeichen von Abena, wie er sagt.

Fast zeitgleich halten jetzt gerade ein Lieferwagen und ein silberfarbener Mercedes-Maybach vor dem Haupteingang. Ich sehe das. Damit auch Billy und Naomi Bescheid wissen, gibt Charles das an die beiden durch.

Ich verstehe: Balu hat seine gesamte Überwachung auf Charles' iPad umgeleitet, sodass er jetzt von seiner Drohne in der Luft über uns die Koordinationsaufgaben übernimmt, während Balu versucht, Abena zu befreien.

»In einem Maybach?«, höre ich Naomi sagen. »Das dürfte der Chef von Vizes Bande sein. Genau der, den wir suchen! Der darf uns auf keinen Fall entwischen!«

Das betrifft mich. Denn ich stehe genau dort vor dem

Haupteingang, wo der Maybach gerade gehalten hat. Sollte ich den Ohrstöpsel lieber wieder rausnehmen? Nein, ich warte noch ab. Und tue weiter so, als würde ich gegen meine Nervosität Musik hören.

»Und hier ist eben gerade Shiona vorgefahren«, höre ich nun Billy, der ja mit Naomi hinter dem Museum steht. »Im Moment fügt sich doch alles gut zusammen.«

Den dunklen SUV, den sie jetzt beobachten, kennen Naomi und Billy nur zu gut. Sie haben ihn oft auf dem Parkplatz von Shionas Villa stehen sehen. Auch den Fahrer kennen sie. Wie sie berichten, ist es der »Gorilla«, der aussteigt und sich nach allen Seiten umsieht. Die hintere Tür des Wagens öffnet er nicht. Billy und Naomi aber sind sich sicher, dass Shiona dort sitzt und zwar im Hintergrund bleibt, aber den ganzen Coup leitet und überwacht. Hinter Shionas SUV halten zwei weitere, ebenfalls schwarz, ebenfalls mit getönten Scheiben. Aus ihnen steigen insgesamt sechs Männer aus, alle Mitglieder von Thorsten Maffeis Bande, die jetzt von seiner Tochter Shiona angeführt wird.

»Das wird böse enden für Vizes Truppe«, flüstert Billy Naomi zu, die das genauso sieht.

Ich weiß, was er damit meint. Denn Vizes Truppe besteht fast ausschließlich aus Kindern und Jugendlichen, zum Teil aus angeworbenen Flüchtlingen, die jetzt an der Vorderseite des Museums aus den Autos aussteigen und auf Asante und mich zukommen. Insgesamt zähle ich sechs Jugendliche, plus Asante und ich, sowie Vize und

Ami. Macht insgesamt zehn Personen, die dennoch gegen die erwachsenen Schwerverbrecher auf der anderen Seite des Museums keine Chance haben werden.

Noch immer ahnen die beiden Banden offenbar nichts voneinander:

Vizes Truppe versammelt sich vor dem Haupteingang.

Noch immer lasse ich meinen Stöpsel im Ohr – zumindest solange sich niemand darüber beschwert. Vielleicht hat es auch noch niemand gesehen.

Shionas Bande versammelt sich hinter dem Museum, direkt vor den Augen von Naomi und Billy. Der Einzige, der den Gesamtüberblick über alles hat, ist Charles hoch oben über uns in seiner Drohne. Wer oder wie viele Leute in dem silbernen Maybach sitzen, wissen wir nicht. Noch ist da keiner ausgestiegen.

Und wir werden es auch nicht mehr herausbekommen, denn plötzlich startet der Wagen und fährt wieder weg.

Scheiße!

Im Ohrstöpsel höre ich Charles fluchen. »Wenn das war die Chef von Vizes Bande, der entwischt uns. Soll ich hinterher?«

»Nein«, antwortet Naomi. »Wir brauchen dich hier. Gleich geht es los. Wir müssen warten, bis sie loslegen, dann rufen wir das Einsatzkommando. Hast du den Mercedes noch im Blick?«

»Yes«, sagt Charles, »but nicht mehr lange. Jetzt ist er um das Ecke und verschwindet hinter das Häuser.«

Ich höre etwas. Da kommt jemand. Wer ist das? Ami, der mir vielleicht etwas zu trinken bringt oder mich irgendwo anders hintransportieren will? Oder Balu, der meine Morsezeichen gelesen hat und kommt, um ich zu befreien? Aber wird er mich hier finden? Er kann sich zwar zusammenreimen, dass ich im Raum der Pooltechnik sitzen muss. Aber er weiß ja nicht, wo sich dieser Raum befindet. Vielleicht sucht er gerade nach mir? Soll ich ihn rufen? Um Hilfe rufen? Oder mache ich damit meine Situation nur noch schlimmer? Auf jeden Fall schalte ich das Licht meiner Smartwatch aus. Hocke wieder im Stockfinstern. Verhalte mich ruhig und lausche.

Die Schritte kommen näher.

Ich halte den Atem an.

Versuche danach, etwas ruhiger weiterzuatmen.

Jemand macht sich an dem Schloss der Kellertür zu schaffen, hinter der ich gefangen und gefesselt bin. Dem Geräusch nach zu urteilen, ist das niemand, der einen Schlüssel für die Tür besitzt, sondern eher jemand, der das Schloss knacken will.

Die Tür springt auf.

Durch das Licht im Kellergang dahinter sehe ich nur die Silhouette, also die Statur desjenigen, der da kommt. Ein ziemlich fülliger Mensch. Das könnte …

Das grelle Deckenlicht geht an. Ich kneife meine Augen kurz zusammen.

Vor mir steht – Balu!

»Wunderbar!«, rufe ich ihm freudig zu. »Du hast meine Morsezeichen gelesen!«

»Ja«, bestätigt Balu. »Das war clever.«

»Und dann bist du gleich gekommen! War das kein Problem?«, frage ich. »War hier niemand?«

»Oh doch!«, erzählt Balu, während er sich an dem Schloss meiner Handschellen zu schaffen macht. »Um das elektronische Eingangstor musste ich mir natürlich keine Sorgen machen. Ich war ja immer noch übers iPad eingeklinkt in Vizes Netzwerk und konnte alle daran angeschlossenen elektronischen Geräte kontrollieren. Doch dann tauchte plötzlich ein Typ vor mir auf.«

»Ein Typ?«, frage ich.

Die erste Handschelle hat Balu nun gelöst. Er macht sich an die zweite.

»Ja!«, erzählt Balu weiter. »Ein Koloss von einem Mann. Oberschenkel wie Baumstämme, muskulöse Oberarme wie ein Wrestling-Star, Hände wie Schraubstöcke, ein Schädel wie ein Rammbock. Aber er trug keine Security-Uniform oder so, sondern wirkte eher – ähnlich wie Vize selbst – wie einer, der jeden Moment als Rapper die Bühne betreten will.«

»Aha!«, sage ich. »Und?«

Ich verstehe nicht, wieso die Kleidung des Typen irgendwie wichtig ist.

»Na, das hat mich auf eine Idee gebracht«, berichtet Balu, während er die zweite Schelle öffnet. »Voila! Frei!«

»Super! Danke!«, sage ich, will aufstehen, um mit Balu so schnell wie möglich von hier abzuhauen. Aber was ist mit dem Koloss? »Ist er noch da?«

»Also«, fährt Balu in seiner Erzählung fort. »In Kurzform: Ich selbst habe ja auch eine stämmige Figur. Wie so ein Sumo-Ringer.«

»Balu!«, mahne ich. »Komm zum Punkt. Wir müssen hier weg!«

»Ja, ja!«, beschwichtigt Balu in aller Seelenruhe. »Oder eben eine Figur wie ein Türsteher der Unterwelt. Und mein Outfit passte auch zufällig. Damit gehe ich glatt als Rapper durch.«

Balu trägt ein ärmelloses, schlabberiges Basketballshirt, dazu viel zu weite und zu lange Shorts. Zwar nur, weil in den letzten Tagen die Temperaturen doch wieder ein bisschen zu weit nach oben geklettert waren, aber für diesen Moment passt es perfekt.

»›*Ist Vize nicht da?*‹, habe ich den Koloss gefragt, als wäre ich mit ihm verabredet. Ich wusste ja, dass er nicht im Haus ist. ›*Wir wollten eine Rap-Session machen. Yo, man.*‹«

Ich kichere. »Du hast nicht ›Yo, man‹ gesagt.«

»Doch!«, versichert Balu. »Und es hat gewirkt. Na ja, um es kurz zu machen. Er wollte wohl tatsächlich Vize anrufen wegen meines Treffens. Dreht sich um, dadurch mir den Rücken zu und – zack. Ich hab ihm von hinten eine über den Schädel gezogen. Und da bin ich.«

»Das heißt …?«, frage ich.

»Er liegt noch da oben am Pool. Bewusstlos«, erzählt Balu.

»Und kann jederzeit aufwachen?«, frage ich. Das glaube ich jetzt nicht!

»Ja, kann schon sein«, antwortet Balu wieder mit einer Bärenruhe.

»Balu!«, kreische ich auf. »Dann müssen wir hier weg. Sofort!«

»Ja«, sagt Balu. »Das machen wir doch! Komm!«

SHOWDOWN!

»Es geht los!«, verkündet Charles.

Unsere Truppe geht aufs Haupttor zu, wo sich Ami gleich an dem Schloss zu schaffen macht. Ich habe immer noch den Knopf im Ohr und halte mich ein wenig zurück, damit niemand merkt, dass ich über Funk die Koordination unseres Einsatzes mithöre.

Zeitgleich, während wir hier vorn stehen und darauf warten, dass Ami das Türschloss knackt, macht Shionas Truppe das Gleiche an der Hintertür.

»Die werden erst drinnen aufeinandertreffen«, gibt Charles per Funk durch.

»Okay«, sagt Naomi. »Dann können wir dem Einsatzkommando jetzt Bescheid geben.«

Oh nein! Noch nicht.

Ich gehe schnell noch ein paar weitere Schritte von den anderen fort, schalte nun meine Sprachfunktion wieder ein und melde mich.

»Moment!«, warne ich. »Noch nicht.«

»Wieso nicht?«, fragt Naomi.

»Hey, Tim!«, ruft Asante mich plötzlich. »Komm!«

Ami hat die Tür nun aufbekommen. Unser Trupp strömt hinein.

Weil Asante mich gerufen hat, wird Ami auf mich aufmerksam. Er bleibt in der Tür stehen und sieht fragend zu mir.

Ich zeige auf mein Handy.

»Das sind die Eltern, bei denen ich zur Zeit wohne«, schwindle ich.

»Bist du bescheuert?«, motzt Ami mich an. »Was glaubst du, was wir hier machen?«

»Ist wichtig!«, beharre ich.

Ami wirft mir einen finsteren Blick zu. »Du hast eine Minute!«

Ich nicke.

Ami geht rein.

Ich widme mich wieder unserem Funkverkehr.

»Wir wissen doch, wie Ami es geschafft hat, Jugendliche wie Asante und auch Ben zu überreden mitzumachen. Ben haben wir schon herausgehalten, Asante und die anderen aber nicht. Die wollen doch nur Geld verdienen, weil sie nicht arbeiten dürfen. Wir sollten sie vor dem Zugriff schützen!«

»Aber denen ist doch mittlerweile klar, dass es ihre ›Arbeit‹ ist, einzubrechen und zu stehlen. Es ist ihre freie Entscheidung, dass sie weiter mitmachen«, widerspricht Naomi.

»Sie sind doch trotzdem keine ›echten‹ Kriminellen. Sie sehen nur keinen anderen Ausweg. Wenn Ami ihnen ehrliche Arbeit angeboten hätte, hätte sie die sehr gern angenommen. Aber wenn sie jetzt erwischt werden, werden sie abgeschoben«, erkläre ich.

»Oder vorher erledigt im fight«, ergänzt Charles über Funk. »Tim hat recht.«

»Und was hast du vor, Tim?«, fragt Naomi. Sie ist noch immer nicht überzeugt.

»Wir rufen das Einsatzkommando, aber gehen gleichzeitig selbst rein und holen die Jugendlichen da raus. Also, zumindest Asante. Und zwei, drei weitere, von denen ich annehme, dass es denen genauso ergeht wie ihm. Ich schätze, die Einsatzkräfte brauchen fünf Minuten, bis sie hier sind. Genau diese fünf Minuten haben wir also, um sie da rauszuholen und zu verschwinden.«

»Bist du verrückt?!«, fragt Naomi. »Und wenn wir das nicht schaffen? Dann fliegen wir mit auf. Wir dürfen schließlich um keinen Preis erzählen, dass wir YOUNG AGENTS sind. Und glauben würde uns das ohnehin niemand. Wir würden mit den Banden zusammen verhaftet werden, als wären wir Einbrecher. Das geht auf gar keinen Fall!«

»Wir können Asante aber nicht in die Falle laufen lassen! Der hat doch nicht aus Jux seine Familie und sein Zuhause verlassen und die lebensgefährliche Flucht auf sich genommen«, beharre ich.

»Du spinnst«, entgegnet Naomi nur.

Ich sage nichts mehr. Im Funkverkehr herrscht Stille, bis Naomi sie durchbricht.

»Merde!«, flucht sie. »Charles, du rufst über den Prof das Einsatzkommando in drei Minuten. Dann haben wir noch diese drei Minuten mehr Zeit. Also los!«

»Super!«, freue ich mich. »Alles klar!«

»Wir kommen rum«, gibt Billy mir durch. »Warte!«

»Ich muss rein!«, teile ich ihm mit. »Ami wartet.«

»Okay. Geh vor! Lass die Tür offen stehen«, antwortet Billy mir.

Naomi und Billy rennen los, um das Museum herum, um vom vorderen Eingang zu den jugendlichen Flüchtlingen aus Vizes Bande hinzuzustoßen.

Als ich reingehe, kommt Vize mir entgegen.

»Ich seh' draußen nach dem Rechten«, sagt er. »Los, rein da und beeilt euch.«

Ich nicke ihm zu.

Dass Vize draußen bleibt und Wache schiebt, ist schlecht für Naomi und Billy. Wollen sie ins Museum, müssen sie an ihm vorbei.

Flüsternd warne ich sie über Funk.

»Ich erledige das«, antwortet Naomi.

Und da sehe ich sie schon von innen durch die Tür. Sie kommt über den Vorplatz und geht schnurstracks auf Vize zu.

Der beobachtet jeden ihrer Schritte argwöhnisch und begibt sich schon in Abwehrstellung. Was hat so ein Mädchen mitten in der Nacht hier vor dem Museum zu suchen? wird er sich fragen.

»Hau ab!«, ruft er Naomi zu.

Billy sehe ich nicht. Er ist wohl verdeckt im Hintergrund geblieben.

»Wieso?«, fragt Naomi und marschiert weiter auf Vize zu. »Wo ist Shiona? Ich sollte um Mitternacht hier sein.«

Vize starrt sie an. Mit allem hat er womöglich gerechnet, aber bestimmt nicht damit, hier jemanden aus Shionas Bande anzutreffen.

»Shiona?«, fragt er ungläubig.

»Na klar«, antwortet Naomi und hat Vize jetzt erreicht. »Wer sonst wäre in der Lage, diesen Einbruch hier durchzuführen, als sie mit ihrer Bande?«

»Was …? Du …? Hä? Aber …«, stottert Vize völlig verdattert.

Genau in diesem Moment schlägt Naomi zu.

Ein gezielter Schlag auf eine empfindliche Stelle an Vizes Halsschlagader, und er sackt in sich zusammen wie ein schlaffer Mehlsack.

Vize liegt vor Naomi am Boden. Naomi gibt Billy ein Zeichen. Der tritt jetzt aus dem Hintergrund hervor. Beide steigen über Vize hinweg und rennen zu mir ins Museum hinein.

Im Foyer teilen sich »unsere« Jugendlichen gerade auf, um so schnell wie möglich an die teuersten Gegenstände heranzukommen. Ami ist zum Glück gerade nicht zu sehen. Er ist wohl schon die Treppe hochgelaufen, weil die wirklich wertvolle Ausstellung über das Alte Ägypten sich im ersten Stock befindet.

Etwas abseits der Gruppe stehe ich mit Asante, den ich

schon etwas beiseitegenommen habe, ohne dass es ihm bewusst ist.

Verwundert schaut er auf Billy und Naomi.

»Ihr müsst hier raus!«, flüstert Naomi uns beiden zu.

»Was?«, fragt Asante verblüfft. »Wer …?«

»Psst!«, mahnt Naomi.

»Geh!«, sage ich zu Asante.

»Aber?«

»Geh! Die Polizei kommt. Aber pssssttt!««, zische ich ihm zu.

»Polizei?«, fragt Asante erschrocken.

Billy nickt ihm zu. »Die sind gleich hier. Schnell, raus hier!«

Asante zögert noch.

Doch Billy packt ihn schon und schiebt ihn Richtung Ausgang.

Im selben Moment sind aus der ersten Etage Schreie und Gebrüll zu hören.

Uns dreien ist sofort klar: Amis Truppe ist auf Shionas Bande gestoßen.

»Da sind sie schon!«, behauptet Naomi einfach.

Asante ist endlich überzeugt.

Billy und Asante flitzen zum Ausgang, vor dem immer noch der bewusstlose Vize liegt.

Asante stoppt kurz und starrt entsetzt auf ihn.

Naomi sieht mich an: »Wie viele noch?«

»Zwei!«, zeige ich an.

»Dann los!«

Wir beide stürzen die Treppe hinauf. Oben sehen wir einen der beiden, die ich meine, gerade über den Flur hetzen.

Naomi läuft hin und stellt sich ihm in den Weg.

Sie sagt ihm eindringlich etwas, das ich nicht verstehen kann.

Der Jugendliche macht große, ängstliche Augen und rennt sofort die Treppe hinunter zum Ausgang.

Einen Gang weiter sind bereits die Geräusche einer wilden Schlägerei zu hören. Die Banden sind aufeinandergestoßen.

Wird Zeit, dass das Einsatzkommando kommt.

Ich hetze dorthin und entdecke zum Glück sofort den zweiten Jugendlichen, von dem ich glaube, dass er ebenfalls aus der Flüchtlingsunterkunft kommt. Ich tippe ihn von hinten an.

Blitzartig dreht er sich, um mir einen Schwinger zu verpassen.

Aber ich bin zu klein. Er haut über mich hinweg, ohne dass ich mich bücken muss.

»Raus!«, sage ich. »Die Polizei kommt. Schnell!«

Er weiß, was das für ihn bedeutet. Deshalb stellt er keine Fragen, sondern rennt sofort los. Ich folge ihm bis nach draußen, während drinnen die wilde Prügelei weitergeht.

Wir rennen weiter über den Vorplatz und um die Ecke. Kaum sind wir außer Sichtweite des Eingangsbereichs des Museums, kommen von der anderen Seite drei Mannschaftwagen der Polizei herangeschossen. Sie bremsen mit quietschenden Reifen. Die Autotüren werden aufgerissen, heraus springen die Spezialeinsatzkräfte in voller Montur. Mit ihren schweren Waffen im Anschlag stürmen sie das Museum.

Voller Angst reißen Asante und die beiden Jugendlichen, die wir vor dem Zugriff gerettet haben, die Augen auf und können gar nicht glauben, was sie dort in unmittelbarer Nähe sehen.

Asante haucht nur: »Danke.«

»Ich bringe euch von hier weg«, sage ich.

Naomi und Billy zwinkern uns zu.

Ich haue mit Asante und den beiden anderen Jugendlichen ab, um das Museum herum, am Hintereingang vorbei. Dort sehe ich den schwarzen SUV, von dem Naomi und Billy gesagt haben, dass Shiona damit gekommen ist.

»Polizei!«, behaupte ich einfach, zeige auf den Wagen, ziehe ein Taschenmesser aus der Hosentasche und steche damit in den hinteren rechten Reifen.

Asante und die beiden anderen verstehen. Auch sie haben Messer dabei und geben den anderen drei Reifen den Rest.

Zumindest in diesem Wagen wird Shiona nicht abhauen können.

Ich wage noch einen Blick zum Hintereingang.

Niemand kommt herausgestürmt.

Damit ist mir klar: Sie haben sie! Und zwar vermutlich alle. Und sie werden sicher nach vorn heraus abgeführt.

Die Einbrecherbanden wurden gefasst, fürs Erste vielleicht sogar zerschlagen. Wir haben den Coup vereitelt, Asante und zwei weitere Jugendliche vor dem Zugriff der Polizei gerettet und können sie hoffentlich wieder auf die rechte Bahn bringen.

Ich verabschiede mich von Asante und den beiden anderen und melde mich wieder im Funkverkehr an.

»Glückwunsch, Leute!«, ruft Billy. »Ein voller Erfolg.«

Da knackt es in ihren Ohrhörern: »Hallo, Leute! Hier spricht Balu. Abena ist unversehrt bei mir. Wie ist es bei euch gelaufen?«

Alle atmen hörbar auf.

»Großartig! Alles gut, Balu«, sagt Naomi. »Wir kommen nach Hause.«

Sie beendet die Funkverbindung. Und ergänzt: »Vorerst. Aber immerhin eines können wir festhalten …«

»Was?«, fragt Billy.

»Wir haben vielversprechenden Nachwuchs bei den YOUNG AGENTS dazugewonnen.«

»Yes!«, ruft Charles euphorisch über den Knopf im Ohr aus seiner Drohne dazwischen. »A very clever NEW GENERATION!«

Ende

Der Autor

Andreas Schlüter wurde 1958 in Hamburg geboren, machte dort auch Abitur und eine Kaufmannslehre. Er leitete mehrere Jahre Kindergruppen in sozialen Brennpunkten und gründete 1989 ein Journalistenbüro, über das er Reportagen für Zeitungen schrieb und später als Nachrichtenredakteur fürs Fernsehen arbeitete.
Mit »Level 4 – Die Stadt der Kinder« gelang Schlüter 1994 der Durchbruch als Schriftsteller. Er hat mittlerweile über hundert Kinder- und Jugendbücher geschrieben und arbeitet seit 2003 immer wieder auch als Drehbuchautor.